BOSSY

N・R・ウォーカー

冬斗亜紀〈訳〉

BOSSY

by N.R.Walker

translated by Aki Fuyuto

Monochrome Romance

BOSSY
by N.R.WALKER

BOSSY《ボシー》

CHARACTERS

ブライス・シュローダー

シュローダー・ホテル
グループの御曹司
26歳

マイケル・ピアソン

ダーリングハーバーに住む
不動産会社CREAの営業担当
28歳

イラスト：松尾マアタ

ジェイムズ・シュローダー

ブライスの父親
シュローダー・ホテルグループの
創業者

テレンス・ホアン

ブライスの友人

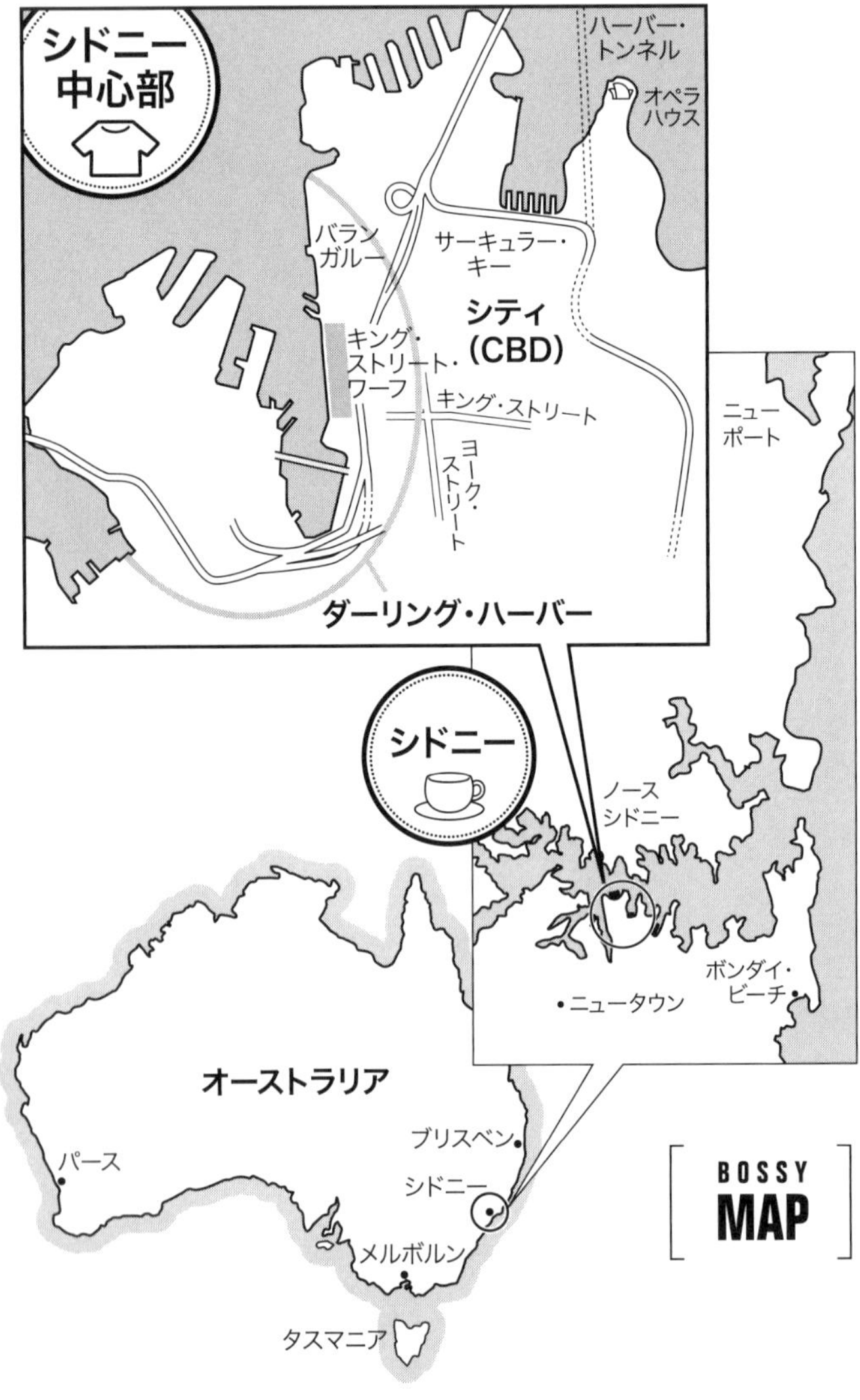
シドニー中心部
ハーバー・トンネル
オペラハウス
バランガルー
サーキュラー・キー
シティ（CBD）
キング・ストリート・ワーフ
キング・ストリート
ヨーク・ストリート
ダーリング・ハーバー
ニューポート
シドニー
ノースシドニー
ボンダイ・ビーチ
ニュータウン
オーストラリア
ブリスベン
パース
シドニー
メルボルン
タスマニア
BOSSY MAP

1

マイケル

始める前に、とりあえずの前置きを。

カラダ目的のセックスはアリだ。割り切った、私情抜きの、お互い肉体的欲求を満たすだけのセックス。合意で安全で関係者全員が満足なら、誰もが幸せ。そうじゃないか？

愛情抜きのセックスを楽しめる人間だっている。感情が絡むと複雑になりやすいし、人生を複雑にしたい奴なんかいるだろうか？

僕はお断りだ。

僕、二十八歳のゲイ、シドニーのダーリング・ハーバーにある高級マンションに住み、最高のキャリアと最高の人生を謳歌する男。仕事は商用不動産の営業。とほうもないプレッシャーと労働時間の仕事。高給取りなのは毎日過剰なストレスと高い要求をさばきつづけるからこそだ。仕事じゃ負けない。ばっちり、それもうまくキメる。

　面倒ごとにわずらわされる暇はないし、そんな気もない。

　いや、わかるよ。

　思ってるんだろう、どうせこの男だってある日、不意打ちで本物の恋に落ちてしまうんだろうって。甘い思いやどうしようもなく切ない目を味わわされるんだろうって。

　まあ……言い訳をさせてもらうなら、あんなことになるとは僕だって思っていなかった。

〝不意打ち〟とはそういうものだろうけどね。言葉どおりだ。ただ、我が身に起きてみると、
そんな一言には収まりきらない。

　あんな成り行き、予想もしていなかった。線路の上で車がエンストして窓の外では轟音とともに近づく列車がどんどん大きくなり、衝突して大変なことになるとわかっているのにどうしても止められないような。

　まさに、そんな。

　心に焼きつき、人生を変えてしまう。ひょっとしたら素敵な方向に。

　列車との衝突が素敵だなんて言ってるわけじゃない。ただ、その衝撃と後遺症は近いかも……。

　やれやれ。

　僕の脳がどうなってしまったか、これでわかるだろう？

明晰で根気強くてやる気と集中力にあふれていた脳が、今やこの有様だ。ぐだぐだ。

茹だりきった、めろめろの、ぐだぐだ。

神よお助けを。

去年の僕が今の僕を見たって、自分だとは認識できないだろう。高級な服とか完璧にセットされた金髪とかはわかるだろうが、せいぜいそこ止まり。

さて、じゃあ、僕の人生の脱線がどんなふうに起きたのか。話は少し、さかのぼる——。

金曜の夜だった。シドニーのジョージ・ストリートにあるバーは混んでいて、鳴りひびく音楽の中、ウォッカ・ライムが水のようにあおられる。店内にあふれたスーツとエゴの塊、どこまでが業務時間でどこから夜のお楽しみなのか、その境界もあやふやだ。

金曜の夜のくせして、周りの会話といえば手数料やクライアント、契約、担当案件、規約の話ばかり。

たまらない。つまり、最高だ。

これが僕の仕事だ。法人取引、上流顧客、一等地の物件。弁舌さわやか、当意即妙。過度のプレッシャーとストレス。いい土地、物件、立地!

だが今週は働きづめだったし、仕事のことは忘れたかった。ほんの数時間でも。今は仕事の話なんか聞きたくなかった。

全部放り捨てたい。今夜だけ。

忘れさせてくれる男が、そこらで拾えるといいんだが。僕をつれ帰って遠慮も前置きもなく押し倒してくれる男。ストレスと鬱憤を発散したい。

割り切った、私情抜きのセックスがしたいのだ。

セックスなら何でもいいわけじゃない。そんな、まさか。凄くいい、最高のセックスがしたい。めちゃめちゃにヤラれて名前も思い出せないくらいにされたい。

なので、金曜にこの店に来たのはほかのスーツ連中のような情報交換目的もあったが、今夜の僕はまたちょっと別の〝お仕事〟をしてくれそうな相手を探していた。お互いお得な、肉体的相互関係の構築のために。

顔なじみが多い。何せ金融街だし、僕らの世界は狭い。数人とは夜を共にしたこともあるし、そう、ブラドにうなずいてみせたりハンターに微笑みを送る手もあるし、そうすれば今夜のゴールはほぼ確定。

だけど、今夜は新しいことがしてみたい。新鮮で刺激的な、二度と会わない誰かと。

そんな時、彼を見たのだった。

長身、褐色の髪、がっしりした体軀、黒褐色の目、緊張気味の微笑み。バーを見回す様子からして初めて店に来たようだし、場違いかどうかためらっているようだ。薄っぺらい言い方になるが、あんなTシャツ姿ではこの店の客層とはなじまないだろう。

いや違うよ、誤解なきよう。彼を見下してるわけじゃない。ただ、僕のような仕事をしていると、金持ちかどうかは一目でわかる。あるいはその逆も。千ドルのスーツと一万ドルのスーツを見分けられるように、本物のイタリア製の靴かどうか見抜くように、最高級ブランドのネクタイを見分けるように。

これができるから、僕は仕事で有能なのだ。歩く姿を見れば、真剣な買い手か冷やかしか一発でわかる。

たとえば彼と連れ立って入店した四人の男たち。この四人は、店にあふれるスーツとエゴの塊の同類だ。だが彼は違う。Tシャツも、着こなしも洒落てるが。ただアルマーニやブリオーニ、グッチのスーツばかりのこんなバーで、彼の服装ときたらザ・クラッシュのバンドTシャツで、黒いスキニージーンズ、しかも――待て……あの靴はアレキサンダー・マックイーンじゃないか。

アリだな。

大いに、アリ。

ビールを飲む彼のことをちょっと長く見つめすぎたらしく、連れの一人が僕のほうに顎を向け、彼の腕をつついた。彼は僕の目を見て、僕がじっと見つめ返すと、ニッコリして顔を戻した。別の友達が笑って何か言い、また彼をこづいて、彼はそれに何か言い返してみんなを笑わせてから、人混みの中をこちらへやってきた。

バーカウンターによりかかる僕のそばまで歩いてくると、彼は、僕に半分体を押し付けるように空のビールボトルをカウンターへ置いた。やたらといい匂いのする男だった。

「こんばんは」と言った声は低い。

僕は微笑み返す。回りくどい真似をしないあたり、主義が近そうで助かる。

「こんばんは」と返す。「いいTシャツだね」

彼はわずかも目をそらさなかった。唇の片側だけを上げる。「そいつはどうも」

「オゴらせてもらえるかな？」

「いいとも」

バーテンに合図して、次の二杯を注文する。何を二杯かはわからない。別に何でも。彼に向き直った。

「この店では、初めて見る顔だね」

彼がニヤッとした。

「初めて来たからさ」

へえ。そういう返し。

「前置き抜きで話してもいいかな？」

NEW

「何でも好きなだけ抜いてくれ」

バーテンが二杯のウォッカ・ライムをカウンターに置き、僕は二〇ドル札で払ってからザ・クラッシュTシャツ男にグラスをパスした。名前は知らないし。知りたいわけでもないし。

「きみの友達がこっちを見てるぜ」と教えた。

彼は振り向きもしなかった。

「あいつら、何分かかるか賭けてんのさ」

「何が？」

「俺たちが店を出てくまで」

なーるほど。

彼が少し距離を詰めてきた。目つきが艶っぽい。

「まだ前置き抜きがいいか？」と聞く声はベルベットのようになめらかだ。

「場合によるね」

「どんな？」

「僕らが今すぐバーを出て行くことに、きみがいくら賭けてるか次第ってことさ。つまり、二〇分後と比べていくら儲かる？　僕はね、団体相手の交渉では個人に肩入れする主義なんだ。きみ、ちゃんと自分に賭けてきたんだろうな？」

彼がククッと、喉で温かく笑った。

「そいつはなかなか気配りが行き届いたことで。ちょっと聞きたいだけなんだが、我々がこのバーを出たなら次の目的地の心当たりはおありで?」友人たちをちらりと見やって顎から首すじへのうまそうなラインを僕に見せつけ、またこちらを向いた。「帰りを待てって言っといたほうがいいかな?」

僕は傾けたグラスで口元の笑いを隠した。

「僕の家はここから二分くらいだから、歩いてもそう時間はとらない。ただし、そうだね……」と少し焦らして目を合わせる。「きみとの用は、朝までかかりそうかな」

彼は微笑んでいた唇をニヤッと上げ、ぐいとグラスを飲み干すと、また僕をカウンターへ、前より強く押し付けて、空のグラスを置いた。強靭な体をピタリと合わせてぼそっと囁かれた声に、僕の肌が震えた。腹の底に熱がともる。

「あんたがよければ、俺はいつでもイケるぞ」

ああ、もう。待てるかこんなの。

「じゃあ出よう」

店から出ていく僕らを彼の友人たちが笑っていたが、腹すら立たない。彼が獲物目当てでバーに来てたとしたって、それが何だ? こっちも同じだ。今夜の僕の目的はそれだけ、それも五分で達成だ。離れたところから彼の目をとらえ、一緒に店を出るまで。

五分もかかってないかも。

余計なやりとりがないのもいい。「この店にはよく来るんだ?」とかお決まりのやりとりも不要。それどころか、名前もまだ知らない。

見事に効率的。おかげでいい夜になりそうだ。間違いない。こんな不敵でゴージャスでたくましい男。

あの靴のでかさだ、そっちも期待……。

ん、何か? 今さらヒイてないよな? 最初に言ったはずだろ、ヤラれたいって。

とことん、たっぷりヤラれたい。

今夜出かけたのはそのためだけだ。

もう待ちきれない。心底その気。ああくそ、ヤリたい。

キーをさっとスワイプして建物に入ると、エレベーターのボタンを押して期待をつのらせる。

ここに来る短い歩きの間も会話はなく、正直ほっとする。台無しにしたくないのだ。これほどの謎と熱に満たされた空気を。世間話なんか雰囲気ぶち壊しだ。

彼を部屋に上げると、僕はキーをカウンターへ放り出した。

「いい部屋だな」

彼はそう言った。だが見回すそぶりすらなく、港の眺望にも気付いてないだろう。僕から目を離そうともしなかった。

僕はジャケットを剝ぐと、革張りソファの背もたれに投げた。まるで雄牛の前に赤い布を振ったようなものだった。

大股の三歩で部屋を横切って、彼が僕の顔を手ではさみ、キスをした。僕を後ずさりさせてソファの背に押し付け、体を重ねて、舌をねじこんでくる。

これだこれ。最高か。

キスされるがままに口内をむさぼられていると、固いモノが股間に押し付けられた。靴のサイズから期待したとおりのようだ、うん。欲情のあまり膝が弱る。それに快感と。キスを中断して、言葉を発した。

「寝室」

彼はニコッとし、僕に手を引かれておとなしく廊下をついてきた。寝室で、僕は靴を蹴り脱ぎ、シャツのボタンを外しながらベッドサイドテーブルへ近づく。ローションのボトルとコンドームいくつかをベッドに放り出す間、彼はそこに立ったまま僕を見つめていた。深い茶色の目、キスで腫れぼったくなった唇、歩くセックスそのもの。

僕はまた一つ、シャツのボタンを外した。

「ヤッてくれ」と彼に告げる。「とことん。何時間でも」

彼のまなざしの熱が濃くなり、唇が半分開き、胸が上がっては落ちる。靴を蹴りとばし、シャツを引きはがして、日に焼けたたくましい胸板をあらわにした。

こいつは凄い。

何とかシャツを脱ぎ終えたところで彼の手がふれ、届く限りの素肌をなで回される。唇を重ねて引き寄せられ、荒々しく——いいぞ、ベッドでいいように翻弄されるのは望むところだ。

彼のジーンズの前を引っぱり、手をつっこんでペニスを握る。

「マジかよ」と息荒くこぼして僕は一歩下がり、見下ろした。

靴のサイズは見かけ倒しじゃなかった。それどころかもしかしてこいつは、僕の手に余るシロモノかもしれない——手、というのは物のたとえだが。

こいつ、デカい。

彼がククッと笑った。

「これでも何時間でもヤラれたいか？」

この野郎。

僕はなんとか息を整えた。

「当然、イエスだ」

彼が僕の顔を、優しいとは言えない手つきでつかんだ。

「じゃ、悦《よ》くしてやる」

激しく唇をかぶせ、荒々しく深いキスをされて、僕はとろけたようになってしまった。

彼が僕のスーツのパンツを下ろし、僕が彼のジーンズを下ろして、やっとお互い裸になる。

どんどん後ずさりさせられてベッドに突き当たった。僕を追って彼もベッドにのぼると、首に、耳に、口にキスをしてきた。太腿をつかんで脚を浮かすと、ずっしりのしかかってくる。

最高か。

彼の手、口、体、でかいアレ……ヤバい、死にそう。僕は腰を揺すって、そのペニスを、求める場所に近づけようとした。

彼がククッと笑う。

「こらえ性がないな?」

「突っこめよ」

どれほど必死に聞こえようが、かまうか。この男はセックス目的で来ているのだし、僕の目的も同じだ。体の奥で彼のモノを感じられなかったら本当に死にそうなくらい……。

笑いをこぼして膝をつくと、彼は僕を空気入りのラブドールみたいにひょいとひっくり返した。いいぞ。絡まりかかった手や足を僕がほどいた時には、ぬらつく指が尻の穴に当てられてぐっと押し入ってきた。

「んっ」

僕はベッドカバーの中に喘ぐ。

後ろからのしかかった彼は、熱い息で「こうしてほしかったんだろ?」と耳元に囁きながら、二本目の指を滑りこませてきた。

「そうだよ……」

僕は呻く。

肩に、うなじに、耳の裏にキスしながら、彼は長い時間かけて指で僕を犯していた。もういいとばかりに僕は腰を押し返し、それ以上を要求する。笑った彼が指を抜き、僕はベッドにつぶれて、求める腰をくねらせていた。

このクソ野郎――。

コンドームの袋が開く音とローションの蓋がパチンと開く音がして、それから彼の指が、前よりもローションを増やし、指の本数も増やして戻ってきた。

「もっとだ」と僕は絞り出す。

すると膝が僕の脚を割り、でかいモノの先端が後ろに押し当てられた。

「お願いごとには気をつけろよ。かないすぎることがあるからな」という囁きを追って、僕の内側へと挿入《はい》ってくる。

うわ。

うわあああ――あ。

僕は呻き、ベッドカバーをつかみ、彼の侵入を、なんとか息をついて――だが腰を押さえつけられた上にデカいモノに貫かれて動けずにいるうち、全部、ずぶりと入ってきた。

根元まで入れやがった。

「こんなのっ……」と僕は声を上げる。

彼が耳元で呻いた。

「あんた、キッツいな」

「そっちがデカいんだ!」

耳の中で笑い声が転がり、それから彼は僕の首すじを噛むと、腰を引いて、また押し入ってきた。彼が呻く淫らそのものの声。気付けば合わせて動きはじめていた。腰を揺すり、尻を上げ、彼のために背をしならせて。幾度も幾度もこの男を受け止める。ああ、たまらなく気持ちいい。

すべての動き、すべての突き上げが、彼にコントロールされていた。彼は楽器のように僕を弾きこなし、自分の中にあることすら知らなかった和音をかき鳴らし、聞いたこともないほど甘い歌を奏でる。

そのリズムが変わり、彼の切迫感が増し、さらに深く、荒々しくなって——ああ、凄い。彼は呻き、うなっていた。こんなに色っぽい声は初めて——。

だがそこで動きが止まり、僕の体勢を変えながら彼が膝立ちになった。僕の腰をつかみ、くり返しくり返し貫いて、前に回した手で僕のペニスをしごいた。

「ぶちこまれながらイけよ」とざらついた声で命じられる。

うわ——。

僕の中はこの男でいっぱいで、この瞬間、完全に支配しつくされながら、激しく達したあまり、目の前が暗転しかかった。

四つん這いのまま後ろをかかえ上げられて、膝が時々浮きながら、奥まで荒々しく突きこまれる。そして、僕のオーガズムが彼のオーガズムを呼び、思いきり貫かれると、コンドームに包まれた彼のモノがいっそう体積を増し、びくびくと脈打った。

二人してベッドに崩れ、彼の下敷きにされて、お互い骨抜きで息も絶え絶えだった。彼がまたククッと笑って自分を引き抜き、呻きをこぼすと、隣でひっくり返ってニヤついていた。僕も彼も汗まみれのローションまみれだったが、気にもならない。

数呼吸整えた後、僕が「今のは凄かった」とか何とか陳腐なことを言いかけた時、彼の優しい指が背骨をなぞり下ろした。

「どれくらいかかる？」

かすれて深い声。

だが脳がセックスぼけしていたせいで、意味がわからなかった。

「かかるって、何に？」

「第二ラウンド」

つい笑っていた。

「マジで。もう一度、今のやつができるって？」

「朝までって言ったのはあんただろ」

そう呟きながら彼は微笑んでいた。それから僕を仰向けに転がして、両脚を胸元まで押し上げる。またのしかかられてキスをされると、もう固くなりはじめた彼のモノが感じられた。ずっと固いままなのかも。わからないが、どっちでもいい。

そして、コンドームとローションをさらに使いまくった挙句、二度目だか三度目だかのオーガズムで僕の脳回路はすっかりショートしたのだった。

だってこの男、本当に、また再演してのけたのだ。それも二回。そして日の出を待つ頃に二人でシャワーを浴び、僕はローブを羽織ったが、彼はジーンズとTシャツを着込んだ。靴を履きはじめたので、僕はがっかりした。

「俺はもう帰ったほうがよさそうだ」と彼が言う。

「ん、そうかも。僕も仕事に――」

時間がわかるものはと見回したが見つからず――多分携帯はキッチンだ――僕は、寝室の窓から見える暁の空に一つうなずいた。

「そろそろ、行かないとな」

彼はニヤッと、まるで同情の気配もなく笑った。

「楽しかったよ」立ち上がる。「て言うか凄くよかった。そのうちまたやりたいね」

「来週の金曜は？」僕は肩をすくめた。「バーに行く必要もない。まっすぐここに来なよ」

彼が考えこむような顔をした。

「割り切った、私情抜きの関係」と僕は付け足す。「ただとにかく、史上最高のセックスのおかわりをまた」

「史上最高？」

「ここに来れば僕のカラダをいつでも好き放題にしてくれていいよ」

「そのカラダを好き放題しろなんてたのまれて、俺に異論があるわけない」彼の目が笑いできらめいた。「俺のモノをまるでチャンピオンみたいにくわえこんでくれたしな」

別におかしな会話じゃない――おかしいか。

「きみだってチャンピオンみたいにぶちこんでくれたよ」

彼が笑った。

「じゃ、金曜の夜。九時か？」

「ああ、よろしく」

笑顔を残して、彼は出ていった。さよならの言葉もなし。ありがとうも、気まずい沈黙も、後ろめたさも一切なし。

まだ名前も知らない。

2

ブライス

「まったく、時間を無駄にしない奴だなお前は」テレンスがそう俺にニヤついた。「帰国してどんだけさ？　五時間ってとこか？」

俺は笑って、買ってきたコーヒーを彼に渡してやった。

「大いなる欲求不満をかかえていたもんでな」

彼が唇をすぼめる。

「大いなるアレをぶら下げてるせいだろ。見たことあるし、どれくらい大いなるブツかは知ってるぞ。あのかわいい金髪も気に入ってくれたんだろ、お前が戻ってこなかったとこ見ると」

俺はクスッと笑った。

「気に入ってもらったさ、幾度もね」

テレンスが笑ってコーヒーに口をつけた。

「そんで、それから二日間バテてたのかよ？　お前が、あっちの男が？」

「土曜の朝に出てきた時にはあっちは元気だったな。俺は週末で時差ぼけを解消して、父さんと飯を食いに行ってた」

「そういや親父さんは元気か？」

「ああ、元気。いつもどおりさ。仕事が忙しい。知ってのとおり」

テレンスはうなずいた。そう、彼にはわかる。俺たちは大学に入ってすぐ出会い、それからずっと友人だ。彼も俺も親がホテル業界の人間だし、二人とも親の事業を継ぐだろうと期待されてきた。テレンスは生き生きとして後継者の道を選んだし、彼にはそれが合っていた。洒落た都会のオフィス、責任、書類の山、金。

俺は、彼ほど乗り気にはなれない。

だからこの二年間をシンガポール、フィジー、ニュージーランドですごしてきたのだ。大体はシンガポールで。不満を抱えてすべてを投げ捨てかかっていた俺に、父さんが海外事業の話を持ちかけた。当然のごとくそれもホテル事業で、父親はそれを通して俺の視野を広げたがっていた――海外を肌で感じて新たなビジネスを作り上げる体験が楽しく心躍るものだと、教えようとしていた。

たしかにそう感じた。ああ。しばらくの間は。

だが、あれは俺のほしいものじゃなかった。

わかっていたのだ、向いてないって。

それでシドニーへ戻って、これからの人生についてよく考えることにした。ま、アイデアはあるし、それを形にするだけだ。帰国してほっとできた一方、正直、少し気が重い。

「もう会社では働きたくないって、父親には言ったのかよ?」

俺は首を振った。

「まだ。でも先延ばしにはできないな。あっちも答えを待ってるし」

テレンスが眉を寄せる。

「いいか、チェスと同じだぞ。父親の反応を予想して、返す手で反撃するんだ。辞めたいって言ったら、辞めて何をするのかって即座に聞かれるぞ。答えを準備しておけ。信じろ、うちの親父も似たようなもんだからな。で、お前の反撃の一手は何だ?」

俺はため息をついた。

「起業のアイデアがあるんだ。うまくやればいける。でも、父さんが何と言うか想像はつくけどな」

「完璧に仕上げたアイデアなら何も言えないさ。予算、業績予想を数値で出せ。本気だって見せつけりゃ反対できない」テレンスがニコッとした。「どんなビジネスか教えてくれないのかよ？」

「今はまだ。形になってきたら、ちょっとお前に見てもらうかも」

「それってつまり、お前の事業計画の下地を作らせてやってもいいよ、って話だろ？」

さすがに回転が速い、俺は笑って聞いた。

「マーラはどんな調子だ？」

テレンスが微笑んでから、おどけた顔をした。

「彼女は素晴らしいさ」

「まったく、テレンス、そろそろ指輪をあげることを考えろよ」

「うるさいな」と返される。「うちの母さんそっくりなこと言いやがって。父さんとも。妹たちとも。弟たちともだ。おばさんたちまでだぞ」

笑える。テレンスの家族は口をそろえて、テレンスはいい感じの中国人娘を見つけて身を固めるべきだと言っており、五年くらい前にいとこから見合い相手として紹介されたのがマーラだったのだ。テレンスの期待を裏切って、マーラはそれは彼にぴったりで完璧な女性だった。

「嫌なのはマーラがお前より賢いからか？　それともお前よりかわいいから？」

テレンスが自分のデスクに身をのり出し、俺にもそうするよう手招きした。やばい秘密でも打ち明けようとするように。でもそうじゃなく。

「ぶっとばすぞてめえ」

俺はまた笑って、椅子に戻った。

「はっ、マーラにいつ暇か聞いといてくれ、お前ら二人を飯につれてくから。ごちそうするよ」

「たしか金曜は暇だって言ってたぞ」

「金曜か。ま、九時までなら、俺も空いてる」

テレンスが眉を上げた。

「デートかよ?」

「まさか。そういうんじゃない。どっちかって言うと、お、お、お役目だな」自分で言って顔をしかめる。「役目っていうより協力関係というか」

「誰との?」

「金曜の金髪」

テレンスが俺をじっと見て、コーヒーを飲んだ。

「二回目をやる気か?」

「いやいやそんな、この間の金曜に二回目も三回目も終わってるよ。次は厳密には四回目、五回目、調子次第で六回目かな」

テレンスがまたたいた。

「三回。冗談じゃなかったのか……にしても、お前のせいで、我々のような凡人が統計的に肩身の狭い思いをするんだぞ」

「あやまりたいけど申し訳ないとは思ってないんでね」と俺は笑った。

「じゃあ、気軽な協力関係なのか、それとも……？」

「気軽も気軽さ。向こうに言わせりゃ『割り切った、私情抜きの関係』」

「そういう話がどうなるかは知ってるだろ？　中国の算術みたいにまったく割り切れない面倒ごとになるんだぞ。俺にはわかる、中国人だからな。マジで複雑怪奇なんだ」

俺は笑って首を振った。

「これはそんなんじゃないって。向こうもその辺はきっぱりしてた。埠頭近くのいいマンションだし、ワードローブは高そうなスーツばっかりだったから、何の仕事にしてもやり手だな。とにかく、自信がにじみ出てる。感情に流されるタイプでもなさそうだし」

それにテレンスがニコッとする。

「お前にぴったりの相手みたいだな」

俺は鼻を鳴らした。

「ほめられてる気がしないのはどうしてだ？」

テレンスにもう一度笑われる。

「で、その〝割り切り男〟のお名前は？」

「名前くらいあるだろうさ」と俺は肩をすくめた。

テレンスが鼻で笑う。

「まったく、ブライス、お前が帰ってきてくれてうれしいね。さ、オフィスから出てけ。俺は仕事だ」

俺はドアに向かった。「マーラにディナーの誘いを伝えて、返事をよこせよ」

しっしっと俺を手で払って、もうどこかの海外クライアントと電話を始めたテレンスを残し、俺は外に出た。テレンスが仕事に傾けるあの情熱がうらやましい。俺だって、せっせと働くのが嫌なわけじゃない。ただ、愛してもないことに人生の一部を注ぎこむのが怖いのだ。

自分の人生を、父親が築いた事業に捧げたくはない。あれは父の情熱の結実であって、俺の情熱ではない。父が成し遂げ、作り上げたすべてを尊敬している。だが、自分だけの何かがほしかった。自分の夢を築きたいし、今がその時だ。心底、ここで踏み出せなかったら二度目はない気がした。

そんなわけで、テレンスの助言が耳に響くまま家に帰ると、俺はノートパソコンを開いて自分の事業計画をまとめにかかった。あいつの言うとおりだ。父さんに向かって会社に興味がないと宣言するなら、具体的かつ説得力のある計画書がなくちゃ話にならない。父さんはそういうタイプだ。

そして案の定、思ったとおりになった。

父さんが帰ってきたのは夜遅くで、テイクアウトの容器を手にしていた。俺はパソコン作業に没頭していて、時間を忘れていた。だが手早く皿を出し、父さんとアイランドキッチンの長椅子に座る。

「今日、会社で顔が見られるかと思っていたが」と父さんが始めた。

俺は首を振って、口いっぱいの食べ物を飲み下した。

「いや、俺は……」父親に嘘をつきたくはない。「父さん、俺は、ある事業計画を練っているところなんだ。まだちゃんと形になってないし、アイデアを書き出したくらいであまり話せる内容はないけど、ただ……」

フォークを下ろして続けた。

「父さんがしてくれた、すべてのことに、感謝してる。父さんの事業も大好きだし、これまで実現したことすべてが素晴らしいけど……あれは、父さんのためのものだ。俺のものじゃない。前にもこの話はしたけどさ」

「ブライス、お前には数百万ドル規模の会社の上級管理職の地位が約束されているんだぞ。そんなチャンスにとびつく人間がどれだけいると思う？」

「だからそこなんだよ、父さん。俺は職を約束されたいわけじゃないんだ。自力で一から何かを作り上げたいんだよ。自分のものだと言える何かを」

息をついた。

「恩知らずだと思わないでほしい。いろんなチャンスをもらえてとてもありがたかったし、父さんがどれだけ全力で働いてきたかもわかってるよ。これだけ成功できたのも当然だ。ただ……」

くそう、どうしてこんなに難しいんだ。

「……父さんの気持ちを傷つけたくない」と俺は続けた。「それに、怒ったり、がっかりしてほしくもないんだよ」

「ふん、がっかりするに決まってるだろう。いつかお前と一緒に働けると思っていたのに……」

やっぱり。

「父さん――」

「だが、理解はできる」

俺はさっと父さんの目を見た。何だって？

「理解できるって……」

父さんは窓から街の光を見ていた。

「お前が海外からやる気になって戻ってきて、私の椅子に座ってくれればいいと思っていたよ」

「父さんの椅子に？　冗談だろ」

父さんはちらりと笑みをのぞかせた。

「まあ、そうだな、二〇年はかかるか。だが、いつか。その間、お前には傘下の事業をまかせようかと思っていた」

「そうやってもっと適した人材を腐らせてもいいって？　適当な仕事で飼い殺しにしたり。父さん、俺はそういうのは嫌だ。父さんの息子だからってだけで役職をあてがわれて偉くなるなんて、無理だ。海外の仕事は悪くなかったけど、みんなが俺のことを知ってた。ブライス・シュローダー、あのジェイムズ・シュローダー、シュローダー・ホテルグループ創業者の御曹司。俺が何をぬかそうが反論すらされなかったさ」

「ご希望なら郵便仕分け室配属から始めてもいいぞ」

「郵便仕分け室なんて会社にないだろ」

父さんはまた微笑んで、やっとうなずいてくれた。

「で、お前は事業計画に取り組んでると言ったな？」

俺はうなずいた。

「今んとこ骨組みだけだけど、そうだよ」

「ざっとプレゼンしてみないか？」

「駄目」

「どうしてだ？」

「全体像を見てもらいたいからさ。三〇秒の売り込みだけ聞いて却下されたくない」

父さんはそう言われて少し考え、夕食を何口か食べた。

「事業資金は？」

「起業にかかる金を計算中」

「もし資本が必要なら――」

「必要ない」つい、かぶせるように返していた。自分でも驚いたが、本心だ。「父さん、やるなら自力でやらないと」

父さんの表情は読めないものだった。驚き？　笑い？　誇り？

「いいだろう」父さんはゆっくりうなずいた。「どんなビジネスモデルだ？」

俺は笑い声を立てる。

「基本的に父さんのビジネスモデルを使ってるよ」さっと見られる。「何でって？　効率的だってよくわかってるからさ。その中で何年も働いてきたんだぜ。ここで四年、海外三か国で二年間」

父さんは眉を上げると、微笑のような表情になり、チキンカツの容器を俺に押しやった。

「もっと食え。それと、出資者や銀行に見せる前に事業計画書に目を通してほしいなら、声をかけろ」

心から安堵して、俺は笑い返した。

「そうするよ。ありがとう」

「それが合格点に達しないものなら、その時は……」

そら来た。

俺は父さんと目を合わせた。

「合格するよ」

絶対にしなければ。


それから四日間、財務データや業務予測やマーケティング分析に徹底的に取り組み、金曜が来た頃には九時を待ちかねていた。

単に待ちかねてたどころじゃない。うずうずしていた。

彼のマンションに着いたものの、そこから先は予想がつかないでいた。服装はカジュアルにまとめた。ジーンズ、ブーツ、グランジファッションのTシャツ。結構な値段のやつだが、まあTシャツはTシャツだ。すぐ脱ぐことになると期待していた。

彼はドアを開けてくれるだろうか、と迷う。

気を変えたかもしれないし。お互いに連絡手段もないから、夜九時にただ部屋に押しかけていくのは一種の賭けだった。

だがチャイムを押すと、彼はエントランスのロックを外してくれたし、部屋まで来た俺をはだけかけのシャツとベルトを外したスーツパンツ姿で出迎えた目には、激しい熱がたぎっていた。

俺はニヤッと笑いかけた。

彼が一歩脇へ引いた。

部屋に入るとドアが閉まる。先週と同じく素敵な部屋だった。でかい窓からダーリング・ハーバーのきらめく夜景が見える。キッチンカウンターにはウォッカのボトルとタンブラーグラスが二つ。

彼がボトルを手にする。

「飲むか?」

「もらうよ」

両方のグラスに注いで一つを俺によこすと、じっと俺の目を見つめながら、大きくあおった。彼の金髪はきっちりセットされ、額があらわだ。先週別れた時とは大違い。

「食事はすませた?」

「食ったばかりだよ」

友人たちと夕食だったから、と説明しかかってやめた。彼はテレンスのこともマーラのことも、俺のほかの友人たちのことも知らないのだ。そもそも、俺についてもろくに知らない。これはそういう関係じゃない。

「きみが来るかどうか確信はなかったよ」と彼が言った。

「俺も、あんたが部屋にいるかどうか確信はなかった」

彼がニコッと「来てくれてうれしいよ」と言って残りのウォッカを流しこんだ。「僕も帰って来たばかりだ。裸で出迎えていいものかどうか迷ってね……」

そう言われて俺は笑った。

「裸でも全然よかったな」

俺をまっすぐ見つめながら彼がボタンを一つ、二つと外し、肩からシャツを滑り落とした。ソファへ放りやる。象牙色の肌はなめらかで、体は引き締まっていた。プール派か、ジョギング派か。泳いで鍛えていそうな筋肉だが……。

そこで彼がズボンの前を外し、ゆっくりとファスナーを下げていった。

「今夜を楽しみにしてたよ」白状する声はざらついて、低い。「先週を踏まえて、今夜の期待値はきわめて高く設定されているからね」

俺は笑って、ウォッカを飲み干し、カウンターの上へグラスを押しやるとTシャツを脱いだ。

「じゃ、がっかりさせられないな」

彼の笑みが大きくなり、目つきが艶っぽくなって、後ろ歩きで寝室のほうへ下がっていく。

「そのとおり」

靴を脱ぎながら、俺はもう期待で勃起しかかっていた。このささいな前戯、含みのあるやり取り、彼の目に燃える熱がたまらなくそそる。

ジーンズのボタンを外してみせると、彼の口が欲情で半開きになった。そこで俺はとびかかり、引き寄せて荒っぽいキスを仕掛ける。彼は呻き、俺のキスに口を開き、熱くもたれかかってきた。

後ろ向きに下がらせて寝室へ入り、抱えるように運んでベッドに投げ出すと、上からのしかかった。腹を舐め、乳首を噛み、鎖骨や顎、唇にも歯を立てた。口腔に舌をつっこむと大いに歓迎された。

「今夜も三回、イカせてやるよ」と口の中へ囁く。

彼が背をしならせて肌を押し付けてきた。俺との間にはさまれた勃起がビクッとはねる。しなやかな肉体が火のように熱い。

「ならさっさとこのズボンを脱がせろ」彼が喘ぐ。「僕を好き放題にしてくれ」

参った、危険な誘惑。

彼の自制はもうギリギリだ。切迫感と、己を保とうとする理性とのはざまにいる。俺はその腰に指を食い込ませて唇を舌でねぶってやった。

「ああ、好き放題させてもらうさ。すぐにこのきつく締まったカラダに、俺のモノをつっこんでやる。まずは、もう少しあんたにおねだりしてもらおうか」

3

マイケル

ほとんど何も知らない他人に『好き放題しろ』と言うのは危ない行為かもしれないなんて、僕だって承知だ。だが彼はあまりにセクシーだったし、このカラダ、この手と唇、伝わってくるデカいペニス……。

どうやらそれだけで十分らしい、自尊心やら防衛本能やらをかなぐり捨てるには。

しかもその後、彼は言った——自分のモノをつっこむとか。それがとどめだった。脳が沸騰して、股間が支配権を握る。

次に気付くと枕に顔をうずめて尻を宙にかかげ、人生で最高の穴舐め《リミング》を受けていた。

彼の舌の話は前にしたっけ？

指のことも言ったっけ？

二度でも三度でも言いたい。

どっちも拝みたくなるくらいヤバい。なんてことを考えていると、突然すべてが抜けていって、それから彼のモノが僕の中へ入ってきた。

ゆっくり、深く――完璧だ。

彼の手が腰をつかむ。「くっ……」

僕は枕にしがみつき、彼を受け入れた。

「ああ、凄い……」

また抜けていき、それから押しこまれて、ほんの一瞬だけ受け入れる時間をくれてから、リズムにのってまた望むまま僕を突き上げていく。

僕の望みどおりに。

根元まで深々と彼をくわえこんで、僕は達し、すぐに彼も達した。その絶頂が感じとれる。彼のモノがピクついてコンドームへ吐精したのが伝わってくる。

それがまだ第一ラウンド。

二人でシャワーを浴び、ソファで長々とイチャついた。彼はくすぐったがりで、それが楽しい。肋骨をひっかいてやると身をよじって喉にかかるたまらない笑い声を立て、それから僕の手を頭上に縫いとめ、屈服するまでキスをされた。

その後、ベッドに連れ戻されて、第二ラウンド開始。

さらに夜明けまでのどこかで、どうにか第三ラウンドまでこなされた。

ベッドにのびた僕は疲れきり、あらゆる筋肉がすっかり酷使され、そしてとても、心から、充足していた。彼はまたざっとシャワーを浴びに行っていて、僕は寝落ちをこらえようとするだけで精一杯だ。

「じゃ」という声で、はっと起きる。「次の金曜?」

「ああ、よろしくたのむ、今夜は世話になったね」

彼が笑った。

「もしかしたら今のうちに、未来への保険として免責事由を設定したほうがいいかもな」

「たとえばどんな?」と僕は微笑を向けた。

「本来は二回で合格。人によってはそれで上出来。三回は、選ばれしものの偉業」

僕は笑って三本の指を立ててやった。

「前例を作ったのは自分だろ、僕じゃない」

「次も九時?」

「待ってるよ」

「裸の出迎えがあるとうれしいね」

僕はうなるように笑って寝返りを打った。

「きみがどうしてもって言うなら」

「言ってる」

「見送らない僕を無作法だとは思わないでくれ。目を開けてるだけでやっとなんでね」

彼が笑って部屋を出ていった。玄関のドアが閉まる音を聞いて、僕は眠りに落ちた。


「おはようございます」

キャロラインが、出勤した僕を明るく出迎えた。彼女に「おはよう」と笑いかける。

いくつかの伝言を手渡された。

「スタッフミーティングは八時半からです」

「ありがとう」

答えて自分のオフィスへ向かった。ここはＣＲＥＡ《クレア》、オーストラリアでも指折りの不動産会社だ。全国で四百人近い社員がいる。この支店だけでも六〇人以上だ。法人向けの土地、オフィス、店舗、工場用地など様々に扱っていて、僕の専門は商用物件の売買と賃貸、それもシドニー中心部の商業地区を担当している。

市場動向や流行を分析し、案件ごとに最適な提案を行い、顧客の要望に応じた質の高い物件を探す。僕は有能だったので出世も早く、多くの古参社員から目の敵にされてることだろう。

二十八歳の今、街並みを見下ろす専用オフィスを持ち、流通営業部長のポストも視野に入っていた。

八時半のミーティングは目標予算や収益性、クライアントや収支などの報告会だ。いつもどおり、かわりばえなし。会議終了を宣言した上司が僕に一つうなずくまでは。

「マイケル、少し残ってくれる?」

月曜の朝から聞きたいセリフじゃないが……。

上司はナタリー・ヤン。切れ者、やり手、不動産市場の動向をまるでネオンの掲示板のようにたやすく読み取る。

最後の一人が会議室を出るまでは待ったが、先手を取るべきと感じて、こちらから聞いた。

「何か僕にできることが?」

彼女は微笑み、そこで黙って、唇の内側を噛んでいた。

「小耳にはさんだんだけれどね……」

これはヤバそうだ。

「何について?」

「モーティマー社が代理店を変えたがってるらしいって」

まじまじと彼女を見つめた。

「モーティマー……の、どの物件です? もしキング・ストリート・ワーフのやつなら、そんな――」

海辺の巨大な複合商業施設だ。

「キング・ストリート・ワーフなの」

「ヤバい」

彼女がニコッとした。「それ私も言った」

「僕は何をすれば？」

「この契約を取ってきなさい」

僕の笑みが濃くなった。血管が昂揚でざわめく。

「期限は？」

「不明ね」唇をすぼめた。「ただの噂だし。どこかの誰かさんが言ってたところじゃ、モーティマー社はカーター社から手数料まるごと消費者物価指数《CPI》を無視した上げ方をされてカチンときてるし、古くからのテナントがもう退去通知を出したそう。二社の間はしばらく前からぎくしゃくしていたけど、あれが最後のひと押しだった」

ここでざっと説明しておく。モーティマー社はシドニー中心部の商業地区（僕ら地元民はセントラル・ビジネス地区《CBD》と呼ぶ）に一等地の物件をいくつも所有しているのだ。カーター社は、そのモーティマー社と契約中の不動産管理会社。そしてそう、ナタリーが『噂を聞いた』と言うなら、それは予言だ。

「あなたは噂なんか聞いてない」彼女へ微笑を送った。「誰より早く事実を聞きつけるだけだ」

彼女は笑いをこぼしかかった。

「で、あなたのスケジュールはどう?」

「ホールディングスの案件を今日片付けて、午後にクィン・グループとの打ち合わせです。これはちょっと人まかせには……」

ナタリーが首を振った。

「ええ、そこまではたのまない。進行中の仕事をまとめ上げて、問題なさそうな書類仕事は部下にまかせて、それから地ならしにかかりましょう」

「すぐに」とうなずいた。

ナタリーが両手を擦り合わせる。

「楽しみね。明日、またこの話をしましょう」

僕は自分のオフィスへ戻った。浮かれてはいたが、油断はできない。進行中の案件をこのまま担当していいとナタリーは言ったが、どうせ明日、この件について何らかの報告を期待されている。地ならしにかかりましょう、という彼女の言葉は「まず朝一で詳細なレポートを出しなさい」という意味なのだ。文句はない。僕はそれだけの金をもらっている。

そしてそれ以上に。高いハードルは大好きだし、仕事をバリバリ仕切るのも好きだ。

私生活ではまったく逆だが。私生活ではベッドに放り出されて好き勝手されたいし、すべての主導権を奪われ、あらゆる責任を投げ出し、有能な腕利きであることも忘れたい。

相手に主導させてやる。すべてをかなぐり捨てるのは気持ちがいい。

つられてミスター・金曜日（ほかに呼びようがない）のことを思うと、笑みが浮かんだ。あの男には参った、あのテクニック。ベッドの上でなら喜んで彼に主導権を、責任もプレッシャーも根こそぎ、渡してしまえる。向こうが乗り気ならベッドの外でヤるのもアリだし。

彼にされた行為を反芻《はんすう》するだけで勃起するくらいだが、今週は自慰もしていない。もったいないだろう……あの巧みな両手が待っているのに。正直、さっさと金曜が来てほしい。

仕事で毎日が忙しかった。毎日遅くまで残業し、木曜の夜には妹から強引に食事に誘われて、八時に約束のレストランへと息せききって駆けつけなければならなかった。

「働きすぎね」と妹は、スーツのままの僕を見た。

「やあ、スザンナ」僕は挨拶を返してテーブルの自分の席に着く。「今夜も素敵だよ」

本当だった。黒いワンピースに小ぶりなデニムのデザイナーズジャケットを着て、先の尖ったハイヒール。巻いた金髪は肩より長く、肌にはしみひとつないが、シドニーでも指折りの美容サロンの美の専門家としては当然か。

彼女は、やあねえという顔をした。

「ご挨拶どうも、マイケル。でも私の言いたいことはわかってるでしょ。本当に働きすぎ。その献身に会社が報いてくれればいいけど」

「くれてるよ。自己評価もしてるしね」僕は水を飲んだ。「この仕事が好きなんだ。それ母さんか父さんに言わされてるのか？」

スザンナの笑みからして遠からずというところだろう。

「二人とも元気よ、言っとくと」

「母さんとは月曜に話したよ」本当のことだ。会話は短かったが。話題を変えよう。「お前のかっこいい彼氏はどうしてる？」

「相変わらずかっこいいわよ」

笑顔で返ってきた。ジャドと妹はわりと続いている。二年くらいか。妹は大事にされているようだし幸せそうだから、それだけで十分だ。

二人で注文をすませてワインをもらった。妹が仕事とジャドの話をするかたわら、僕は自分の友達の輪で起きたあれこれを話した。輪というには小さいか、何人かしかいないし。皆僕に劣らず忙しく、時間がある時にダーリング・ハーバーのバーで軽く飲んで愉快にすごす。前に会ったのは僕があのミスター・金曜を見つけた夜で、あれからもうほぼ三週間になる。

そろそろ電話くらいしないと。

まったく、この頃そんなに仕事に追われっぱなしだったか。

その気持ちをスザンナに読まれたようだった。

「仕事ばかりの人は枯れるってよ」と遠回しに脅される。

「出かけたりはしてるよ」

いまいち説得力に欠ける。

「じゃ明日の夜も一緒に出かけましょ。バランガルーのイルミネーションフェスタに行くから」

まずい。明日は金曜――。

「明日は駄目なんだ」

「残業だったら不当労働を告発しちゃおうかなー」

僕は笑いをこぼした。

「違うよ、じつは、あれだ、明日は先約がある」

当然、妹は食いついてきた。

「そうなの？　お相手は私の知ってる人？」

「多分違う」

「マイケル、洗いざらい吐きなさいよ。その顔、コカコーラの秘伝のレシピを手に入れたってくらいのニヤニヤ顔じゃないの」

つい笑ってしまった。

「話すほどのことはないんだよ」

「つき合いはじめたばっかり？」

「いや、そうじゃないんだ。すぐはすぐだけど、お前が思ってるような話じゃない」

「私が何をどう思ってるかどうやってわかるわけ」

「だから、全然真剣な仲じゃないんだよ。そういう言い方でいいかな」

「そう」わかった顔でうなずく。いたずらに笑って身をのり出した。「便利なヤリ友なのね」

僕は顔をしかめた。

「その言い方は好きじゃない」

「じゃ、何て呼ぶわけ？」

「……相互互恵関係」

妹は鼻で笑ってワインを飲んだ。

「ヤリ友でしょ」

僕はため息をつく。

「向こうもこの互恵的な……協力に、同意してるんだ」

「で、いつから協力し合ってるわけ？」

「二週間前。明日が、彼との三度目の……互恵関係になる」

「マイケル、顔が赤いわよ」

「そんなわけない」

「真っ赤だけど」

「こんな話を妹とする心がまえができてないだけだ」

「大変有意義な関係みたいね？」

深読みしてくる視線を受け止める。

「ああ、とても」

彼女が笑った。

「じゃ、詳しく聞かせてよ」

「死んでも断る」

「そっちの話じゃないわよ。彼の名前は？」

あ。

「えーと……」

「まさか、やだ。名前も知らないの？」

こうなるとこっちが笑うしかなかった。

「そういう話題にはならなかったからね」

「マイケル……」顔を寄せて妹は声をひそめた。「その彼って隠し事があるんじゃないの？　二重生活だとか？　まさかと思うけど、既婚者？　マイケル、彼が結婚してたらどうするの！」

「してないよ」

そうは言ったが、根拠なんかないことはお互いわかりきっている。

「子持ちだったら？」

「その辺にしといてくれないか？」僕はフォークを下ろした。「向こうの個人情報は何も知らないよ。だから、もしこれが浮気なら、それは向こうの責任だ。僕には関係ない」

「とにかく……気をつけてね」とため息。

「いつも気をつけてるよ」

妹はサラダを口に入れて嚙みながら、何か考えをめぐらせていた。

「まあ、お上手なんでしょうね、その彼。何しろ次が三回目――」

「スザンナ！」顔が熱くなって、うんざりと息をついた。「でもどうしても知りたいなら……上手なんて一言じゃ足りないね」

彼女は笑って、ありがたくも僕のセックスライフの話題を切り上げてくれた。また食事が終わって帰ろうという時になると、僕の腕をつかんで真剣に言った。

「用心して。それと、とにかく何だろうと、せめて相手の名前くらいは聞いてよ」

おどけた顔でごまかして、僕は妹をタクシーに乗せると、家まで半ブロックを歩いて帰った。

名前なんか知らないままでいい。ミステリアスだからとか映画っぽいからってことじゃない。単に、知らなければ話が単純になるからだ。お互いに、この関係はただのセックス目的なのだから。そのセックスがまた最高なのだが。

名前なんか必要ない。

それでも頭の隅に何かが引っかかっている……引っぱればすべてがほどけるほつれ糸のよう

なものが。彼の名前を知れば、この関係はもっと距離が縮まるのだろうか？　それとも何も変わらない？

ああ、やだやだ。

つい考えはじめてしまっているじゃないか。

実のところ、僕の家は相手に知られている。彼が僕の名を知るのはそれほど難しくない……もし、もう知られていたら？

いや、知られていたら何だと言うんだ。

僕には何の隠し事もないし。この関係で脅される心配もない。

ただ、彼のほうはそう恵まれていないのかもしれない。職場や家庭でカミングアウトしていないのかも。バーにいた友人たちは彼が男を好きなことは重々承知で、何の抵抗もないようだったが、人生のほかの部分でカミングアウトしていないことはありえる。誰もが、仕事場で不安なくプライバシーを明かせるとは限らない。

いいや、名前を聞くつもりはないぞ。

かわりの呼び名をつければすむのだし。

馬並みのでかいアレにちなんでミスター・エドと呼んでもいい（ドラマのしゃべる馬だ）。それか、金曜九時男とか。Tシャツから取ってザ・クラッシュでもいいし、くすぐったがりとか、セクシー野郎とか、クスクス男とか。

もしくは遅刻男。

金曜の夜九時になって、それがすぎても、あいつの影も形もない。

九時五分になっても何もない。九時十分になると、僕はローブを着ることにした。裸でドアを開けてやりたいなんて思った自分が間抜けに思える。

彼のリクエストに応えて。

十五分が経つと、出かけてしまおうかとも思ったが、服を着るのが面倒で即座に却下。酒を注ぎ、今夜は三回分のオーガズムにはありつけないかもしれないと気を引き締める。ポルノを見て自分でしごくしかないか。

九時二〇分には二杯目のウォッカに手を出し、ムカつかないようこらえていた。落胆はいい。だが怒りは無意味な感情だ、とにかくそれが僕の主義だ。怒って感情やエネルギーを無駄遣いするくらいなら、最初から気にも留めないほうがいいだろう？　無視するほうがずっと楽だ。

名前を知らなくてよかった。

だが九時二十六分、部屋のインターホンが鳴った。

防犯カメラをチェックする。そこにいたのは彼で、ほんの一瞬だけ居留守を使おうかと誘惑されたが、僕はロビーのロックを解錠した。

部屋のドアで彼を待ちながらローブの前をしっかりと合わせる。彼の一回のノックでドアを開けた。彼はピッタリのジーンズにザ・キラーズのバンドTシャツ、それに申し訳なさそうな笑みをまとっていた。

「遅い」と僕は乾いた調子で言った。

彼は僕を上から下まで見回してから、視線を合わせた。

「そっちは裸じゃないんだな」

「裸だったさ。九時にはね」

彼は微笑みはしたが、少し無理をしているようだった。

「悪かった。つい……時間に気がつかなくて」

間近で見ると、疲れているようだし、少し気落ちした様子だった。それを見るとどうしてかいたたまれない気持ちになってくる。僕は横へどいた。

「入ってくれ」

彼が入るとドアを閉め、キッチンカウンターへ一緒に向かう。ウォッカのボトルに僕のグラス、それに空のグラスが一つ。

「飲むか？」

彼はためらった。「……ああ。もらう」

たっぷり注いで「どうぞ」とグラスを渡した。

今度はもっと心のこもった笑みが返ってくる。

「どうも。それと、遅れて悪かった。その、少し大変な週で、時間の感覚がなくなってしまって」

「いいんだ」とウォッカを飲んだ。「別に怒ってやしないし」

「メールが送れたらそうしたんだけどさ」と彼は言って、大窓から波止場を眺めやった。「番号がわからなくて」

う。

「僕の番号が知りたいのか？」

「ま、知ってれば、ローブを着直すような面倒はさせずにすんだね」

「だな」と僕は鼻息をつく。

「そしたら裸で出迎えてもらえた」

笑ってしまった。

「たしかに」

となると、今から電話番号の交換？

「教えてもいいが、条件が一つ」と僕は言った。

「どんな条件？」

「お互いメールのみ。緊急の場合を除き」

「緊急ってどんな？」グラスの向こうで彼が笑った。「ドアで出迎えてくれたのにあんたが裸じゃなかったとか？」

「よっぽどこのローブが気に入らないみたいだな、きみは」

じっくりと眺め回される。

「別に、いいローブだよ。ヴェルサーチだろ？」

「さすが」と僕は眉を上げた。

だが番号交換に話を戻して……僕は携帯電話を手にする。

「きみの番号は？」

ニコッとして彼が番号を並べ立て、僕はそれを入力してショートメールを一文送った。〈いいＴシャツだ〉

携帯が鳴り、彼はポケットからそれを取り出す。メッセージを見て微笑んだ。返事が戻ってくる。〈まだローブを脱ぐ気はない？〉

僕は笑いをこぼした。

「教えておくと、きみのことは〈ＳＡＦ〉としてアドレス帳に登録させてもらうよ」

「ＳＡＦ？　そのココロは？」

「最高にエロい《セクシー・アズ・ファック》」

ウォッカを飲みながら彼がニコッとした。

「じゃ俺はあんたを〈ローブを脱がない男〉で入れるか」

笑いをこぼして僕は腰ひもを引き、絹のローブの前を開いた。下は素裸だ。

彼が息を吐き出し、残りの酒を飲み干した。

「ほんとにいいカラダしてんな」

僕は微笑を返して、空のグラスを受け取った。まだひどい一週間だったみたいな顔の彼をなんとかしてやりたい。

「そっちでソファに座ってろよ。コンドームとローションを取ってくる。そしたらきみの特大のアレにまたがってイカせてやるよ」

彼の小鼻が広がって、息が喉に引っかかる。だが携帯をいじりだした。

「ちょっと待ってくれ。今あんたの名前を〈王様野郎《ボシー》〉に変えるから」

僕は取り上げた携帯をカウンターに伏せて、顔をぐっと近づけた。

「とっととソファに行け。僕が戻ってくるまでに全部脱いでろ」

下唇を噛んだ彼が、呻くような息を吐き出した。

「あんたに上から乗られるのもいいな」

それから指一本で僕のローブをさらに開き、ごちそうを見るような目を向けてくる。

「俺に好き勝手されてるあんたもいいけどな。決めがたいよ」

「今夜はどっちもくれてやる」彼の勃起に手をあてがい、唇のそばで囁いた。「脱いどけ」

背を向けて、その一言で彼を置き去りにした。なんだか大胆でセクシーな気分だ。要るものを部屋から取って戻ると、ちょうどよく、彼がジーンズを脱いだところだった。そのジーンズを別のソファに放り出し、スローケットに座る。勃起していて、ピンとそそり立ったものが太くてエロい。

腹から下半身に熱がたぎって、荒々しい情欲で血が沸騰する。シャツを脱いで放り出した彼から、膝が砕けそうな笑みを向けられた。

「あんたまだローブ着てんのか」

ほとんど脱げてはいるが。肩に引っかかっているだけだ。前ははだけている。

「そうだな」

コンドームを彼の横に投げたが、ローションは手にしたまま脚の間に膝をついた。しゃぶったり舐めたりしながら自分の後ろもほぐせる体勢だ。指にローションを出して背中側に腕をのばすと、何が始まるのか気付いた彼がうなった。

「マジか」

身をのり出して、彼のものを根元から先端まで舐め上げてやり、割れ目に舌を入れて彼の息を絞り出す。先端を吸い上げ、片手でしごくと、彼が呻いた。僕は逆の手で自分の後ろを濡らし、ほぐしていく。そのうち肩をつかまれた。

「あんたが巧すぎて困る」

顔を上げて僕は笑った。「ならゴムを着けろよ」

彼が言われたとおりにしている間、さらにローションを足す。ぬめりは多いほうがいい――

お互いにね。それから彼に馬乗りになった。僕の腰にのびてきた手が脇をさすり上げ、ひんやりしたシルクのローブの上を動いている。

彼の首をぐいと上げさせ、唇を押し当てて舌で口腔をねぶりながら、舌を吸い上げた。固いモノが尻の間を滑る。でかくて熱いそいつが奥にほしくてたまらない。

さっさとキスを終わらせ、ちょうどいい角度に彼を導くと、ゆっくりと――じわじわと、彼のモノを呑みこんでいく。

ああ。

彼が息を吸いこみ、僕の腰に指を食いこませて、どうやら突き上げまいとこらえている。

「あんた、ほんとにキツいな……」と絞り出した。

その髪をつかんでぐいと顔を上げさせる。彼の気をそらすためと、キスするために。

全身を揺らして彼の質量を受け入れながら、根元までくわえこむと、僕はやっとあけすけな声を立てた。数呼吸置いて彼が腰を動かそうとしたので、またその髪を引っ張ってやる。さっきよりも強く。

「勝手に動くな」と囁いた。

彼が「それ、クるな」と目をきつくとじる。

髪をつかんだ手をゆるめて、そっと、優しいキスをした。

「楽にして、あとは僕にまかせろよ」

彼はその言葉に従った。

全身から余分な力が抜ける。彼がソファにもたれると、僕は動き出した。前後に、そして上下に。

彼は僕にすべてゆだねていた。ペースを決めるのも主導権を握っているのもこっちで、彼はただそこに座ってショーを楽しんでいる。

ああ、この男の体は気持ちがいい――。

体の奥、誰にも届かなかったところまで満たされる。熱と電流が血と骨の中ではぜ、限界へと徐々に追い上げられていく。さらに速く、荒々しい動きでさらなる刺激を求めると、彼がついに僕のペニスをしごいて、快感を解き放った。

爆発するような愉悦。絶頂をのどかに味わわせてはもらえなかった。全然。彼が腰をつかむとガツガツと突き上げて、全身をこわばらせながら達する。僕の奥で彼のペニスがヒクついた。彼の首元に筋が浮き出し、歯を食いしばり、どこかを見つめて、絞り出すような声を立てた。

こんなエロいもの初めて見た。

僕らは崩れて、荒い息をついた。くらくらするし、力を使い果たした僕は、彼の上からどくのがやっとだ。

膝から下りるとすぐ抱きよせられ、抱きこまれて、脱力した手足とローションと乱れた息づかいの塊みたいになった僕らはソファにひっくり返った。彼が笑ったので顔を上げると、手を見せられる。手は震えていた。

「信じらんない」と呟く声は深くて、しゃがれていた。「二回戦までに休憩しないと」

僕はクスクスと、得意げに笑った。

「こっちもだよ。シャワーに誘いたいけど、足が立つかわからない」

なので二人して、そのままソファで寝ていた。あまりにも彼の肌が温かくて、うかつに目をとじたら眠ってしまいそうだ。鼓動に吸いこまれるように……。

だがそこで彼の腹が鳴った。気恥ずかしそうに腹を押さえている。

「ごめん。夕飯抜いててさ。ちょっと……仕事で忙しくて。時間に気付いてすぐここに来たから」

「じゃあ何か食べないとな」僕は起き上がった。「シャワー浴びて、何か食って、それから二回戦？」

「いや、食べさせてもらうわけには……」

彼の顔が赤い。

「大したことじゃない」僕はおだやかに言った。「かまわないから食ってけよ」

彼が顔をしかめた。

「そうなるとセックスのみっていう縛りから外れるだろ？　それじゃ、セックスと飯だ」

おかしな話になってきたような。今の言葉をおかしいと思うほうが変か？　たしかにセックスのみの合意だが、この男を腹ぺこで放っておけるわけもあるまいし。

「食事とセックスは、僕の好きなもののトップ2なんだ」僕は軽く流そうとした。「それに、エネルギー補給をしないとあとできみにヤってもらえないだろ。栄養が必要だよ」

そう言われて彼は笑い声を立てた。

「ならわかったよ」

「さっきはきみのことをSAFと呼んだけど、でも〈セ《S》クシー・ア《A》ズ・フ《F》ァック〉が〈セ《S》ックス・ア《A》ンド・フ《F》ード〉になってもかまわないさ。どっちでもいい、僕からすればね」

立ち上がると、太腿がこわばっていて尻が少しヒリヒリした。「レストランに出かけてデートってわけでもなし」

彼も立ち上がった。

「今、顔をしかめたな。どこか痛いか？」

気が細やかだ、と僕は微笑んだ。

「もっとスクワットして足を鍛えろってことさ。熱いシャワーで片付く話だ」

彼の腹を汚す自分の精液を眺め、さらに下、彼のモノを見ると……やわらかくなったそれはまだコンドームを着けていた。

「うーん、エロいね。今あれだけヤッたのにまだほしい気分だなんて、ほんと……」コンドームが外され、でかくてぬらつくペニスが重そうに垂れ下がる。「しかも！　それはエロさ倍増だよ」

「ゴミ箱は？」と彼が笑った。

「シンクの下」僕はキッチンのほうを指して廊下へ出た。「先にシャワーを浴びてるよ。背中を流してもらいたいからあまり待たせないでくれ」

彼がククッと笑うのを聞きながら寝室へ行くと、ベッドにローブを放り出してそのままシャワールームに入る。湯を出した時にはすぐ背後に彼がいた。熱い湯、泡まみれの手、ゆったりしたキスで、僕の体からきしみやこわばりが溶け出して流れていく。

だが彼の腹がまた鳴ったので、シャワーに彼を置き去りにして、僕は食べるものを発掘しに向かった。好物も知らないし、アレルギー持ちかもまるでわからないので、数枚の皿を出して冷蔵庫をあさる。

腰にゆるくタオルを巻いただけの彼がやってきた。濡れた焦げ茶の髪があちこちに突っ立っている。アンバランスな笑みは愛嬌満たんだ。自分の魅力をよくわかっているし、僕の目を楽しませているのも承知の上なのだ。

彼の裸はこれまでも見てきた。幾度となく。服をきっちり着ているところも、脱ぎかけも見た。オーガズムの顔も、快感に酔った顔も、笑っている顔も見た。どれも最高にエロい《セクシー・アズ・ファック》。

だが、タオル一枚巻いて雫を垂らしている彼の笑顔を見ると、心臓がやけに存在感を主張しはじめて……。

「それは何だい？」と彼が聞いた。

どうやら間抜けにぼうっと見つめてしまっていたようだ。今、何か聞かれたな……と皿を見下ろす。

「えーと、何が好きかわからなかったし、苦手なものも知らないから。アレルギーがあると困るので全部別々に盛っておいたけど」

ブドウを盛った皿、チーズの皿、クラッカーの皿、イチゴの皿があった。彼は迷わずクラッカーとチーズの皿に取りかかり、それからブドウやイチゴにも手をつけた。

「アレルギーはない」

モゴモゴ言っているが、腹ぺこだったようだ。ここに慌てて駆けつけたのだろう（どこからかは知らないが）、もう遅刻だとわかって。

彼の前に水のボトルを置き、僕はつまみ上げたイチゴに歯を立てた。甘くてジューシー。

今度は彼が僕を凝視していた。というか、口元を。また一口食べてみせると、身をのり出して僕にキスをし、彼は唇に残るイチゴの果汁を味わっていた。

「ふーむ」と目をきらめかせる。「甘い」

「僕のことかな、ありがとう」

チーズのせのクラッカーをたちまち平らげそうな勢いだったので、僕は冷蔵庫へ向かった。

「昨日の残りのタイ料理がある。食べるなら出すよ。それか、好きなものを何かたのんでも」

彼が水でクラッカーを流しこんだ。

「いや、これで大丈夫、ごちそうさま。何か食ってくればよかったんだけど、ほかに気を取られててさ。もうこんな時間だって慌ててここに来た」

「じゃ、そこそこ近くに住んでるのか?」僕はイチゴをもう一粒取った。「いや、場所を知りたいわけじゃないよ、もちろん。ただ、ここに来るのに二時間かかるとかそういう話だと困るって思ってさ……」

「二時間? まさか」彼がニヤッとした。「週一回片道二時間かけて来るほどの上物だと、自分を思ってるのか?」

「思ってはいない、知ってるだけさ」

彼が笑った。

「たしかに、ああ。俺も毎週二時間かけてでも通ってくるだろうよ。必要とあらばね。でも大丈夫、せいぜいここから十分てところさ」

つい笑顔になっていた。二時間かけても通ってくれるという言葉は……思いもかけずに甘くていい気分だ。だが十分程度ということなら、徒歩でも車でもとにかくシドニー市内だろう。

「あと、別に場所を教えてもいいよ」と彼が続けた。「こっちはあんたの家を知ってるんだ、おあいこだろ?」

「それもそうか」新たな展開。「でも、それはきみの自由だ。この名なしごっこを続けるか」

「名なしって楽しいよな」

「そう思う」

「好奇心はうずくけど」

「同じく」

彼がニコッとして、またチーズを食べた。

「俺は今、サーキュラー・キーにあるホテルにいるんだ。二年ぶりにこっちに戻ってきて」

「刑務所から？」と冗談をとばした。言わなきゃよかった。当たってたらどうしよう。「あー、もう。答えなくていいからね」

彼が吹き出した。「刑務所帰りじゃないよ。シンガポールだ。ほかの国にも行ったけど、大体はシンガポールにいた」

この会話の流れだと「へえ、シンガポールで何を？」と続くものだろうが、匿名の距離感を保つにはそうはいかない。

「きれいなところだよな。仕事で、それとも遊び？」

答えようか迷った顔をしたが、彼は一拍遅れて答えた。

「仕事」

「うらやましい」

ブドウを口に放りこんで噛みながら、僕はどうルールを守るべきか思案した。

「僕としては立ち入った質問は避けたいんだけど。これがなかなか難しいんだよな」

彼がニッと笑って、またチーズを食べた。

「三週間前に帰国、で、今は仕事関係にかかりきりだ。ここに来るのはいい気晴らしさ」

「まだ三週間……でも僕らも今日で三週間目だよな」

「帰国したら、友達が飲み会をするって話で。俺も土産話をしに行った。あんたがいた」水を、微笑みながら飲む。「アレのほうはしばらくご無沙汰でさ」

「それで一晩に三回の説明がつくね。ただ、次の週にも三回クリアしたけどね」

「だから二回を標準にしたほうがいいかもって言ったろ。三回はプレッシャーがでかい」

「きみが自分の力量を疑おうとも、僕は全幅の信頼を置いているんでね」

彼がククッと笑ってご満悦な顔でまっすぐ見つめてきたので、僕の心臓がドキッとはねた。

「あんた、いつも望みどおりのものを手に入れるタイプだな?」

「大体は」僕は肩をすくめた。「それだけの働きはするから当然、と言いたいね。仕事では負けない」

僕から一瞬たりともそれない視線は、強く、笑みにあふれ、挑発的だった。

「で、それはどんな感じのお仕事なのかな?」

「僕は……せっせと働いてる」

またククッと笑って、彼はイチゴをつまみ上げ、それを僕の口元へ運んだ。僕がイチゴを口に入れるとキスしてきて、自分も果実を味わっている。唇をなめ、僕の口元を見ていたが、また目をのぞきこんできた。

「仕事は好きか？」

「そうでなきゃやらないよ」

「いい答えだ。それにあんたは、この名なしのゲームもうまくやってる」

そこをほめられて、僕は微笑む。

「意外だけどね。こういうことは初めてなんだ」

「これまで一度も？」

「やらなくてすんでたから」

彼はほんの一瞬、硬直したように見えた。聞きたくなかったように。「え、楽しくない？」

「とっても楽しいよ。きみは？」

「気に入ってるさ」笑顔が戻った。「後腐れもないし」

「だろ」深く息を吸って気合いを入れる。「ただ、一つ質問をしてもいいかな？」

やけに長いような一瞬、彼は僕を眺めていた。

「聞くのは自由だが、俺が語りすぎずに答えられるかは別問題だな」

「了解」彼としっかり目を合わせる。「きみは、カミングアウトしているのか？　そばにいる人々は、きみの性的対象が男だと知っている？」

一拍あけて、彼が答えた。

「ああ。周りは知ってる」

「そうか。よかった。僕はどっちでもかまわないんだけど。ごく個人的な問題だと思うし。ただ、名なしがいい理由の一つはそれかもと、少し気になっただけで」

「あんたの周りは、あんたがゲイかバイだって、とにかくそこのところを知ってる、と見た」

「どうしてそう見る？」

「その堂々とした態度さ。何に対しても物怖じしないたちだろう」

ほうほう。

「堂々としてる？」

「そうさ。あんたじゃなきゃ偉そうで鼻につくかもな。でもあんたは別だ」

僕はつい微笑んだ。「へえ、偉そうな態度も取れるけどね。さっきの、何だったっけ？〈王様野郎《ボシー》〉。きみが呼んだろ」

「呼んだな。携帯にその名前で登録したから、決定事項だ」

僕はつんと顎を上げた。

「本当のことだしね。僕は強硬《ボシー》な人間だ。おかげで否定もできやしない」

「あんたは俺を〈最高にエロい《セクシー・アズ・ファック》〉て呼んでたな」

「そのとおりじゃないか。携帯に登録したから、こっちも決定事項だ」彼の体に、タオルに、顔にさっと手を振ってみせる。「こちら証拠物件Aです、裁判長」

彼の目が輝いた。

「えっ、あんた弁護士？」

「ハズレ」と僕は笑う。

「ハズレかあ」

「はるかにね。これはただの、ちょっとした証明」彼の胸に手をのせ、指先で乳首をくすぐって、ピクつく肌を見つめる。「ほら最高にエロい」

彼が僕のローブの前を開いて、ハミングするように言った。

「さて、お聞かせください、王様。第二ラウンドは何をお望みで？」

「ベッドで横になるから好き放題突っこんでくれ」

まばたきして、彼の瞳孔が広がり、喉に息が引っかかる。

「あんたのその言い方、クるな」

「ほしいものくらい自分でわかってるから、それをたのんでるだけさ」

「要求だろ」

「同じことだ」

彼の唇の端が上がって、下唇を噛む。

「王様野郎」

僕は彼のへその下で巻かれたタオルの結び目を引いて、床へ落とした。ああ、デカい。

「きみ、一人で二人三脚競走に参加できるんじゃないか？」

ははっと笑った彼が僕の胸元を両手でまさぐり上げ、さしこんだ手でロープを肩から落とした。背中を滑り落ちていくローブ。彼の顔にはまだご機嫌な笑み。

「ベッドへ行けよ。うつ伏せで、尻を上げて。今すぐ」

ふふんと息をこぼすと、全身が期待にさざめく。そっちこそエラそう《ボシー》かつ最高にエロい《SAF》と言おうとしたが、その前に激しく唇を奪われ、ベッドまでつれていかれた。

4

ブライス

「時間を取ってくれてありがとう」

二人で席につきながら俺はそう切り出した。先週テレンスのところで夕飯を食ったが、今日はむしろビジネスランチ的な席だ。

「昼飯オゴってくれるんだろ」テレンスが応じた。「そんなチャンス逃すかよ。それにな、この頃じゃ火曜まですっかり月曜になってる。休憩が取れて助かった」

「火曜が月曜になったら月曜はどうなってるんだ?」

「どっちも月曜になっただけさ。この一週間ずっとだ。てか、この一月ずーっとそうだ」

「そんなか?」

「一ヵ月間、毎日が月曜日」

「しんどいな。株式市場がダメージくらってるのは見た」

テレンスがうなった。

「そう、参ったよ。うちの親父までそれでキリキリしてる。父親が怒鳴ってるってだけでストレスなのに、おまけに上司《ボス》でもあるんだぜ? たまらないよ」と言って目であやまる。「悪いな」

「全然。俺にもよくわかるよ、マジでな」

「そっちの親父さんはどうしてる?」

「相変わらず。この何日かパースに行ってる。で、その話だが、こいつを見てくれ」俺はテレンスに自分の事業計画書を渡した。「まだ完成段階じゃない。父さんに見せる前にお前の意見が聞きたいんだ。まあどんな出来だろうと父さんはビリビリに破いちまうだろうから、何をこだわってんのか自分でも謎だけどな、正直」

テレンスは一枚目をめくり、二枚、三枚と次々ページをめくっていった。ウェイターが注文を取りにやってくるとメニューすら見ずに何かの名前を並べ立てる。ウェイターがうなずいたので、問題ないものだろうと、俺も指を二本立てた。「同じものを二人分」

その間ずっと、テレンスはひたすら読んでいた。

読みつづける。

ページをめくり、また先を読む。

テレンスはデータ分析や統計を読むのがじつに上手で、しかも電卓なしでパーセンテージや収支を割り出せる。俺がキーボードで表に入力するより、テレンスの暗算のほうが早いのだ。

食事が運ばれてきたが、テレンスはまだ読むのをやめなかった。俺は緊張してきた。

「お前の昼休みをつぶすために持ってきたわけじゃないんだぞ」

テレンスは書類から目を離さずにギョウザを口に突っこむと、俺に箸を振った。

「静かにしろ、読んでるんだ」

笑った俺がほとんど自分の皿を平らげる頃になって、彼がファイルを閉じた。また一口食べてから、俺がとても待っていられなくなる寸前、ニコッとする。

「とても綿密に書けてる」

意外そうな口調だ。

「えーと、どうも？」

「ブライス、これはよく練り上げられた緻密なプランだ。しかも出来がいい。上出来と言っていい」

「親父に本気だとわかってほしいからだよ」

「父親のことなんかかまうな」テレンスが言い返した。「この計画書を見せりゃ一発さ。それにな――」最後のギョウザを食う。「あの人は必要ないよ。お前には確固たるアイデアがあり、綿密なリサーチ済みで、収益見込みも上々だ。お前に必要なのは、資金のあるどっかの投資家さ」

「来週、銀行の融資担当者と会う予定だよ」

「最初の候補地は？　将来的には手を広げていくんだろ」

「いくつか場所の候補はある。まずは資金がどのくらい回せるかはっきりしてからだ。後のことはそれが決まってからだな」

「ワクワクするな、ブライス。こいつは大したもんだよ」

「父さんの意見を聞いたらもっと気が楽になるんだろうけどな。いや、何と言われようがやるつもりだけど、まずはそこを乗り越えてしまいたいよ」

「自分に何が必要かわかってるか、お前？」

「約二百万ドル？」

テレンスが鼻を鳴らした。

「それもな。だがな、今のお前に足りないのは、みんなとの飲み会さ。今回は、目が合った男にホイホイついてって俺たちを見捨てたりするなよ。一晩つき合え。飲んで騒いで、もっと飲んで、朝の三時にうさんくさい屋台のメシを食おう」

「見捨てたわけじゃない」と俺は返した。「俺だってご無沙汰だったんだ。みんなにもそこはバレたけどさ、お前がベラベラしゃべったせいで」

「どういたしまして」

「だから、俺は〝喫緊《きっきん》の問題〟をかかえて、解消が必要だったわけだ。お前らを見捨てたのとは違うぞ」

テレンスが笑い声を立てた。

「結局は見捨てってただろ、全然いいけどな。わかるし。でも今度は禁止。見捨てるのはナシ。金曜、八時」

俺は苦い顔をした。

「それが、金曜はちょっとな……」

テレンスがカッと目を見張る。

「そーだった。名なしの男だ。また会うのか？」

「まあ、そうだ。金曜に、アレだ」

「別の日にしろよ」

「どうかな……」と言ったところで、携帯番号を教えてもらっていたのを思い出した。あちらが聞き分ければ予定変更も可能だ。「向こうに聞いてみるよ」

テレンスが目をパチパチさせた。

「許可が要るのか？」

ぶっと笑ってしまったのは、ミスター・ボシーならいかにもそう考えていそうだったからだ。

「そうじゃない、でも礼儀だろ」

きょとんとしていたテレンスが、ぎょっと硬直した。「お前、そいつが好きなのか」

「そりゃそうだろ。好きでもない相手と何度も会うかよ」

「そうじゃない、惚れてんのかって話だ」

「惚れたって何だよ」鼻で笑う。「名前も知らないのにか」

「まだ名前も知らないなんてどうやれば可能なんだ？」

「簡単なことさ。お互い自分の話をしなきゃいい」

「なら何の話をするんだ」そこで顔をしかめた。「ってか、そもそも話くらいしてるよな？」

俺は笑った。

「ああ、話はするよ。名前とか住所とか、その手の話をしないようにしてるだけさ。大体は会話にかまけてる状況じゃないしな」

「じゃ、お前が何者か、向こうは知らんのか」

「知らない。まったく」

「お前の親父さんが誰で、あの人が――細かく言えばお前も――シュローダー・ホテルグループを所有しているなんてことも、まったく知らんのか」

「知らない。まったく」

「お前が言い出したんだな、その名なしごっこ?」

「どちらかって言うと向こうからだけど、俺もそれがいいと思った。むしろ、俺が誰だかわかってないところが気に入ってる」

ふうっと息をついたが、テレンスは微笑んだ。

「そうか、じゃあ俺たちはその〝割り切った〟関係がいつこんがらがってくるのか賭けようかな」

俺は身をのり出して、テレンスにもそうしろと指で招く。顔が十分近づくと囁いてやった。

「ぶっとばすぞ」

テレンスが笑い声を立て、椅子にもたれた。

「金曜、飲みに行こうぜ」

俺は携帯電話を出してボシーの番号を見つけ、短いメッセージを送った。

〈金曜の夜に予定が入った。土曜か日曜に変更ＯＫ?〉

「よし聞いたぞ」とテーブルに携帯を置く。

「拒否されたら？」

「そしたら金曜はやっぱりお前らと飲みに行くし、あいつは別の相手を探せばいいさ」

俺の携帯がメッセージ着信音を立てた。

〈土曜の八時は？〉

浮かれた気分になる。〈完璧〉と手早い返事を送った。

〈よかった。夕食をたのんでおくよ〉

ふうむ。夕食。夕食は問題ないよな？　彼との私情抜きルールにも抵触しないよな？　何たって俺が飯を食い忘れるなんて間抜けをやらかしたから、彼に食わせてもらうことになったんだし。なら、これも別におかしな話じゃない。単に気の利く男だというだけのことだ。

〈楽しみだ〉

「おーい、ブライス」テレンスに呼ばれてはっと我に返った。「お前、そんな好きでもないっていう男相手に携帯のぞいてさっきからニヤついてんぞ」

俺は唇を結んで笑みをこらえようとする。携帯電話をテーブルに伏せた。

「金曜夜の飲みはオーケー。お前の言うとおりだよな。俺には必要な時間だ」

またメッセージの着信音が鳴ったが、俺は携帯に手をのばさなかった。どれだけ読みたかろうと。くそ、読みたい。

テレンスがため息をついて首を振った。

「いいから読め」

　俺は携帯電話を手にした。

〈ローブあり、なし?〉

　俺は笑った。〈ありで〉

　顔を上げると、テレンスにまじまじと見つめられていた。

「あのなあ、ブライス、一ついいか。家に帰ったら〝割り切った関係〟って言葉を検索してみるといいぞ。どうやらお前は、その意味をどこかで間違えて覚えたようだからな」

「俺は割り切ってるよ」

「今はな」

　肩をすくめてやった。

「いい気晴らしなんだよ。それにメールは初めてなんだ。つまり、メッセージのやり取りをしたのはこれが初めてだ。なかなかおもしろいことを言ってくるから、それだけだよ」

「その上ゴージャスで、お前の財産のことも知らない男なんだろ。しかもお前との約束を楽しみにしてる」

　イエス、イエス。最後のもイエス。

　俺はため息をついた。

「でも、偉そうなヤツでさ。いや、違うけど。ってかそうなんだけど。でも悪い感じの偉そうじゃなくて。自分に自信がある感じってか。どんな仕事かは知らないけど、有能だと思うね」

「欠点を言おうとして結局ほめてるぞ」

それにはクスッと笑い返した。

「でも名前も知らない。仕事も。出身地も知らないし、ほかに相手がいるかどうかも……」

しまった。誰かいるのかもしれないと思うと、胸が苦しくなる。

テレンスの笑顔が少し得意げな、わけ知り顔のものになった。

「ほらな。やっぱり」

「うるさい」

彼は立ち上がると俺に事業計画書を返した。

「俺のオススメとしては、親父さんがパースにいるなら、帰ってくる当日にこいつをメールで送っとけ。それなら機内で読む時間が四時間取れるだろ。だがな、穴だらけの計画だとかは絶対言わせせんなよ。違うからな。適した立地、十分な資金さえ手に入れば、こいつはバッチリ当てられる話だ」

ファイルを受け取った俺は、思った以上にほっとしていた。

「ありがとう」

「それと、たのむからブライス、名前を聞いとけ」

「でも俺たちは――」

「夢を壊したかないが〝割り切った関係〟なんてモノからはもうとっくにはみ出してんぞ」手を振って俺を黙らせる。「もう仕事に戻るよ。オゴりだよな?」

「ああ、ここは払っとく。マーラによろしく」

テレンスは笑顔を残して全速力で出口に向かった。俺はカウンターでクレジットカードを渡し、テレンスに言われたことを考えていた。

父さんは明日帰宅する。この事業計画書は今夜仕上げてしまわなくては。

家に帰ったらこのファイルをできる限り完璧に作り上げ、そしてボシーの名前については頭の外に追い出しておこう。あいつには〈王様野郎《ボシー》〉がお似合いだ、本当の名前なんか知る必要はない。知ったところで何も変わらない。だって、名前なんか知らなくてもかまわないのだし。知ったって何の得もない。何の役にも立たないし、意味なんかないし、損もない。

とにかく自分にそう言い聞かせた。くり返し、何度も。何度でも。同じことを。

うう、もしあいつにほかの男がいたらどうしよう?

くっそ。


父さんが帰りの飛行機に乗る朝、事業計画書をメールで送った。きっと――たのむから――機内で読んでくれるはずだ。せめてそれで四時間は中身に目を通してくれるだろうし、ま、結局はまず間違いなく投げ捨てられるんだろうが。

父さんの飛行機到着予定時刻には、俺はもうどうにかなりそうだった。胸が苦しいし、胃がよじれる。父親の意見がどうしてこんなに気になってしまうのか。そりゃ、父親だけど。俺のことを愛してくれてる、それもわかっている。男の恋人を家につれてくると宣言したって何ひとつ反対しなかった。まばたきもせず受け入れてくれた。

だが、父さんはとてつもない成功を収めてきた。

その目の前で自分の事業に挑戦して、失敗でもしたら、最悪すぎる。親から「だからお前には無理だと言っただろ」と言われたい子供なんかいない。きっと何度も言われるだろうし。何年も先まで持ち出されたりするのだ、自転車の補助輪を外してくれと俺がたのんで「まだ無理だ」と言われたのに「大丈夫だ」と言い張った時のことのように。父さんは補助輪を外し、俺はデキるところを見せようとして、父さんのアウディにつっこんだのだった。

四歳だったんだぞ。

今回も、まるで補助輪を外してくれとたのんでいる気分だった。

エレベーターの着く音がして、俺は深呼吸で心がまえをしようとした。足音と、タイルを転がるスーツケースの車輪の音が近づき、わかっていたはずなのに父の声でとび上がっていた。

「ああ、ブライス。お前が家にいるとは思ってなかった」

この家で、俺はただ何時間もうろうろしながら靴底をすり減らしてばかりいたのだが。

「えーと、いたんだよ。帰りの便はどうだった？」

「長かった」

「パースのほうは全部片付いた？」

父さんはうなずいた。

「ああ、いいチームだからな」

俺もうなずいた。気詰まりこの上ない。こうして焦らして、拷問か？

「で、お前の事業計画を読んだが」と父さんが切り出した。

あああ。来た。

「それで？」

父さんは肩掛けのバッグを下ろし、コートを脱いで、冷蔵庫へ向かった。

俺も深々と息を吸った。脳も心も忍耐の限界ギリギリだ。この先を聞きたいんだろうか？

心の準備がまだ足りないかもしれない。

父さんはレモン風味のミネラルウォーターを出すと、自分のグラスに注いだ。

「お前も飲むか？」

「いや、父さん。大丈夫」

父さんが水を飲む。

今や、失望感と怒りが心の中心の場所取りを始めていた。

「よくできていたよ、ブライス」

俺はさっと父さんを見た。

「えっ？」

父さんが微笑む。

「よくできていると、言ったんだ。ひどい出来だと言ってほしかったのか？」

「いや、ひどいなんて言われたくないよ。ただ、そう言われるだろうと」

グラスに口をつけ、父さんはたっぷり時間を取った。

「よくリサーチしてある」

「ああ、当然ね。俺は本気なんだ」

「どのくらい本気だ？」

「来週ジェリーと会う予定になっている」

ジェリーは銀行員で、うちの担当者だ。いや訂正。父さんの担当者だ。だが、もう俺の融資担当でもある。

父さんの眉が上がった。

「それはかなりの本気だな」

「そうだよ」

父さんが大きく息を吸って、最後に一つうなずく。

「わかった。では、肝心な話をしよう」

そら来た。

「お前の事業案はよくできている」

「それで?」

だが、と絶対続くに違いない。

「だが――」

やっぱり。

「――まだ足りないところがある」

それが的確な指摘なのかもよくわからないし、今この瞬間は、これが親からの愛のムチなのか、成功者からの助言なのかも全然わからなかった。

「たとえばどんな?」俺は聞き返した。「喜んで聞くよ、父さん。もう学ぶものがないなんて思い上がるほど俺も青くない」

「お前には学ぶべきことがたくさんある、プライス。何も、やる気をくじこうとして言ってるわけじゃないぞ。自分がどんな世界に踏みこもうとしてるのか知らないとならないし、それを教えないのは父親としての怠慢だ」

「学ぶことがたくさんあるのはわかってる」声をおだやかに、平静に保った。「とことん詰めこまなきゃならないだろうこともね。でも、父さん。俺は詰めこみたいんだよ。できる限りのことを学びたい」

父さんは俺をじっと見つめていたが、息詰まる一瞬の後、自然に笑顔になっていた。

「それでこそ我が息子だ」


俺たちはクラレンス通りのレストランを出て、ビアパブへと歩き出した。ディナーは上々、それに友達――テレンス、マッサ、ルーク、ノア――との雑談は今の俺には必要な時間だった。いや、シンガポールから帰国した夜に簡単に顔を合わせてはいたが、テレンスに言われたことも正しい。

俺は彼らを置き去りにした。

あのバーで偉《ボ》そう《シー》でイケメンの金髪男から、あんな目つきで見られた瞬間、理性じゃなく股間に決定権が移った。

今夜はあんなことはなしだ。

今夜は、皆で笑って話した。食って飲んで、近況を洗いざらい報告しあった。こいつらに会えてよかった。海外にいたこの数年得られなかった連帯感や、親密な距離感がなつかしい。もう長年の友達だ。同じ大学に行った。まあテレンスだけは別格で親しいが、ほかの皆だっていい友達だと思っている。今夜はあらためてそれを噛みしめた。

皆に、自分が立ち上げようとしている事業の今の展開を話した。卸業者にも当たりをつけ、その品質と価格にも満足している。次は融資についての顔合わせだ。それがすめば適切な立地を探して、それから設備の調達。予算も全部はじき出してある。

「十秒でプレゼンしてくれ」とマッサが言った。ビジネスマーケティング専攻だったから、そうくる。

「えー、十秒か?」

「あと八秒」

「おい」

「七秒」

「シンガポール式コーヒーハウス。スターバックスのような、だが上回るもの。シンガポールスタイル。コピ〔※シンガポール式コーヒー〕とタピオカドリンク《バブルティー》、アジアのスイーツ、グッズ、マグやタンブラー、コーヒー豆やシロップも売る」

全員が立ち止まっていた。テレンスがニヤつき、マッサやルーク、ノアは言葉を失っているようだ。

「プライス」とマッサが言った。「そいつは何つーか……とびきりのアイデアじゃないか」

俺は笑った。

「ありがとな。シンガポールのコピの店が大好きでさ。全体の空気感がいいんだよ。マーケットは新たなコーヒー体験を求めていると思うしな」

「おいおい、聞いたか。マーケティング用語がすらすら出てきたぞ」これはルークだ。

「そそる話だな」とノアが続けた。テレンスとマッサを見やってからまた俺を見て、顔をしかめる。「親父さんに何て言われたかも聞こうか？」

俺は鼻を鳴らした。

「やめとこうぜ。いや、反対はされてない。まあへそ曲げてるしがっかりはしてるし、俺の事業計画の出来がよくてうれしくはなさそうだけど。そうそう、俺にはまだ学ぶものがあるらしい。俺が失敗するって百パー思ってそうだし。でも……」俺は片手を上げてみせた。「事業計画自体はお気に召したってさ」

テレンスが俺の肩に腕を回して、一緒に歩き出した。

「だから言ったろ、いいプランだって。先をしっかり見通してる。一過性の事業じゃないし先見性もある」

「お前がこの計画を気に入ってんのはパンダンケーキも売るからだろ？」

「あれはドラッグ並みにクセになる味だからなー」とテレンスが笑った。

ほとんどずっと笑いながらビアパブまで歩いた。自家醸造のビールとスピリッツを出す店だ。金曜の夜はいつも混んでるが、気軽にくつろげる。テレビではいつも大体スポーツ中継が流れ、いい音楽がかかっている。とにかく雰囲気がいい。五人でテーブルを囲んで飲んで閉店時間に追い出されるまで笑い合うのにぴったりの場所だ。

そんなわけでその計画どおり、俺が四杯目くらいのビールを飲んでいた時、店の向こうのほうでどっと歓声が上がるのが聞こえた。何の騒ぎかとそっちを見た俺は、人混みの中に、すっかり見慣れたブロンドを見つけていた。

歓声の中心に立ったあいつは、ネクタイなしのスーツ姿だった。仕立てのシャツは淡いブルーで、スーツのパンツはネイビー、しかもじつに体にフィットしている。彼は何かに笑っているところで、グラスを掲げ、「乾杯」という声が重なると皆が酒を飲んだ。

男女混成で、全員スーツか高そうなオフィスウェア。仕事のつき合いに見えたし、俺も心からそうであってくれと願う。じつはもっと砕けた場で、俺の見てる前で彼が男に肩を抱かれたり——キスされたり——したら、自分が一体どんな気分になることか。

どん底、という言葉が浮かんだ。

マジか。

「何がマジか?」とノアに聞かれた。

「へ?」

「マジかって言ったろ」とマッサが答える。「あっちのほうを見て……」

全員がその方向を向いた。

「うわ、マジか」テレンスが言った。「ありゃ名なしの金髪ちゃんだ」

「だれぇ?」とルーク。べろべろだ。

「名なしの金髪ちゃん」テレンスがくり返した。「ブライスが帰国したその日に、俺たちを置き去りにしてってたお相手だよ。あれから毎週金曜に会ってて、その上! 名前があるのかどうかさえまだわからない男だ。ま、名前はあるんだろうけど、とにかくブライスは聞いてない。こいつらはあまり会話が要らないつき合いらしいからさ」

俺は刺すようにテレンスを見た。

「説明は終わりか?」

「まだ足りないねえ」とテレンスが笑う。

「あ、それで思い出した」ノアがマッサに手をつき出した。「五〇ドル貸しだろ。お前はおじゃんになるってほうに賭けたんだぞ」

「ブライスはおじゃんにならなかったからな。払え」とテレンスも手を出した。

マッサが俺の肩をこづく。「お前のせいでひと財産パアだ」

「……この話題を今後一切しないなら、俺がお前らに千ドルずつ払ってもいい」

もちろんこいつらは歓声を上げてハイタッチを始めたが、俺はまだ〈ボシー〉〈それか名なしの金髪ちゃん〉の立つところから目を離せなかったし、今やあいつは女性と笑顔で盛り上がっていた。俺の胃がキリキリとして、胸がムカつき、手がじっとりしてきた。

「ブライス、大丈夫か?」

テレンスだ。顔を戻すと、テレンスや皆はもう笑っていなかった。心配そうに俺を見ている。口がカラカラだった。

「あ、ああ、まあな。俺は、えーと、軽く挨拶してくるよ」俺は立ち上がった。「今回はお前らを置き去りにはしないよ。ただ、何分かだけ。あとおかわりを持ってくる」

そして、俺はバーカウンターへ向かった。彼の……近くへ。

先にメールを送ったほうがいいのか迷う。それも変か？　変だろう。それに俺のメールを読んで嫌な顔をするところを見てしまったら？　くそ、俺は何をしてるんだ。店を出たほうがいい。皆とほかのバーに行こうか。店を変えたいと言ってもあいつらは気にしないはずだ。

「何にします？」とバーテンダーに聞かれてぎょっとした。

「ああ。えーと」

唾を飲もうとする。店を変えるか？　それともただ彼を見なかったふりで続けるか？　そうだな、きっとそのほうがいい。そのうち向こうが俺を見て、一言かけに来たりするかもしれないし。俺はバーテンダーへ笑顔を向けた。

「ああ、ペールエールを五杯たのむよ」

カウンターにカードを置くと、当然のように、目が勝手にまた彼のほうを見ていた。

すると、向こうも俺を見ていた。

一瞬で彼が笑顔になった。明るい、心からの笑み。隣に彼氏がいたら俺を見たりはしないよな？　さばけた彼氏ならそうでもない？

　ああ、もう。

　彼が友人たちの間を抜けて、バーカウンターにいる俺のところまで来た。

「よお」

「うん」

「あんたがこの店にいるとは知らなかったんだよ」と俺は言い訳がましくなっていた。

「来る予定はなかったんだけど」彼が答える。連れの一行をチラッと振り向いた。「今日、仕事でお手柄があってね。もう夕方だったし金曜だから、みんなで一杯やろうかって」

　仕事絡みとわかって、どうかしてるくらいホッとしていた。

「よかったな。よかった。俺は、ええと、友達と来たんだ」

　テーブル席のほうへ顎をしゃくると案の定、テレンスもマッサもルークもノアも全員がこっちを見物していた。いやいや、気まずくなんかない——ないぞ。

　俺は咳払いをした。

「もっと早くみんなで飲む予定だったのが、この前は、俺がイカした金髪男と連れ立ってすぐ消えちまったもんでね。その男がさ、やたらエロいけど、ちょっとエラそうな男《ボシー》なんだよ」

　彼が目をきらめかせて微笑んだ。

「それはなかなかな男なんじゃないかな。だって、態度がでかいのを批判的に見る人もいるけど、自分の求めるものを知っていて遠慮せず主張するのは悪いことじゃないよ。僕はほめ言葉と取るね」

俺は笑った。

「そうだな、彼もそう取るだろ。でも、今夜は置き去りは許さんって友達からきつく言い渡されててさ。それで今夜の予定を明日にずらさなきゃならなかった」

「そうしといてよかったな」

彼がそう返す。唇に浮かぶ得意げな笑みが、ああヤバい、今すぐキスしたい。

バーテンダーがカウンターに俺のカードを置くと、その隣には注がれた記憶すらないビールが五杯そろっていた。

「じゃ、明日は八時のままでいいか？」

彼がうなずく。「七時でも。いや六時でも、僕はかまわないよ」

「ランチタイムでも？」と俺は笑いをこぼす。

彼はニコッとして何か言いかけたが、向こうで一緒にいた女性が見るからにほろ酔いでやってきて、彼の肩に腕を回した。

「マイケル、マイケル、ちょっとこっちに来てよ」

彼がはっと俺の目を見た。

マイケル。

マイケル――。

俺は笑みを隠そうともしなかった。

名前がわかった。

「すぐ行くよ」と彼は女性を追い払った。それから俺と目を合わせたが、顔が赤い。「彼女、一体誰の話をしてるんだろう」

俺は身をのり出して、彼の耳元で囁いた。

「マママイケール……」

彼が喉に息をつまらせて、顔を引いた俺は唇を締めて満面の笑みをこらえた。「また明日な」とビールのトレイを持ち上げる。「ああそれと、ローブでいいよ。ほかは全部脱いどけ」

キッとにらまれながら、俺は笑って元の席へ戻った。テレンス、マッサ、ノア、ルークはまだ俺を見ていた。俺はクスクス笑いながら座ったが、皆は真面目な顔のまま……というか唖然としている。

「何だよ?」

「式場を探しはじめたほうがいいか……?」とマッサ。

俺はあきれ顔で返した。

「バーカ、ほらお前のビールだよ」

マッサやルークやノアからいいように笑いものにされるのはまだしも、何よりテレンスの知ったかぶった顔がムカつく。

「言いたいことがあるなら言えよ」

「お前はもうドハマりしてる」とテレンスが返す。

その顔をこっちによこせと、テーブルごしに招いた。のり出しながら、テレンスは何を言われるか承知している笑顔だった。

「ぶっとばすぞ」

「で、ミスター名なし男は……」とテレンスが切り出す。

俺は笑顔でビールに口を付けた。

「もう名なしじゃない」

テレンスの目が大きくなる。

「わかったのか！」

「そう」

「で？」

「やだね。絶対お断りだ。お前らには何も教えてやらねえ」

「いい材料になればいいけど」ノアがしれっと口をはさむ。「彼もお前のほうを、お前が向こうを見るのと同じ目つきで見てたぞ」

「俺がどんな目つきだったって？」

「結婚式場を探しとこうかって思うような目つきだよ」とマッサが言い出した。

俺はあきれ顔になる。そんな目つきをしていたわけがない。そんなふうには見てない。よくもまあ、聞いたことのないような大ボラを。

俺はビールに口をつけて連中を無視した。ノアの話に自分の理解が追いつくまで。

「それって……あいつ、そんな目で俺を見てたのか？」

四人がそろって笑い出した。

俺はまた「ぶっとばすぞ」と連中に言い渡したが、その言葉が逆効果だったようなので、今度は一人あたり二千ドルやるからもう黙りやがれと申し出たのだった。

5

マイケル

マズいマズいマズいマズいマズいマズすぎる、ほんとマズい。

名前を知られた。

ナタリーがふらふらやってきて目の前で僕の名前を連呼してくれた瞬間は、死ぬかと思った。当然のようにしっかり彼に聞かれたし、もちろん、ご満悦の笑顔で聞いてやったと悦に入っていた。

その上、あんなふうに耳元で囁いて優位を見せつけた。

セックスそのものみたいな声で。純粋な情欲と官能。

あんな一言で、どうしてこうもペースを乱される？

囁かれただけで、僕の肉体は彼にもたれかかりたくなり、もっと近く、きつくふれ合って、あの巧みな手で好き勝手に翻弄されたくなる。たったの一言で。

何だこれは。

そんなわけで、名前ゲームは向こうの勝利。彼は僕の名前を――とにかくファーストネームを――知ったし、僕は彼の名前の見当すらつかないのだし。

耳元で、名前ではなく「チェックメイト」と囁かれたようなものだ。

……まったく。

そしてそろそろ、家に彼がやってくる。八時ではなく六時に早めて。七日ぶりではなく八日ぶりで、その間隔が長すぎたから。僕にも彼にも。僕にとってだけじゃないのはありがたい。

昨夜のパブで早めの時間を提案したら彼はとびついてきた。

この取引を、僕と同じぐらい楽しんでいるのかもしれないと思う。

それに正直言って、パブで昨夜彼を見たせいで、僕にも変化が起きていた。タイトな黒いジーンズとブーツ姿、ただしTシャツには背中と袖の部分に黒い金属的な輝きのストライプ入り——アルマーニのコレクションで見た気がする。それともアミリだったたか……とにかく、色気がだだ漏れだった。

ローブ姿で出迎えてくれというリクエストだ。拒否して、上辺だけでも主導権を取り戻して名前の件の埋め合わせにしようかと迷ったが、馬鹿らしい。彼は僕のローブが気に入ってる様子だし、絹の手触りも好きらしいし、僕だってこの感触はお気に入りなのだ。

五時五十三分にインターホンが鳴った。

今日は早い。

ドアを開けるとそこに『パープル・レイン』のアルバムジャケットのTシャツを着て、あつらえたような黒いジーンズ、そしてまた別の黒いブーツを履いた彼がいた。どうやらアレキサンダー・マックイーンの靴のファンらしい。

「いいブーツだね」と僕は言った。

「いいローブだな」

僕がのくと、彼はニヤッとして入ってきた。そう遠くまでは行かない。部屋に入る分だけで、ドアを閉めた僕を扉に押し付け、優しい指で顎をすくい上げた。僕の息がつまる。彼の顔がほんの数センチ先にあり、その焦げ茶の目の色は夜のように深い。

「八日間は長すぎる」

そう囁いて、彼は僕の唇を奪った。

控えめでもないし、優しくもないキス。

荒々しく、もうその気になって、体で僕をドアに押し付けるとあらゆるところに手を這わせてきた。すでに彼は固くなっていて、僕も欲情で火がついたようになっていた。

彼が腰の上に僕をひょいとかかえ上げたので、すぐに僕は脚を絡めた。ソファまで運ばれて、ドサッと倒れこむ。すぐさま上に彼がのってきて、腰を揺すって刺激を求め、僕はやっとキスから顔を離した。

「ソファじゃ駄目だ。今すぐ内側《なか》で感じたいんだ」

ぶるっと震えた彼の下からすべり出し、その手を引いて寝室へつれていく。ベッドのそばで彼に体を返されて、床に足をつけたままマットレスに顔を押し付けられていた。ローブを持ち上げられて、ほてる尻をなめらかなシルクが滑る。

「ヤバいなこれ」と彼が息をついた。

「ああ、たのむ」こうやって、今すぐ、奪ってほしい。「このまま」

やみくもにコンドームとローションに手をのばしたが、その手を取られてのしかかられ、頭上に手を押さえつけられていた。耳元で囁かれる。

「動くんじゃない」

ますますいいぞ。

ジーンズの前を大きく膨らませる彼のモノに向けて尻を上げ、もっと感じようとしたが、彼がククッと笑って体を起こした。

「八日間はあんたにも長かったらしいな？」

「ぺらぺらしゃべってないでヤれよ」

彼の動きが凍りついたので、言いすぎたかと、ひやりとした。

だがすぐにファスナーの下がる音がしてまた背中に彼がのしかかる。甘い重みが背中と腰にかかり、尻の割れ目を彼のペニスが滑り、うなじに囁きがくぐもった。

「お願いごとは気をつけてしないとな？」

僕は腰を上げようとしたが、すっかり押さえつけられていた。この野郎。「いつまでしゃべってる気だ」

彼がククッと笑って僕の首すじを、きつく噛んだ。痛みが快感を貫き、背中から重みが失せたが、まだ彼の脚は僕の脚の間にある。コンドームの包装の音、ローションの蓋が開く音、そしてぬらつく指が僕に、それから僕の内側にふれた。

荒っぽく急いた動きだったが、それでも満たされない。もっと欲しかった。あのデカいモノを前戯なしでつっこまれないのを感謝するべきなんだろうが、どうしようもないことに、そうしてほしいのだ。

「もっとだ」と僕は絞り出し、指を求めて腰を上げようとする。

するると彼の体温が消え、さらにローションが足され、ひやりと濡らされてから、そしてやっと、ついに、求めていたものが来た。

彼が押し入ってくる。たちまち、急かしたことを後悔していた。あまりにデカくて、あまりに固い。僕はベッドカバーを握りしめて呻いた。

「くう……」

のしかかってくる。彼の息は荒く、肌の熱は焼けるようで、ペニスがさらに押しこまれる。

「おねだりしてたろ?」

限界を超えそうなくらいだが、それでも欲しい。奥深くにぽっかりとあいた空虚さを、彼だけが満たせるのだ。やっと僕の体から力が抜け、彼を受け入れて、その動きを受け止める。それこそまさに念願の瞬間だった。

「……ああ」

彼の指が腰にくいこみ、肩に、うなじに、耳の後ろにキスをして……そして動き出す。しなやかに。ああ。

とても、とても悦《い》い――。

「くそ、もうイキそうだ」と彼が喘いだ。

僕は応じて尻を上げ、ベッドカバーをさらに強くつかんで、もっと思いきり来いと伝える。

彼はその期待に応えた。

激しく速く突き上げられる。しまいに動きが止まって、ビクビクとコンドームに精液を注ぎこむまで。彼は大きな呻きを上げ、僕の肌に爪をくいこませていて、こんなふうに雑に、道具のように扱われるのがたまらなかった。力強い男に翻弄されながら、相手をこうも煽ることで、自分の中の何かが満たされる。

彼が上に崩れてきて、僕のうなじに額を当てた。息は荒く、ペニスがまだ僕の内側でヒクついていた。

「マジか……」

僕はクスクス笑いながらも、彼がもたらす快感に呻いていた。彼がゆっくりと自分を引き抜き、僕を仰向けに返す。まだジーンズの前を開けてモノを出している以外はしっかり服を着込んでいた。なんてエロい。

すっかり魂が抜けたような顔だったが、それでも僕のローブを全開にすると、屹立に口をかぶせ、最速で僕をイカせてくれた。

それがすむと、まだ部屋が回転している気がする中で、彼は僕の横に倒れこんだ。

「八日間は長すぎるな」とくり返す。僕は彼のほうへ顔を向け、彼は僕の目を見て、僕らは二人して笑い出していた。

しばらく横になり、息を整えながら、笑いをこぼしたり、天井やお互いに向けて微笑みかける。

僕は起き上がって、望んだ部位に心地いいうずきを感じながら、彼の引き締まった腹をポンと叩いた。

「食糧補給だ。腹がペコペコ」

寝室で身繕いをすませた。ローブは整えたが、ローションまみれの指で後頭部を撫でられたせいで髪は手のつけようがない。彼はコンドームを捨てて自分のモノをしまい、手を洗うと、僕の髪をどうにか直そうとしてくれた。

とても甘くて、ドキッとするほど親密な行為。

「……どうにもならないと思うよ」と僕は少しして呟いた。

彼が僕の頭頂部から目元に視線を移して、微笑んだ。

「後で一緒にシャワーするか」

どうしよう、こいつ無茶苦茶かわいいぞ。

僕はうなずきながら、カラダのみの関係というルールを破りたい衝動に蓋をしようとしていた。彼のことをろくに知らないというのに、そばにいるのがこんなに楽だ。

楽なのは、ろくに知らないからかもしれない。私情抜きのルールのおかげでさばさばしていられるだけかも。

彼を見た時——彼を思った時、僕の鼓動が速まったりしたかもしれないけれど。それだって、この取引が刺激的で満点以上のセックスが待っているとわかっているせいかもしれない。僕の心臓が、ただ彼の笑い方とかキスの仕方とか素直にふれてくる手とかを好きなのかもしれない。こんなにも胸の奥がモゾモゾするのは、きっとただの期待感からだ。

――それか、僕がただ自分をごまかそうとしているか。

うるさい、うるさい、黙れ。

「大丈夫か？」と聞かれた。

僕らはまだバスルームに突っ立ったまま、鏡ごしに顔を見合わせていた。僕はぼんやりしていたのだろう、その前に何を言われていたのかすら記憶になかった。

「ああ、大丈夫だよ」と急いで言って、鏡ごしに彼を見つめた。隣に立つ彼のほうではなく。

「それどころか、凄く調子がいいね。そうだ、夕食のことだけど……」

彼も鏡ごしに僕を見つめた。

「今それを聞いたばかりだぞ」

「ああ、ごめん。少し……考え事をしてて」僕はローブの紐をきっちり結んだ。「タイ料理が良かったんだっけ？　ピザ？　レバノン料理？　何が好きだ？」

「何でも食うよ」

「いいね。じゃあレバノン料理で行くか」そこで僕は考え直した。「いや、ピザもありだな。わりと近くにギリシャ風ピザを出す店があるんだよ、マリネした羊肉とハルーミチーズがのってるんだ。ザジキ〔※ギリシャのヨーグルトハーブソース〕もついてくる。とても美味いよ」

彼が、鏡に映る僕を少し長すぎるくらいに見つめた。何かを解き明かそうとするように。その微笑が僕の心臓を――裏切り者の心臓を、速く、激しくかき乱す。

「いいね」と彼が囁いた。

僕はそっと、不安定な息を吐き出した。

「よかった。配達もしてくれるし。すぐ来るよ」

ウォークインクローゼットへ向かって、ブリーフを取り出す。

彼が口をとがらせた。

「下着穿くのか？」

僕は彼の頭のてっぺんから爪先まで手を振った。

「かっちり着込んでる奴に言われたくない」

彼が笑う。

「だな、ろくに何かする間もなかったな、お互い。ローブ姿のお出迎えのせいかな」

「悪いのは僕か？」

「百パーセント」

「かけらも申し訳なくはないけどね」僕はクスッと笑った。

彼も笑って、足で靴を脱ぐと、靴下も引っ張って抜いた。

「これで少しはあんたの気を楽にできるかな?」

「いいね」彼と目を合わせる。「きみの足は色っぽいし」

「色っぽい?　まさか、足なんてキモいだろ」

僕は自分の足先を出して爪先をのばした。「僕の足はキモくない」

ニヤッとした彼が近づいて、唇にきついキスをした。

「ああ、そうだな。ついでに言っとくと髪の毛がぐしゃぐしゃなのもいいぞ」

彼に向けて眉を上げてやる。

「自分でぐしゃぐしゃにしたからうれしいだけだろ」

「否定はしないかな」と悪びれもしない笑顔だ。

僕はあきれた顔を向けた。

「ディナーにするか」

うなずいた彼はキッチンまで僕についてくる。僕は携帯電話を取ってアプリから手早くピザを注文すると、カウンターに携帯を戻した。

「何か飲む?　水、ジュース?」

「へえ、てっきりウォッカって言うかと」

「そっちにするか?　冷凍庫にあるよ」

彼が首を振る。

「やめとくよ、昨日しこたま飲んだ」

「僕もさ」

ついに来た。昨日についての最初の言葉。お互いの約束の外での、偶然の邂逅《かいこう》。聞かれてしまった僕の名前……。

小ずるい笑い方から、向こうもまったく同じことを考えているのがわかった。

「昨日のことだけどな」と彼が切り出す。

その視線を受け止め、顎を上げて、待つ……この話になるだろうと覚悟していたし――。

「あんたはいい調子の週だったらしいよな」真顔を保とうとしながら彼が言った。「あんなふうに仕事のお祝いされてさ」

僕をもてあそぶ気か。ネズミをいたぶる猫みたいに。

「ああ、そうだよ」

うちの会社はモーティマー社との契約にこぎつけたのだ。会社と言っても、実質的には僕が取った契約だ。ここでそんな話をする気はないが。僕について色々知られてしまった一方、こいつのことをろくに知らないのに。

「とても実りある週でね」僕がさらに水を飲む間も、向こうはじっと僕を見て微笑んでいた。

「そっちは友達と一緒だったたな」

彼は「だよ」とうなずいた。そのまま数秒の沈黙。話す気がないな、これは。相手についての情報を自分がはるかに多く握っているとわかっているくせに。僕の情報をつかんでいる立場を楽しんでいる。僕らのちょっとしたゲームでは、明らかに彼が優勢だ。

だがその時、彼がつけ加えた。

「帰国してからあまり会えてなかったからさ。久しぶりにみんなと話せて楽しかったよ」

言ってることは昨夜バーで聞いた内容とほぼ変わらないから、新情報は何もない。だがそれでも、一言で切り捨てられるよりずっといい。

彼がニコッとした。じつにご満悦の笑みを、ムカつくほどの二枚目面にキスして消してやりたい。

「俺に名前を知られたのがマジで我慢ならないんだな、あんた？」

僕は彼をにらんだ。脅すような声だったかもしれない。

「全っ然」

「嘘つき」彼が顎に指でふれてキスをする。優しくゆったりと。僕の唇に囁きかけた。「ママママイケール……」

後ろにがくりと首をそらして、僕はうなった。

「携帯に登録したお前の名前を〈最高にエロい《セクシー・アズ・ファック》〉から〈ウザ男〉に変えてやる」

彼が笑う。

「好きにしろよ。ただこの際言っとくと、あんたの名前は〈王様野郎《ボシー》〉のままにしとくよ」

「それはよかった」

「マイケルっていい名前だけどな」と惜しがっている。「あんたにぴったりだ」

僕は彼をにらみつけた。こんなに愛嬌と茶目っ気にあふれていては怒れやしない。「気に入ってもらえて光栄だね」

彼が少しの間、心を決める時間を取るように、僕を見つめた。

「俺の名前を聞きたいか？」

「聞きたい」あまりにも食い気味に言っていた。「違う、間違えた、聞きたくない！」

そりゃ当然、また笑われた。

「聞きたいみたいだな？」

「聞きたくないと言ってるだろ」

「チャンスは一回だけだぞ」

くそう。

ああまったく、聞きたいよ。僕の全身が、聞いてしまえと叫んでいる。彼の名前を知りたくてたまらない。だってそれで対等だろう。向こうはこっちの名前を知っているのだ。

だがその先はどうなる？　次は？　ラストネームを教え合う？　仕事の話？　家族の話？

僕はため息をついた。

「聞きたくない」それからひるんで、呻く。「ああ、もう。聞きたいよ。でもやめとく、言うなよ」

　彼がまた笑って、僕をがしっと抱きしめた。左右に揺らしながら、首すじや肩にキスをしてはクスクス笑っていて、奇妙に優しくてくつろげる時間だった。セフレというのはヤッたら帰るものじゃなかったか？　のんびりしていったり、笑い合ったり、抱きしめ合ってキスしたりジョークをとばしたりはあまりしないものだろう。そうでもないのか？　その手の継続的な関係について、僕にはまったく経験がない。ゆきずりの関係なら慣れたものだが。こういうのは初めてだ。何が普通で一般的にどんなルールがあるのか、全然わからない。

　それに。彼があまりにいい匂いをしているせいで、考えがまとまらない。がっしりしてたくましくてでかくて、手のひらに当たる背中の感触もいい。僕のためにあつらえられたかというくらい、彼の前面が僕とぴったり重なっている。

　おかげで変なことを考えはじめている……。

　勇気をかき集めて、僕はたずねた。

「ただ、一つ聞いてもかまわないか？」

　体を離した彼はまだ僕の尻に手を置いて、世界に何の気兼ねもないみたいにあけっぴろげな顔をしていた。

「かまわないよ」

「僕以外にも相手がいるのか？」

そんな聞き方をしたかったわけではないが、口から出たのはそんな問いだったし、取り消すには手遅れだ。言い直すか補足するかとも思ったが、やめておく。

ドクン、ドクンと心臓が轟くように数拍打つ間、彼は僕を見つめていたが、唇の端をくいっと上げた。答えようと口を開いて――。

その時インターホンが鳴った。

「ああ、くそ」

「夕食が来たね」と僕は歩いていってインターホンのボタンを押した。離れている時間を、ただ息づかいを取りつくろうためだけに使う。

彼が（名前を聞いてないので〝彼〟のままだ）家の主のような態度で冷蔵庫を開けていた。

「何が飲みたい？」

それじゃ。

「ミネラルウォーターをいただけるかな、よろしく」

彼は水のボトルをキッチンカウンターに置くと、頭上のカップボードを開けはじめ、グラスを探していた。見つけた二つのタンブラーをカウンターに置き、それぞれに水を注ぐ。

僕はピザの配達人を部屋に上げ、袋を受け取った。僕のローブをじろじろ眺めているようだが無視する。まあ僕は無視したが、彼のほうはそういかなかった。この彼というのは〈最高にエロい《セクシー・アズ・ファック》〉ヤリ友で『パープル・レイン』のバンドTシャツを着てキッチンに立っている男のほうだ。ピザの配達人はあからさまに僕の眺めを気に入っていて、一方の彼は僕が観賞されているのが気に食わなかった。

「どうもありがとう」ピザを受け取りながら僕は甘ったるく礼を言った。ドアを閉めると、『パープル・レイン』のTシャツ姿でグラスを二つ手にした男へ微笑みかけた。はつらつとした笑顔をくれてやる。

「どうやら魅惑のローブらしい」

彼が唇の内側を噛む。

「んんん」

「そのTシャツもとても似合っているけど、言ってしまうと、やきもちを焼いた顔はもっとときみにお似合いだ」

歯をきしらせてから、彼は笑い出した。

「あんたは手に負えない」

二人でソファに座った。ぴったりでもないが離れすぎてもいない。ピザを食べた。とてもおいしく、彼はすっかりピザを堪能していた。一方の僕は、チラッと盗み見てくる彼の視線をとらえるのが楽しい。

だがふと彼が眉を曇らせて、水を飲んだ。何か考えている様子だ。

「いないよ、ところで」彼が言った。「あんたのほかに相手はいない」

う、その話。

「よかった」僕は相槌を打って、なんてことないふりをしようとしたが、胸でドキドキと心臓が鳴っていた。

彼は、ピザを食べ終える僕を見つめた。

「で、あんたのほうは？」

さっきからかわれた仕返しに焦らしてやろうかと半分くらい思ったのだが、これは真剣な質問だ。僕は首を振った。

「ほかに誰か相手がいるかって？　いないよ」だがそこで誘惑に負けてグラスを口元に上げ、ニコッとした。「でも今、ちょっと会っている男はいる。週に一度の約束で。カッコいい古着のバンドTシャツを着てる男さ。とことん気軽でしがらみ抜きの、人生最高のセックスでね。一晩に三回、それも楽々。ただし彼の名前は聞くなよ、かけらも知らないから」

彼の笑みが深くなった。

「人生最高のセックス？」

「まーね」僕は考えこんだ。「ただ彼、自分でかなりハードル上げたからなあ。どうやってこの先もノルマを果たしていく気なんだろうって、じつは心配してるんだ」

「一晩に三回だって？　とんだ規格外じゃないか、そいつ」

「どうかなあ、そこまでほめていいかどうか。口の減らないヤツだし、自分のことを愉快だとうぬぼれてるふしもある」

彼が笑った。

「いやいや、最高の男だろ。ただしその〝一晩三回〟ってやつだけど。あんたから言ってやったらどうかな、一晩二回でも十分だよって」

今度は僕が笑う番だった。

「いーや、僕はこれからも三回にこだわらせてもらうよ」

「強欲だな」

「どうも」

「かわいそうに、相手の男、きっとプレッシャーで震えてるぞ」

「いやあ、心配することなんかないのさ。本音を言うとね。これは内緒にしておいてほしいんだけど、僕は一回でも満足なんだよ。本人に言うつもりはないけどね」

「たった一回でも？」と彼が小さく笑う。

「そうなんだよ、それくらい巧《うま》いのさ。でも三回イけるのに一回ですまされるのは嫌なんだ」

「そいつ、そんなに巧いのか？」

僕は「そうなんだよ」とうなずいてみせた。

「どうやらあんたも相手も、楽しくストレス発散できてるようじゃないか」

その彼の声にはどこか引っ掛かりがあった。まるで言葉にせずに何か僕に伝えようとしているような。

「僕は、そのとおり。きっと彼もそうだろうね。まあどんな仕事をしてるのか、職についてるのかすら知らないんだけど。たしか海外にいて、戻ってきたのはつい最近だとか言ってたっけな。ただ何かに取り組んでる様子で……」

彼が僕の目を見つめて、かすかにうなずいた。「きっとその男は自分の人生を切り開こうとしているんだ」

なかなか気になる言い方……。

「ふうん、僕は彼がどんな分野の人なのか知らないけれど、頭は切れるようだったから、きっとうまくいくと思うよ」

彼がうれしそうに微笑む。

「頭が切れて、愉快で、セックスが巧い男？」

「違うよ。頭が切れて、愉快だとうぬぼれていて、セックスは最高、と言ったんだ」

彼はククッと笑った。

「ま、どこから見てもなかなかの男のようだな。ただ、一晩で三回デキたのは彼のほうだけじゃないだろ。相手はあんたなんだろ？」

「だね」

「なら俺に言わせりゃ、あんたも同じくらいイイ相手さ。もしかしたら上かも。あんたなら順番待ちの相手がずらっと並んで——いやつまりさ、あのピザ配達屋のさっきの目つきを見たよ。しょっちゅうあんな色目をもらってんだろ」

僕は笑いとばした。

「大して長い列じゃないさ。僕もさっき、配達屋の目つきにきみが嫌な顔をしていたのを見たよ。妬《や》いてるって思う人もいるかもね」

「妬いたりしてない」

「別にいいじゃや——」

「やきもちじゃない。単にあんたの家の中であの男があけすけにじろじろ見るのは失礼だと思っただけだ。キモい変態かよ」

「へえ、妬いてるきみもいいな。ちょっとぐっと来るよ」

「妬いてない」と彼がうんざり顔になる。

僕は眉を上げた。

「なら僕があのピザ屋に電話して、また配達をたのんでもかまわないよな。彼を部屋に入れてソファの背に押し倒されたりしても。だってほら、きみが一晩で一回がいいなら、あと二回は——」

彼がとびかかってきて、僕を仰向けに倒すと膝を押し上げ、脚の間におさまった。ニヤッとして僕にキスをする。

「俺が三回分くれてやるよ、この横柄野郎《ボシー》」

笑って彼の首に腕を回し、引き寄せてキスをした。

「一回はクリアしたから、残り二回だ」

「あんた、ほしいものは絶対手に入れるタイプか？」

「その気のある相手からはね」

そして、彼がその気に満ちていたおかげで、僕はやっぱりほしいものにありついたのだった。


午前三時くらいに眠りに落ちた。くたくたで動けないし、目も開けていられないくらいだ。二回で十分だって彼に言おうか。明日は体がキツそうだ。

だがその彼が隣に倒れて、汗まみれで満足げでへろへろになっていたので、僕はほんの少し、と目をとじた。息を整える間だけ。

目が覚めてみると八時寸前で、部屋に陽光がさしこんでいた。のびをした僕は、きしむ体やヒリつく尻にほくそ笑み、寝返りを打って——。

すぐそばで眠っている彼を見た。

は？

その上、しかも何が駄目って、陽光を浴びて裸でシーツに横たわる姿が、見たことがないほど美しいものに見えた。薄い無精ひげ、長い睫毛、ほんの少し開いた唇がまさに……。

鼓動が鳴る。強く、規則的な音が、すでにわかっていたことを告げてくる。

そう、まだこの関係には何のしがらみもない。セックスだけの仲だし、お互いメリットがある。だがそれに加えて浮かれた会話とか、笑いとか、食事とかまでであり、これまで誰にも感じたことのないほど自然でそりが合う感じまでである。

もしこれ以上が手に入るとしたら、僕は手をのばすだろう。私情もしがらみもかまうものか。

それが本音だ。

自分のベッドで男と一緒に目を覚ますなんて、本当に、あまりにも久しぶりのことだった。

悪くない。

このまま一日ゴロゴロしていたかったが、昼前に片付けたい用もある。彼を起こさないよう慎重にベッドを抜け出した。手早くシャワーを済ませてジーンズとネイビーの無地Tシャツに着替えた。これが僕だ、実用的なファッション。スタイリッシュではあるし高価なのは間違いない。だがそこのソファに放り出されている『パープル・レイン』のTシャツを着るような尖ったセンスの持ち合わせはない。

機嫌よくコーヒーを淹れてトーストを焼きながら、この匂いにくだんの眠り姫が釣られて起きてこないかと期待する。匂いで無理なら僕がうっかりガチャンとカウンターやシンクに置いた皿やカップの音で……。

狙いどおり、トイレの流れる音に続いて、ねぼけまなこで寝乱れたままのゴージャスな彼が姿を現した。まとっているのは腰に巻いたタオルと眠そうな笑みだけだ。

「寝ちまったみたいだ。悪い」

僕は彼にコーヒーのカップを押しやった。

「あやまらなくていいよ。お互いくたくただったしね」

「だな、一晩三回ルールのおかげさまだろうよ」彼が笑顔でコーヒーを飲んだ。「おっ、美味いな。ありがとう」

「ま、僕の尻も二回で十分って考えてるかもね」

コーヒーを下ろした彼がじっと僕の目を見た。

「あんた……やりすぎたか？　痛いか？　しまった、マイケル――」

僕は片手を上げて首を振る。名前を呼ばれて心臓がドキリとはねた。

「僕は何でもないよ。何でもないどころか快調だよ。痛いわけじゃない。それにゆうべ、もっと激しくってせがんだ記憶がないわけでもないしね。きみは間違いなく願いをかなえてくれたよ」

心配顔だった彼がニコッとした。「その記憶なら俺にもある」

ポンとトーストがはね上がり、僕は皿にのせたトーストとバターとバターナイフを彼に手渡した。

「何か塗る？」

「バターだけでいい、ありがとう」

彼がトーストにバターを塗ってたちまち二枚平らげたので、僕はさらにトースターにパンを入れた。

「えーと、俺の服がどこに行ったかわからないんだが」

「そうだな、Tシャツはあそこだよ」僕は遠くのソファを指した。「ジーンズのほうは多分……」歩いていくと、やっぱりソファの裏側で見つかる。拾い上げた。「あった」

「そんなとこに投げてたのかよ」と彼が笑う。

トーストがはね上がって、彼はいそいそとバターを塗りにスツールから下りた。

「バターは熱々の間に塗らないとな。トーストが完璧にバターを溶かすチャンスは一瞬ですぎ去ってしまう」

「へえ、そう？」と僕は鼻を鳴らした。

タオル一枚の裸でキッチンに立って自分の朝食を調えながらそんなふうにニコニコしている彼の姿に、息を奪われてしまいそうだ。何だろう、このかわいらしさ……。

こもった震動音が響いて、僕は小首をかしげた。

「あの音聞こえるか？」

彼がハッと耳を澄ます。

「ヤバ、俺の携帯だ」

彼の携帯電話？

部屋を見回した。一体どこに？　音をたよりに、昨夜イチャついたソファに近づいていったが、そこで音が止まった。「あーあ」といくつかクッションをどかしたが、見つけ出せないうちにまた音が鳴り出す。

しゃがんでみると、ソファの下、奥のほうに携帯が押しやられていた。

「一体どうして床に……」

まだ鳴っていたので、なるべく目をやらないようにしてさし出したが、彼が表に返した画面には〈父〉と表示されていた。

「げっ」

「僕は少し外すよ」と告げて、僕は廊下奥の寝室へ向かった。表情から察するにあまり出たくない電話らしい。微笑みもくつろいだ空気もたちまちかき消えていた。

バスルームへ入ってもぼそぼそと声が聞こえてくるが、言葉まではわからない。少し感情的な様子だったが、主には不満げで、あきらめているようでもあった。

幾度か髪を直して歯を磨き終えると、僕はベッドカバーをはがし、シーツを洗濯機へ放りこんでスイッチを入れた。

耳をすませても話し声が聞こえなくなったので、戻ることにした。彼はキッチンカウンターにもたれて片手にコーヒーを手にしていた。彼は……悲しげだった。

「大丈夫か？」

驚かせてしまったのか、さっと僕を見た。

「あ。うん。ただ……あの人が……」ため息をつく。「父さんがさ……」

僕はその先を待った。果たして続けるだろうか、と思いながら。

彼が顔を歪めた。

「父さんは悪い人じゃないんだけど、ただ、他人への期待値が高いんだよ。それが悪いってわけじゃないけどな。父さんは……とても……その分野で成功してる人でさ」

ため息。

「どうも今朝、俺が聞いてなかった俺こみの予定があったらしくてね。聞かされてなかったけどな。父さんが一方的に……とにかく、今はお互いちょっと気まずいんだ、俺の――将来設計についてのことで。でも大丈夫だよ。なんとかなるさ。父さんが落ちついてくれればね。どうせ今帰ってももう家にいないだろうし。今週は帰ってこないはずだ。俺もひとりでゆっくりできるってわけだ」

（家、と言った――）

ホテルに泊まっているとばかり思っていた。僕は、情報をつなぎ合わせないようにする。そんなことをすれば物事が複雑になるだけだし、彼とはそういう仲ではないのだし。だが何かは言わないと——と彼の腕に手をのせた。

「なあ、家に戻りたくないとか、戻れないとかなら、うちにいていいよ。何なら今日ずっと」

彼はじっくりと僕の目をのぞきこんでから、首を振った。

「いや、大丈夫だ。ありがとう。どうせ父さんの頭も冷えるさ。ただ……ちょっと色々でね」

僕は彼の腕をさする。

「そうか、まあ気が変わったら。ここにいていいから。僕は一、二時間くらい留守にするけど、かまわないよ。この部屋で気持ちを整理して、向こうと出くわすのを避ければいい」

彼が僕の顎をつかむ。じわじわと笑顔が戻っていた。

「ありがとう。優しいんだな。でも本当に、平気だから。うれしいよ」

悲しげな気配がまたにじんで、僕はたまらなくなる。すると、脳が動かないでいるうちにトップギアに入った口が動いていた。

「水曜の夜は空いてるんだ。もしきみが暇だったり、人恋しかったり、ムラムラしたなら」

「水曜だって？　へえ？」

目がキラリと光ったあたり、反対という態度ではなさそうだ。

「八時すぎならね」

「うーん、俺は来週忙しいんだけど。でも水曜の夜くらいには、ちょっと息抜きがほしくなってる頃かもな」

僕は笑って返した。

「やっぱりお互い、八日間の空きは長すぎるという点で同意できたようだしね。四日間のほうが安心じゃないかな。それなら僕も、水曜の夜に一回、金曜の夜に二回で許してあげてもいい。きみに、金曜にも来る気があればの話だが」

目を見開いてみせながら、彼は笑いをこらえていた。

「何だって？　一回で許してくれるのか？　なんと寛大な」

「だろ？」と僕は肩をすくめた。

一瞬考えこんで、彼が聞いた。

「水曜って今後の取引に追加なのか？　それとも今回きりの単発案件？」

ふうむ、単発のつもりだったが、今後もずっと、と言われてみると。

「とりあえず、やってみてから決めるのはどうだろう？　そうだな、これまでどおり金曜か、それか土曜のほうがきみには都合がいい？」

「大体は金曜だな。時々は土曜。俺のお出かけカレンダーは最近寂しいもんでね。友達はほとんど恋人持ちだし、俺は今、自分の……ビジネスの計画があって。それで忙しい。だから基本的に夜はほとんど空いてる――ってつまりはそこが言いたかったわけだが」

あれこれと述べている彼がかわいらしい。タオル一枚だけという格好もいい演出だ。

「では、そういうことだね」僕はまとめた。「今のところは金曜のままにしておいて、何か予定があれば土曜でも可。物足りない気分なら水曜も追加」

「ただはっきりさせとくぞ、がっかりされたくないからな。俺のノルマは週に三回だ。つまり水曜を一回とカウントする」と彼が指で数えた。「週末は二回」

僕は笑いながら身をのり出して彼にキスをした。

「一回でも満足だって言ったのは本気だよ」

「でもあんたは三回のほうがうれしいんだろ？」

彼の半勃ちのアレを手ですくい上げる。

「こいつで三回？　もちろん、うれしいとも」

彼が喉で低くうなりをこぼした。「あんた、体はどのくらいキツい？」

僕は唇を噛んだ。

欲情に黒ずんだ目で、彼が僕をじろりと眺め回す。

「でもこれで二十四時間内に四回となると、今後それを期待されたら俺がマズい――」

その言葉は、僕が彼のタオルをはぎとり、膝を折って正面にひざまずくと途切れた。容赦なくとっとと彼を絶頂に導いてやる。それがすむと――彼がまともに動けるようになってから――彼をつれてバスルームへ向かった。

「あんたのほうはいいのか？」と彼が僕のジーンズを開こうとする。

「いいんだよ、今のはきみのためだから。水曜にあれこれお返しをしてくれてもかまわないけど。今は、僕は少し出かけないとね。シャワーを浴びて、あとは何でも好きに使ってくれ」

引き出しをのぞいて新品の、箱に入ったままの歯ブラシを見つけ出した。

「これをあげるよ。置いておくといい、また寝過ごした時用に」

彼はまるで、結婚指輪か何かのように歯ブラシを受け取った。

「これは……ありがとう」

いやいや、ただの歯ブラシだって。実用的な衛生用品だ。そんな大したもんじゃない。ないよな？

「じゃ、遅れると妹にドヤされるから。もう行くよ」と僕は言った。「帰る時、玄関のドアだけはしっかり閉めていってくれ」

彼はぎくしゃくとうなずいた。

「ええと……ありがとうな。俺が泊まったことを気にしないでいてくれて。朝飯も。たった今、キッチンでやってくれたことも、ありがとう」

「いや、あれは僕の役得だし」と僕はぼそぼそ言った。

彼が僕の顎を手で包み、下唇を親指でなぞる。その指の動きを視線で追い、それから目を、どこかうっとりとのぞきこんできた。

「あんたって……」

僕はごくりと唾を呑んだ。

「……僕が?」

彼は首を振り、手を下ろした。「水曜にまた来るよ、八時に」

何だろう。雰囲気がおかしいぞ。心臓の鼓動が思いどおりにならないどころか、今や肺がまともに働かないし、足が床に張り付いて動かない。

「うん」と僕は絞り出した。「遅刻するなよ」

彼は笑い、僕はそんな彼を残して出かけた。少し距離を取りたかったし、家族とすごす時間には冷水を浴びるくらいの効果がありそうだ。

サマンサの家の前に車を停めると、エンジンを切るより早く妹が家から出てきた。十分遅刻と、こってり絞られるかと思ったが大丈夫だった。

「ジャドは来ないんだ?」と僕は聞く。

「来るわけないでしょ。私、本当にあの人が好きなのよ、マイケル。うちの親とのランチにつれていくような仕打ちができると思う?」

「一言もない」と僕は笑った。

サマンサが僕をじろりと眺める。

「何があったの」

「どういう意味だ?」

僕の顔を、髪を、目をじっくりと検分された。

「なんだか違ってる」

僕は赤くなる顔に気付かないふりをする。

「別に何も違わない」

「あらまあ。例の名なし男のこと？　ついに名前がついた？」

げ。

「そりゃ、彼にも名前くらいついてるだろうさ……」

「でも兄さんは知らないのね。まだ」

「ああ、知らないよ」

僕の名前は知られたが、妹にそれを教えるつもりはない。言えるか。そんなことがバレたらこの街区を抜けるまでに耳がもげるほどあれこれ聞かれるに決まっている。

「で、〝割り切った仲〟のほうはどうなってるの？」

ため息をついて、僕は両手の付け根で目をおさえた。

「今は……割り切りづらいかな」

妹は無言だった。僕がそちらを見ると、手をのばしてポンと膝を叩かれる。

だから言ったじゃない、とか言われる前にと、僕はべらべらしゃべり出していた。

「とにかく完璧な男なんだよ。気は優しいしおもしろくてやたらと色気もあって。だから、そうだよ、割り切ったつもりの話がお前の予想どおりになってきた。このままじゃ週に二回会うことになりそうだし、彼を泊めたし、二人で夕食のデリバリーも取ったし、僕はもう〝割り切った私情抜きの関係〟の線引きをどう保っていいかもわからなくなってるんだ。彼が両足でのこのことその線を踏みこえてくるものだから」

深々と息を吸う。

「……それも、アレキサンダー・マックイーンの靴を履いた両足でだ。そこは外せない」

サマンサがにっこりした。

「おめでとう、兄さん」

「おめでとうって、人生の土台が崩れて大惨事になりそうな兄にそれか？」

笑われる。

「崩れてなんかいないし大惨事なんかじゃないって、マイケル。兄さん、きっとそれはね、恋よ」

僕は反論の口を開く——逆上し、かたくなに、そして戦慄しながら。

だが何の言葉も見つからなかった。とにかく知性ある言葉は。

「……嘘だろ？」

6

ブライス

父さんの住居に戻ると、俺はブーツを蹴り脱いだ。どうせ父さんはいないので床に置きっぱなしでも怒られはしない。ソファに尻を落ちつけると、靴を脱いだ足をコーヒーテーブルにのせて吐息をついた。

いい気分だった。

ただの上機嫌とは違う。幸せな気分だった。

こんな気持ちになれるなんて。幸福感を噛みしめると、マイケルの顔が頭に浮かんでくる。彼の笑い声、匂い、指先。呻く姿、イくところ、快感に溺れる様。もそもそと呟く寝言。見たこともないほど誰より美しい男。

そう、彼とのセックスは最高だ。あいつを思うだけで股間が起きてくる。昨夜の三度の絶頂の後でさえ、まだ足りてない。

セックスだけ、のことではなく。ただ、何のためでもなく、そばにいたいのだ。マイケルを笑顔にさせて、笑い声を聞いて、なめらかで白い肌にふれて、ピンク色の唇を味わいたい。

マイケルのことが好きだな。

かなり好きなほうだ。

それだけじゃ足りない気もしたが、この高揚感のせいかもしれない。新鮮で、魅了される。彼とは呼吸が合う。溶け合うような調和。ほかのすべてが真剣で仕事、仕事のお互いの人生の中で、二人で楽しい時間をすごせている。

のぼせているだけ、かもしれない。なにしろ片手で足りるくらいのことしか彼について知らないのだから。さて、わかっていることと言えば——。

ファーストネームがマイケルだということ。住所。タイ料理とレバノン料理とピザが好き。冷凍庫に上等のウォッカ。冷蔵庫には果物とサラダ、チーズ、ジュースが詰まっていて、ミネラルウォーターも四種類くらいある。泳ぐのが好き。肌は夏の雨のようなボディソープの香りで……。

おいおい。

夏の雨の匂いにたとえたのか、俺が？

これまで誰に対しても、夏がどうとかなんて思ったことは一度もない。俺はどうかしてしまったのか。

まあ――たしかに、思った以上にあいつにかぶれているのかもしれない。

それも重症、なのかもしれない。

くそったれが。できることなら腹を立てたい。

割り切った関係、という合意だったものが面倒なことになるなんて、と怒りまくりたい。ムカつくべきだろう。百パーセントすべての時間を事業の立ち上げに注ぎこまなきゃならない時だ。父さんに対して――そして自分にも――己の力を証明するために。だから、気を散らされている自分に腹が立っていいはずだ。

それでも俺は笑顔になるしかなかった。

何もかも知ったことか。

集中、ブライス、集中だ。

それが肝心だ。しっかり集中していこう。こんな顔を父さんに見られずにすんでよかった。今にも説教が聞こえてきそうだ、仕事以外の私事に時間を割くなんてビジネスに本気で取り組めていない証拠だ、と。

誰よりも父さんは承知のはずだ。

事業家としての大成功のため、夫婦生活が犠牲になったのではなく、はなから代償としてあえて切り捨てた人だから。頂点を目指す中、貴重な時間を自分に割くよう求める妻がいては仕事に全力投球できなかったのだ。

父さんがこんな俺を見たら絶望するだろう。きっと、コーヒーハウスを開こうなんて下らない夢はあきらめて月曜の朝八時に出社してこいと叱られる。

そんな隙を見せるわけにはいかない。させるものか。

一度きりのチャンスだ。絶対に失敗できない。マイケル相手にこれ以上かまける余裕はないのだ。しがらみなしのセックスのために会うのはいい。これ以上の仲を望むのは、今の俺には許されない贅沢だ。

それを心に刻んで、俺は携帯電話でテレンスにかけた。「おはよう」

『おー、まだ死んでないな!』

俺は鼻を鳴らした。

「俺の知らないところでそんな賭けをしてるのか?」

『してやりたいくらいだよ』

「ありがたいね」

『ミスター・ミステリアスとまだ会ってんのはお前だろ。行方不明になったお前の捜索届を出すことになったら、あいつは正体不明の男と何度も会うような馬鹿者だったんですって、俺が警察に証言しなきゃならないんだぞ』

俺は笑った。

「そいつはどうも。そのミスター・ミステリアスにはもうファーストネームがあるぞ。お前に言えないけど、俺はもう知ってる」

『へええ、ついにお名前交換かよ。盛り上がってきたな』

「名乗りあったわけじゃない。俺は知ってるけど、向こうは俺の名前を知らないし」

『やったな』と今度はテレンスが笑った。『で、この日曜の朝に俺に何のご用かな？　マーラと一緒に彼女の親をランチにつれてくんで、のんびりしてらんないんだ』

「あ、そうなのか、悪い。今週、出店場所の候補をいくつか見にいくんだけど」俺は早口に言った。「まだ予定の調整中だが、お前が一緒に来てくれると助かる」

『ブライス、俺は忙しい――』

「わかってるよ、でもどうしても人の意見を聞きたいんだ。それに、向こうが物件についての数字やらパーセンテージやら適当なことを並べ立てはじめたら……」

『まともに数を数えられる誰かにいてほしいわけだな』

「まさしく」

俺は笑い声を立てた。俺も計算は早いほうだがテレンスは無敵だし、実際の現場では俺の頭はあらゆる角度から物件を吟味するので、何も見逃したくない。

テレンスがマーラに何か言ってから、電話口に戻った。

『はっきりしたら細かいことを知らせてくれ。それと、昼飯のオゴりな』

俺はクスッとした。

「取引成立だ。マーラによろしくな」

『今すぐ電話切って車に荷物運ぶのを手伝わないと、俺たち二人とも彼女に殺されるぞ』

マーラが何か言うのが聞こえて、それから彼女の声がぐっと近づいた。

『どうも、ブライス』

「こいつの話を信じちゃ駄目だ、マーラ！」と俺は叫んだ。

『もう聞こえてねえよ』とテレンス。『俺は行かないと。お前、銀行の担当とは会ったか？』

「先週な」

金曜の飲みの時にも言ったのだが、テレンスは酒が入りすぎていたようだ。

『向こうからよこされたものは全部こっちにも送れ。誰に会うにしても、俺が数字をチェックしてからだ』

俺は息をついた。

「そうする。ありがとな。義理の親とのランチ、堪能しろよ」

テレンスが毒づいたが俺は電話を切って、書類のデータを彼に送信した。あいつなら夕食頃までには全部頭に入ってるだろう。

銀行の担当者は信用できる。どうせ彼のほうでは〝ジェイムズ・シュローダーの息子〟と会うのだと、青臭い夢物語をいなしたり子供のおもり役をさせられると考えていたのだろうが、俺は自分の事業計画を（上出来の計画を）きっちり説明し、さらに彼の助言に耳を傾けたので、話が終わる頃には向こうも乗り気で、俺はまた夢へ一歩近づいていた。

さて、次は、最初の店舗を出す場所だ。

すでに候補地を五箇所に絞りこんである。第一希望は決まっているが、正しい判断のためにも選択肢はほしい。厄介なのはただ、シドニーの中央商業地区《CBD》では一等地の店舗物件は動きが早いということだ。多くの物件が、売却リストにすら顔を出さないまま、広告に載る間もなく買われていってしまう。

その売却リストを見せてもらう約束を取り付けてあるので、明日の朝イチで連絡が来るはずだった。なので日曜の半分は法人保険の説明を読みこみ、残り半分は食料の買い物と洗濯に費やした。かわりばえしない日常作業は気持ちの切り替えになる。しばらく頭を空っぽにして無心になれた。

夕食の頃合いには部屋は暗く静まり返っていて、それも落ちつく。ネットフリックスの下らない番組を流していたが、事業関係のあれこれを五回も確認し終わる頃には、ついマイケルのことに頭が行っていた。

ゆるんだ顔で携帯を取り出し、メールしかかったが、そこで自分を制した。必要以上の接触はなしだ、と言い聞かせる。〝割り切った私情抜きの関係〟に浮かれたメールとか電話とかはいらないだろう、単に彼の声が恋しいとか笑い声が聞きたいからって……。

いや。待て、俺。

声が恋しい？

何を言ってる。彼の声なんか恋しがってはいない。笑い声も。あの青い目も、ピンク色の唇も、何も——。

いやいやいや。

あいつとはただのセックスの仲だ。それですべて、ただそれだけ。マイケルも、彼との取り決めも、特別なわけじゃない。出会った夜だって、俺はどんな相手と店を出たってよかったし、セックス目的の合意だって誰とでもできた。別に、彼である必要なんかなかった。

そう、今だってそうだ。携帯にも出会い系アプリがインストールされてるし。

マイケルには、ほかに誰もいないと言った。本当のことだし。相手がいるというのは、何度も会っているとかつき合っている相手とかそういうことだろう？　出会い系アプリの火遊びなんか〝相手〟の数には入らない。ただの肉体関係、割り切った後腐れのない仲。だから俺がここでアプリをチェックして気になる男を引っかけたって全然いいはずだ。

浮気じゃない。裏切りでもない。マイケルといわゆる交際関係なわけじゃなし。お互いはっきり言ったのだ、セックスだけで、それ以外には何もないと。

なので、ならいいじゃないかと、俺は出会い系アプリを立ち上げてスクロールした。さらにページをスクロールして、もっとスクロールした。目を留めた男は数人いたが、スクロールを続ける。かなり近場の相手だったのに。三十分もあればこの中の誰かとヤれる。それどころか夜明けまでに三人ハシゴできそうだ。

だが、誰ひとりとしてしっくりこない。誰も俺が求めている相手ではなく、一晩中適当な男とヤれるチャンスにも俺の股間は反応すらしない。興味ゼロ。無。ピクリともしないし、気配もない。

ゼロだ。

この際どこかのクラブに行って、手頃な男とトイレの個室でヤるとか。

ソファに寝そべった俺は股間を見下ろした。関心なさげな自分のアレを。のどかにお休みのままのそれは、かけらたりとも興味を示しやしない。

だがマイケルのことを考え、彼の唇ときつく締まった小ぶりな尻を、手を、笑い声を、喉元のラインや呻く姿を思い浮かべると……俺のモノはピクンと動いた。

「この裏切りモノめ」

やれやれ、ついに自分のイチモツに話しかけてるぞ、俺。

立ち上がってゲイバーに出かけてみてもいい。今すぐ行ける。だがその案に乗り気になれないのは股間だけではなかった。俺の心もまるで動かない。

携帯を手にして、またマイケルにテキストメッセージを送ろうかと思案する。やあ、と言うために。それか、俺のアレがゆきずりの男との一夜のお楽しみに興味ゼロなのはお前のせいだ、と言ってやるか。

だがそこでふと想像した。

もしマイケルが、ゆきずりの男と一夜のお愉しみ中だったら？

心臓が変な感じにギュッと縮まって、全身が熱いような冷たいような気分になった。

もう知るか。

なので部屋の向こうのソファに携帯電話を放り投げ、ネットフリックスで薄っぺらな番組を見つけるとボリュームを上げて自分の心の声をかき消し、マイケルのことを考えないようにして夜の残りをすごした。

……できるだけ。


店舗候補物件の内見予約は水曜と木曜だ。ちょうどいい、月曜を使って俺は店内デザインの検討にとりかかった。

まだアイデアを出し合って基本コンセプトを固めている段階で、具体的な場所が決まればそのコンセプトを調整して合わせることになる。俺はシンガポールのコーヒーハウス《コピティアム》にしょっちゅう足を運び、アイデアや写真をまとめるポートフォリオ用の写真を山ほど撮ってあった。シドニー拠点のこの若いデザイン会社なら、エコなだけでなく先鋭的なものを仕上げてくれると思えたし、彼らと一日すごしてみると、充電されてやる気が出た。

月曜の夜はデザイン会社のコンセプトを検討し、持続可能《サステナブル》な竹製フローリングや器具、省エネで節水の調理設備などの値段を計算した。エコ関係の政府の補助金についても詳しく聞けた。火曜はデジタルマーケティングのチームとずっとすごした。彼らを率いるノアは、とても腕利きなのだ。ウェブサイトや携帯向けの注文用アプリ、電子化されたレシートやポイントシステムの骨組みを決めた。俺も頭は鈍くないほうだがこれは専門外の分野だし、彼なら目をとじてても片付けられる。

火曜の夜は遅く帰ったので、夕食は注文した。父さんの住居は暗く静かで、いつもながらにでかくてやたらと空っぽだった。いや俺だって一人の時間は大好きだし、父さんに次々と問いただされたり、失敗すると頭から決めつけている計画について事細かに聞かれたら、気の休まる暇もない。俺は一人でいるのに慣れている。一人きりに何の問題もない。

だがつい考えは、なじんだ顔や深い青の瞳のほうへ流れていく。しかも今ならメールをするいい口実もある……。

〈やあボシー、明日の予定に変更はなし？〉

事前に確認を取るのは礼儀にかなっているだろう。確認メールが来たからって、俺を変だとかしつこいとか思うようなこともないはずだ。それに、変更があったら？　もし何か予定が入って、この新たな水曜の予定に支障が出てたら——。

まあ、もし彼が無理なら、出会い系アプリを立ち上げるかバーで誰かを引っかければいい。

かまわないんだし。そうしてやろう。

その時、テキストバブルが画面に現れた。彼が入力中だ。俺の心臓が喉元にせり上がる。

大丈夫だと言ってくれ。予定どおりだと言ってくれ。たのむから。本当はほかの誰かと遊びたいわけじゃない——。

〈やあＳＡＦ。水曜は〝大歓迎〟モード〉

つい携帯に向かって笑い出していた。やった。この心からほっとした気持ちも、心臓が高鳴る安堵感も、今は深く考えたくない。

すると彼から次のメッセージが来た。

〈ディナーは何がいい？〉

俺は手早く打ち返す。

〈今度は俺が買ってくよ。イタリアンは好きか？〉

〈大好きだ〉

〈アレルギーか嫌いなものは？〉

〈遅刻〉

俺は吹き出した。

〈俺の遅刻への反応から、それはわかってるよ〉

〈だろうね。解毒剤はボディマッサージと二回分のセックスだ〉

俺はまた笑っていた。

〈そんな罰のためならわざと遅刻するぞ。リテイク〉

送信ボタンを押した瞬間にやらかしたかと思ったが、期待を裏切らない返事が来た。

〈ならこれでどうだ。明日の夜、僕を好き放題したいなら遅刻しないこと〉

俺は馬鹿みたいにニヤついていた。

〈メッセージ受信完了。了解〉

〈八時のまま?〉

〈バッチリ〉

〈よかった。楽しみにしてるよ〉

ああ、マイケル。俺もだ。〈こっちも〉

〈遅刻するな〉

〈早めに行こう〉それで彼の肉体を好き放題させてもらえるなら。俺のアレもこの展開に興味津々だった。〈遅刻なんかありえないね〉

〈どうせ今頃、僕の体で何をしたいか妄想中だな?〉

すっかり股間が勃ち上がってきていたが、俺は大声で笑い出していた。

〈お見通しか。リクエストは?〉

〈僕の好みはもうご存知だろ〉

〈たしかに〉

くそう。彼は俺に根元まで思いっきり貫かれるのが好きで、顔をベッドにつけて尻を上げるのが好きで、荒々しく揺さぶられるのが好きで……。

今やすっかり俺のものは固くなっていた。

〈まったく、おかげで自分で抜かないと〉

〈そのまま我慢して僕に二発ヤッてもくれていいよ〉

〈今日抜いといて明日あんたを二発ヤッてもいいな？　できるのは体で知ってるだろ？〉

〈言ってくれたな。おかげで冷たいシャワーを浴びてこないと〉

俺はクスッとして打ち返した。

〈こっちは熱いシャワーを泡だらけで浴びるとするよ。あんたのことを考えながら〉

〈嫌な男め。明日は七時半に来い。遅刻厳禁だ〉

笑い声を立てていた。〈あんた、ほんとに威張り屋《ボシー》だな〉

〈そうさ。好きだろ？〉

〈大好きだ〉

深く考える前に送信ボタンを押していた。『大好きだ』って、どういう意味だ一体？　彼の高飛車な態度が好きという意味か、それとも彼が大好きということか？

とにかく会話はそれで打ち止めになった。彼のほうでも、今の言葉で俺と同じぐらい首をひねっているのかもしれない。

何か付け足そうかと思ったが、もう十分でかい墓穴を掘ったと判断し、俺は携帯の電源を落としてこのことを頭から締め出した。

だが欲求不満の勃起は自然消滅してくれず、熱いシャワーでたっぷり泡を立て、彼に思いを馳せたのだった。あまりに激しくイッたので、倒れまいとしてタイルの壁にもたれた。

ベッドにもぐりこみ、満足の笑みで、金髪とピンク色の唇、強気の青い瞳を思い浮かべながら眠りに落ちた。


「お前、何をしたって？」

テレンスが歩く足を止めたので、俺は彼を脇へ引いて、後ろの歩行者の邪魔にならないようにした。

「多分、彼のことが好きだって感じのことを言った気がする」俺はくり返した。「感じのこと、だが。はっきりじゃない。でも言った」

テレンスの表情が困惑から苛立ちに変わった。

「勘弁しろよ、ブライス。あのな、お前らがつき合ってるのも順調っぽいのもめでたいと思うよ。でも今から真剣なビジネスの世界に飛びこもうってんだ。切り替えろ」

俺はため息まじりにこぼした。

「うちの親父みたいなことを言うのか。絶対、父さんならそう言う」

テレンスが俺の肩を叩いて申し訳なさげに微笑んだ。

「悪い。でもな……」

「でも、お前の言うとおりなんだろう」今回はうなるように言っていた。顔をさする。「わかってるよ。そんな場合じゃないって。でも彼は……あいつは、特別なんだ」

テレンスは首を振り、また苛立っていた。人が行き交う通りへ顎をしゃくる。

「行くぞ、向こうも待ってる」

向こうというのは、アントニーとヴァレーン。でかい会社の不動産営業で、俺を今日三箇所の物件に案内してくれるのだ。

一件目は検討するまでもなく却下の物件だった。テレンスに相談するまでもない。

二件目はもう少し見込みがあった。立地も広さもマシだし、電気配線も新しいし、いい自然光が入って、人通りもある。

「悪くない」と空っぽなフロアの中央に立って、俺はアントニーとヴァレーンに知らせた。

「候補としてはありだ」

ヴァレーンが何かの統計や数値を並べ立てたので、テレンスが聞いててくれと祈る。そう思った瞬間、ぎょっとした。店舗の候補地を回っている最中だというのに、俺の頭はあの〝ミスター・ボシー〟ことマイケルのことや、二人で今夜何をするのかで一杯なのだ。

というか、あけすけに言うと、今夜彼に何をするか。

くそ本当だ、俺は頭を切り替えて本腰を入れないと。

三件目の物件も回ったが、こっちもまあまあだった。必要なら使えるが、二件目のほうが有望だ。

とりあえずは実りのある日だった。ヴァレーンとアントニーには変に隠し立てせず、明日さらに二つの物件を見ることになっているが、今日の二件目が最有力候補だと伝えた。その物件についてできるだけの情報をもらうと、明日また連絡すると二人に告げた。

四時には家に帰り、狙いの物件と契約についてわかる限りすべてを読みあさり、これが有力候補だとデザインチームへ面積などのデータを送り、シャワーを浴びて、六時半すぎには出かける支度がすんでいた。

約束したとおりにイタリアンのテイクアウトを買い、マイケルのマンションに七時二十四分に着いていた。七時半に来い遅刻厳禁、と言われているので、今夜は遅れるわけにはいかない。

マイケルにロビーへ入れてもらい、彼の階へ上がるエレベーターの中で俺はそわそわしていた。ドアの前へ歩いていくだけで浮かれていたし、ドアを開けた彼の、まさに皿に盛り付けられたセックスそのものという姿を見て、ニヤつきをこらえた。

「今日はローブはなしか？」

とは言ったが、がっかりはしていない。マイケルはジム用のウェアらしきものを着ていて、濡れた髪は後ろになでつけられ、すれ違うとふっと塩素の匂いがした。

「何だ、泳いでたのか？」

閉めたドアにもたれかかる彼は見事な眺めで、悠然としていた。

「シャワーを浴びようか迷っていたところだったんだ」

「俺が舐め取ってやろうか」

「ああ、それもいいね……」深く息を吸うと、彼はテイクアウトの袋に目をやった。「だが腹ぺこでね。今日最後に口に入れたのが朝十時のコーヒーと来てる。イタリアンを持参するって言ってたよな？」

俺は自分の股間に『待て』を命じた。まずはこの男に何か食わせないと。袋をかかげた。

「そうだよ。あんたに栄養補給しないとな。俺の下で気絶されちゃ困る」

ニコッとしたマイケルは俺の横を抜けながら、とても優しく腕にふれていった。

「ありがとう」

ぞくっとしていた。彼の手、彼の微笑み。元々は寝室につれこんで上半身だけベッドに倒して荒っぽく突っこんでやる気満々だった。だがどういうわけか、この優しいひとなでのほうがうれしいときてる。

キッチンカウンターで俺が料理の袋を開ける間、彼が皿やフォーク類を出し、手早く皿に料理を盛った。何の料理かは気にもしていないようだ。本当に飢えているんだろう。

「そのラザニアはパスタ生地のかわりにズッキーニとナスが入ってるんだ」と俺は説明した。

「炭水化物控えめがいいかと思ってさ」

彼がさっさと二口分を口に詰めこみ、呻いた。

「うーん、天上の美味」

たちまち皿の半分を平らげながら彼が立てている声を、俺は聞くまいとした。かわりに二つ目の容器を開ける。

「こっちはチキンとリコッタチーズとほうれん草のラビオリだ。店内の手作りで、べらぼうに美味い」

フォークいっぱいにすくい取って、彼がポルノスターのような呻き声を立てる。

俺は自分が食っている分を飲みこみ、しっかりうずいたままの股間を無視した。

「忙しかったのか?」と聞く。「食う暇もないくらい」

彼はうなずいて水を飲んだ。

「くたくただ。七時に帰ってきて、なんとか何周か泳いできたよ。昨日泳げなかったからね」

「空きっ腹で泳ぐのはオススメできないな。プールで気絶するかも」と俺は軽い調子で言った。

彼はニコッとして唇をなめた。

「イタリア料理を持って来るって言ってたろ。その前に食べるのはもったいないなって。それにしても素晴しいなこれ」さらにラビオリを食べてハミングする。「おお、これは美味い」

俺はフォークを下ろして一歩近づくと、彼の頬を手で包んだ。顔を傾けさせて、視線を合わせる。

「そんな色っぽい声を出してるとこのまま襲うぞ」

彼の瞳孔が開く。胸が大きく上下した。

「そんな声は出してない」と囁くように言い返す。

下唇をなぞると、ハッとその唇が開く。俺は口をかぶせて荒々しいキスを奪った。彼の口は熱くとろけるようで、ひんやりする指が俺の髪をかき分けると、俺はカウンターに彼を押しつけた。

彼の欲情ぶりが伝わってきて、俺の膝が崩れそうになる。

「十分食ったか?」と聞きながら、首すじをキスでたどる。ほてった肌ににじむ汗と塩素の味が天国のようだ。

彼の手が俺のTシャツの下へ入りこみ、背中を滑って俺を引き寄せた。体を擦り付けてくる。

「ひとまず十分。今は違うものが食べたい」

俺は彼の服を頭から脱がせると、白い肩にキスをした。熱い口を這わせるとぞくぞくと彼の産毛が立つ。

「今日はこのことばっかり考えてた」と俺は白状した。「仕事に集中しようとしたのに、あんたの中に入ることしか頭になくて」

彼がうなると、こちらにもたれかかりながら俺の頭を上げさせ、ぶつけるように唇を重ねた。お互いの息が切れるまで、勃起を押し付けあうまでキスを続ける。彼の瞳は暗く、唇は腫れぼったい。

「なら僕をベッドにつれていって好き放題してみせろよ」

俺は邪悪な笑みを浮かべた。

「その言葉、後悔するなよ」

腰抱きにすると彼はたちまち俺に脚を巻きつけ、寝室へ運ばれながらずっと笑っていた。ベッドに放り出してやるつもりだったが、しがみつかれていたので、マットレスに膝をついてそっと下ろす。

好き放題してみせろと言われていたので、そのとおりにする。彼から声や喘ぎを引きずり出しながら深々と貫いてやりたいのだ。快感の最後の一滴まで絞り取り、もっととすがりつかせて懇願させ、叫びながらイカせたい。俺が達した瞬間の彼の呻きが聞きたい。

それが俺の望みだ。だからそのとおり、好き放題にした。

「……こんなのってありか」と彼が息を乱した。

俺たちは彼のベッドに倒れて、二人して汗まみれで喘ぎ、ぐったりと、微笑みあっていた。

「どういたしまして」

そう返すと、彼が笑った。

「なあ、セックスが〝巧すぎる〟ってことも世の中にはあるのかもしれないね」

俺も笑いをこぼして横倒しになると、彼の顔を首元に抱きこみ、目をとじた。行為の後でこんなふうに抱き合うことが、これまでのどれより親密な行為に思え、彼の身がこわばったので同じことを考えたのがわかった。

「好き放題にしろって言ったろ」と俺は囁く。「これが今、俺のしたいことだ」

彼が緊張をほどいて身をすり寄せると、数分のうちにはその息もなだらかになって、俺たちはまどろんだ。

そう、これが俺のしたいことだ。

細身の体は俺にしっかりと寄り添い、その腕が上等な布のように巻きついてくる。まるで絹に包まれるように……。

どうしよう。まさにこれこそ、俺のほしいものなんだ。

少しすると彼が身じろいだので、俺は少しだけ体を剝がし、顔を包んでキスをした。やわらかく、優しく、舌で焦らして下唇を吸う。彼は俺の背中を指でなぞり、唇に向けてハミングをこぼし、俺の腰に脚をのせた。

なんて気持ちがいいんだろう——。

やがて、彼は俺の頰に手を添えた。温かくて感情豊かな目で。その微笑みも同じく。

「シャワーを浴びて、夕食の残りをソファに持っていって、ネトフリでも見ないか？」

微笑み返してうなずくことしかできなかった。何しろ、最高のセックスは無論のこと、それこそ——彼が今言ったことこそ——まさしく俺のしたいことだったからだ。


「ネトフリの最高のところって何だと思う？」

俺はそう聞いた。シャワーを浴びたばかりで、二人してソファでくつろいでいる。ジョギングパンツを貸してもらったのだが、吸いつくようにぴったりだった。少しきついと思いつつ、彼が俺のモノの輪郭を眺めては唇をなめるので、そのまま着ていることにした。

パスタの皿を手にした彼は、俺の質問の瞬間、フォークを口に入れたところだった。「ん、え？」と口いっぱいの食べ物ごしにもごもごする。

「かわいいな」と俺は笑った。

彼はごくりと飲みこむと、ふざけて俺を蹴ろうとした。

「うるさいな。ネトフリの最高のところって何だよ」

俺はリモコンのネットフリックスのボタンを押す。

「視聴履歴に基づくレコメンドを見れば、どんな人間か丸わかりってとこさ」

彼は笑っていたが、大して気にしちゃいなかった。オススメにはアクションやコメディ映画、それに『SUITS』や『Sence8』といったドラマが並んでいる。大体イメージどおりだったし、悪い意味での意外さがなくてほっとした。じつはアダム・サンドラーのコメディ映画の大ファンだとか。

「きみのオススメコーナーはどんな感じだ？」と彼に聞かれた。

「アダム・サンドラーの映画は一つもないよ」

ぴたりと、彼のフォークが口の手前で止まる。

「それは神に感謝しないと」

クスッとして、俺は自分について少しは真実を話すことにした。

「俺は日本のヤオイものとアジア映画が好きだよ。韓国ドラマや中国の映画も。タイや台湾にもいいものがたくさんある。ちょっとメロドラマっぽいけど、そこもいい」

もぐもぐしながら彼が微笑んで、それから飲みこんだ。「何か見るものを選んでくれよ」

俺はニッと笑い返すと画面のサムネをスクロールしていった。

「これ、きっと好きだよ」と何回か見たドラマシリーズに決め、腰を落ちつけてすべてを楽しみにかかる。料理、相手、テレビ。

彼がまじまじと画面を見つめ直した。

「あれ、誰？」

「めっちゃイケてるだろ？」と俺は得意がる。

食べつづける彼が、今度は俺の皿からつまみはじめた。

「まだ足りないのか？」と聞いてみる。マイケルは細身で締まっていて、要はあまり体積がない。一体これだけの飯をどこにつめこんでるんだ？

「うん。笑うなって。今日はずっと食ってないんだ。それからプールを二十五往復したし、泳ぐと腹が減るんだよ」と俺にフォークをつきつけた。「その後できみに精根尽き果てるまでヤラれた。僕は新陳代謝が活発なんだ」

俺は笑った。

「次の時はスマートウォッチでカロリー消費量を測ろうか」

俺の皿を渡すと、彼は受け取って食べつづけた。思わずこっちの頬がゆるむ。

ドラマをしばらく見ていると、マイケルがコーヒーテーブルに皿を押しやって、かわいくもたれかかってきた。髪にキスしてやると吐息をつく。

「シンガポールにいたんだっけ？」と俺に聞いた。

「そうだよ。しばらく住んでた」

「好きだったんだろ」

「そう。あそこの人間も、食事も」

「どうして帰国を？」

「ビザが切れるんで仕方なく、さ。それにこっちには父さんがいるから。父さんの会社もあるし」

うなずきながら、彼はテレビから一度も目を外さなかった。

「それで、きみが今立ち上げようとしている事業は、お父さんの仕事と近いものなのか?」

「全然。まるきり違う」

彼が少しの間黙ったので、本当は何が聞きたかったのだろうと思う。知りたいことを、個人的な情報交換抜きで聞くのは難しい。

「妹とのランチはどうだった?」と俺はかわりにたずねた。

彼は頭をこちらへ向け、もぞもぞ動いて、顔が見える体勢になった。

「僕がきみを知っているよりもずっと多く、きみは僕のことを知っているよね。はるかにずっと。ずるいよ」

そのとおりだったので、俺は笑みをこぼした。

「そうだな。じゃあ教えるけど、俺には姉妹はいない」

「兄弟は?」

「いない」と首を振る。

「きみとお父さんだけ?」

母親のことは一度も話に出ていないから、自然な推論だろう。うなずいた。

「そうさ。あと父さんの会社とね。これは外せない。父さんの人生で一番大事なもんだから」

マイケルはじっと俺を見上げた。表情が曇っている。

「しんどいな。それはつらかったんじゃないか」

俺はため息をついた。「慣れてるよ。ずっとそうだ。小さな頃から」

起き上がった彼はまっすぐ俺を見つめて、頬に手をのばしてきた。

「そういうことは慣れたりしないよ」

その手を取って、俺は手のひらにキスをした。

「でもさ、本当に、俺はそれしか知らないから。それに父さんは悪い人じゃない。ていうかいい人だよ、気付いたらシングルファザーになってただけで。まあたしかに、金でいろんな人に手伝わせてたけど。俺には乳母や運転手や家庭教師とか、色々いたよ。でも、父さんはただ成功を目指してただけだ」肩をすくめる。「だってさ、俺たちみんなそうだろ?」

彼は俺の目をのぞきこみ、それから一つうなずいた。

「そうかもな、たしかに。でもやっぱり……」

「あんたの家族はどんな感じ?」

「おせっかいで口うるさくて、僕の人生をすみずみまで知りたがる」

俺は小さく笑った。

「じゃ、うちと正反対だ」

「そんな感じかな」彼がニコッとする。「親はニューポートに住んでてさ、都会の中心地に住みたがる僕が理解できないんだ」

「だけどあんたを自慢に思ってるだろ?」俺は片方の肩をすくめた。「こんなに立派にやってるんだ」

微笑んだ彼の額に金髪がかかった。すらりと長い指でかき上げる。

「ああ、そりゃね。向こうに言わせれば僕は〝成り上がった〟ことになってる。くだらないと思うけど、親の夢を壊すのも悪くって」

その時まで聞くつもりはなかったが、もういいやと思った。聞くなら今だ。

「親は、あんたが男を好きだってのは知ってるのか?」

彼はうなずいて小さな笑みを見せた。

「知ってるよ。僕が十四歳の頃からね。そっちは?」

「ああ、うちの父親はまばたき一つせず受け入れたよ。ただし『安全第一、コンドームを使え』って気まずいお説教だけくらって、恥ずかしかったし何より縮み上がったね。俺は家に男をつれこもうとしてて、出かけてたはずの父さんとばったり出くわしたところだったから」

マイケルが手で口を押さえて目を見開いた。

「最悪だ……」

俺は笑った。

「だろ? 父さんからの、最初で最後の父親っぽいアドバイスさ」

「ヤバすぎる。僕だったら死んでる」

「お笑いぐささ。ま、今ならね。あの頃は全然笑えなかった」

微笑しながら彼が身をのり出して、またキスをすると、体の向きを変え、俺を引き寄せて背中を預けてきた。テレビを眺め出して三秒と立たずに、

「えっ。あのイケメン誰だ？」

「新任の刑事だよ」俺は説明した。「いい奴だ。もう片方は一匹狼タイプの刑事で、でもまあ、見てわかるように本当は悪い奴じゃないし周囲から誤解されてるだけだし、それにも理由があるんだが、このいい刑事が彼の傷ついた心を救うんだよ」

「これってゲイの刑事物なのか？」

「そうだよ、言わなかったか？」

「ああ」マイケルは俺の腕を頭の下で枕がわりにすると、少し黙ったままテレビを見ていた。

「……これは僕の新しいお気に入り番組になりそうだね？」

俺はクスッとして「だろ」と彼の髪にキスをした。

一緒にもう一話見たが、そのうちマイケルが二回目のあくびをして、テレビを消すと俺の手をつかみ、寝室へつれていった。二人で服を脱ぎ、ベッドに入って、じゃれあった。キスをして、さわりあって、向き合って。

だがセックスには至らなかった。ただ官能的に、心地よく、それ以上のものは求めずに。や

がてキスが頬ずりになり、それからただ身をよせあい、次に気がついたらもう朝だった。

「ヤバい、遅刻する」

彼はそう言いながらタオルで体を拭こうとしていた。二人で一緒にシャワーを浴びてお互いをしごき合ったばかりだ。一晩で二回はイカせると約束していたのだから、その約束は果たす。

俺は洗面台の前に立ち、腰にタオルを巻いて口には歯ブラシをくわえ——なんと俺の歯ブラシだ。まあ先週彼が出してくれた新品の歯ブラシだが、もう俺のだ。

「ごめんな。俺があやまるべきところだと思うが、全然悪いと思ってなくて」

彼がピシャリと俺の尻を叩いて、ウォークインクローゼットへ駆けこんだ。

「僕も後悔はないけどさ、上司に先に出勤されたら申し訳ないどころじゃすまない」

俺がジーンズを穿いてからリビングで発見したTシャツを着込む間に、洒落たネイビーのスーツとパリッとした白シャツに革靴という姿の彼が現れた。髪型は完璧にキマッて見事な姿で、何よりいい匂いがした。

「おー、そのスーツ脱がせてみたくなるな。ローブやジムウェアよりその格好で出迎えてもらうのもいいかも」

彼が動きを止め、俺を上から下まで見回した。

「そのデュラン・デュランのTシャツはいいね」と俺に言う。「ただ『パープル・レイン』やザ・クラッシュのTシャツと、どれが一番かは決めがたいな。どれにせよ、そのバンドTシャツはきみの名前にお似合いだ」

は？

「俺の名前？」

「そうだよ、〈最高《S》にエロ《A》い男《F》〉。それがこれから永遠にきみの名前だって決めたろ」

俺は笑っていた。「本当の名前を知りたくないか？」と聞く。「知りたいなら言うよ」

一瞬、迷ったようだった。それから彼はどうでもよさそうに肩をすくめる。

「遠慮する」

「いてて」

俺は傷ついたフリをした。フリじゃなかったかも。そろそろ彼に知ってほしかったのかも。

マイケルは笑って、携帯電話と財布をしまった。

「もう出られるかい？」

俺は靴を履いて立ち上がった。「ああ」と携帯電話と財布、鍵をつかむ。「本当に俺の名前知りたくないのか？」

ニヤッとしながら、彼は俺のためにドアを押さえてくれた。

「いらないよ、ああ。だってさ、きみのほうがずっと僕のことを知ってるだろ。なら、きみの名前をあえて聞かないのが、僕に残された最後の切り札ってわけさ」

「切り札？」

俺はエレベーターのボタンを押した。切り札……これはまだゲームなのか？　彼は明らかにそのようだが、俺はどこからか、いつの間にかスコアをつけるのをやめていた。

マズいな、これはよくない。

後ろが鏡になったエレベーターに乗りこみながら、彼が鏡ごしに俺へニコッとした。

「そのTシャツ、本当に好きだよ」と言ってくる。

俺は実物の彼を見た。鏡の中の彼ではなく。

「そうか、俺もあんたのスーツが本当に好きだ」

「明日の夜これで出迎えてほしいか？」

明日の夜？　うわ、明日はもう金曜か。

「絶対そうしてほしいね。ソファの近くにローションを用意しとくのが利口かもな、入った瞬間そこにあんたを押し倒せるように」

彼の唇が半開きになり、小鼻がふくらんだ。

「くそ」と呟く。「勃ったまま出勤できるわけない。そんなこと言うなんて卑怯だぞ」

エレベーターのドアが開いて、俺たちは下りた。ここで別れるのだ。彼は片方へ、俺は逆方向へ。なので俺はくるっと向いて彼へ笑いかけた。

「いとしのマイケル――」わざとらしく名前を強調してやる。「こいつが俺の切り札ってやつさ」

彼の表情に笑い出して、敬礼を送ってやった。

「じゃ、いい一日を、マイケル」

数メートル行ったところで振り向いてみると、マイケルはまだ突っ立っていた。

「大嫌いだ」と彼が叫ぶ。

「嘘つけ」と俺はまた笑った。

彼は俺をにらみつけると背を向け、あっちへ向かって歩いていった。こっちを振り向かないかと俺は待ったが、とても長い数瞬、そのまま振り返らないのではないかと思った。

だが、彼は振り返った。振り返って俺を見た。肩ごしに見るとか振り向くとか、ここでそういうことをするのには、何か意味があると期待していいんだよな？

だって、彼は振り向いたのだ。

俺はと言えば歩道に立ち、自分の進行方向ではなく彼のほうを向いたまま、まともに顔を合わせていた。片手を上げて小さく振ると、バレた彼は呻いていた。俺は笑い、彼は微笑して、首を振ってから向こうへ去っていった。

だが、振り返って俺を見たのだ、彼は。こちらを向いた。それってちょっとしたことだろう？

俺が街灯のようにつっ立って振り向く彼をじっと待ってたのには、特に何の意味もないけどな。からかいのメールでも送るかと考えていたら、携帯が鳴った。ニヤッと笑って手にしながら彼からかと思う。

だが違った。テレンスだった。

俺は電話に出た。

「どうした？」

『今日何時に行けばいいかと思ってな』

そうだった。集中しろ、ブライス——。

「一件目は十時、二件目はそのすぐ後だ。同じ不動産会社だから間の待ち時間はない」と家に向かいながら説明した。「遅くとも十一時半にはお前は会社に戻れるよ」

『わかった』

「本当にありがたいと思ってるよ。忙しいのはわかってる」

『飯オゴれ』

「了解」と俺は笑う。

『不動産会社に行くのか、それとも現地？』

「現地だ。相手の女性の名前はナタリー、ＣＲＥＡグループの社員だ」

『ＣＲＥＡだって？　俺でも知ってる会社だぞ』

「だろ、デカい話になってきた。時間の節約に現地で合流する」

『よし。住所を送ってくれ。そっちで会おう』

「たのむ」

『で、一件目がお前の本命だったよな？』

「そうだよ。目をつけてたところだ」

テレンスは少し間を置いた。

『お前、今どこだ？』

「歩いて家に帰る途中だよ」

『どのツラ下げて朝帰りだよ、それも木曜に？』

笑ってしまう。

「いいツラだよ、本当にさ」

テレンスが鼻を鳴らした。

『デレデレしてないで住所を送れ』ため息をつく。『そんでミスター・名なしはどうだ？』

「ああ、あいつはまったく最高だよ」

『でもまだお前の名前は知らない』

「ああ、知らない。ただ、言い訳じゃないけどさ、教えようかって言ったのに断られたんだぜ」

笑われた。

『すっげえな。偉大なるブライソン・シュローダー君、肘鉄《ひじてつ》をくらう』

「肘鉄なんかくらってない。ただのゲームの駆け引きだ」

だが、これはまだゲームと言えるのか？

『ゲームだって？』また笑われた。『ブライス、よーく聞け。片方がマジになったら、もうゲームじゃないんだよ』

7

マイケル

僕が耳に携帯電話を当ててオフィスへ駆けこむと、笑顔のキャロラインから伝言の束を渡された。ありがとう、と口の動きで伝え、ナタリーが並べ立てる本日の予定と目標を聞く。

ナタリーは大事な見込み顧客の案内で今日は外回り、僕は抱えきれないほどやることが山積み。デスクまで行くとまだナタリーの話を聞きながら伝言に目を通し、パソコンが立ち上がるのを待った。

　遅刻なんかしたらナタリーに一日中にらまれかねないと焦ったのだが。ＳＡＦがまた泊まっていくとは予想外だった。二人で一緒に朝のシャワーを浴びたのも、あんなに起き抜けの顔がかわいいことも予想外。あれはヤバい。最高にエロい《セクシー・アズ・ファック》とは、我ながらよくつけたものだ。

　文句があるわけじゃない。昨夜は最高だった。それも、ぶっ飛ぶようなセックスだけじゃなくてだ。最高はその後だ。ソファで食事をしてテレビを見て、ベッドでイチャイチャして寄り添って眠った。あれが〝カラダだけの関係〟とか〝割り切った仲〟という線から完全にはみ出している自信はある。割り切れない方向に真っ逆さまに転がり落ちていっているのもわかっていたが、どうしようもない。

　それどころか。ワクワクしてたりするのだ。

　心配と裏腹にナタリーは昼休憩まで戻らないらしいので、気が散ることなく自分の仕事を淡々と片付けていった。いや、彼女は有能な管理職だし、その下で働くのだって好きだ。ただ、目を光らされて一挙手一投足を見張られていないほうが、仕事に専念できるのだ。

　まずは五つの用事を片付け、昼までに残りも片付けようとしていたところに、また携帯電話が鳴った。またナタリーだ。にこやかに電話に出た。

「大丈夫です、リスターの契約は終了、クイーン・ストリートの現場のリノベーションは前倒しで進行中、カースルレーとの顔合わせは明日の九時、マーケット・ストリートの入金は訴訟で遅れてますが、明日の終業時刻には解決しているかと」

『そう、あなたが有能すぎてありがたいわね』

そう返ってきた。皮肉かどうかわからないのは、その声が焦っているせいだ。

「どうしたんです？」

『トンネルで渋滞にハマった。この先で事故があって、とても十時の約束に間に合いそうにない』

僕は時計をたしかめた。九時四十二分。

「うわ」

『あなたが行って。相手は大物クライアントだし、延期は絶対できない。ファイルは私の机にあるから』彼女が短い間を置く。『足音がしないじゃないの。どうして私のオフィスに向かってないの？　マイケル、すぐ動いて』

僕は椅子からとび出すと、ナタリーのオフィスへ駆けこんだ。机の上にはいくつかファイルがある。

「名前は？」

『先方の名前はブライソン・シュローダー。二つの物件を見て回る予定。一つ目は十時にヨーク・ストリート。その次はケントにつれていって』

腕時計を見た。ヤバい。ヨーク・ストリートまで十六分で行かなくては。ファイルをつかむと物件の鍵の持ち出しサインをして、エレベーターへ駆け出した。

「もう少し早くわかればありがたかったですね」

『トンネルは電波が弱くて……』ナタリーの声がまた途切れそうになる。『さっきからかけてたんだけど。悪いわね』

「相手についての予備知識をもらえませんか」と僕はうながした。

『彼はシュローダーよ』それで全部わかるかのように彼女が答えた。『シュローダー・ホテルのね』

え——まさか。シュローダー・ホテルグループは、オーストラリアにおけるヒルトンだ。どうしてナタリーが『大物』と呼んだのか、やっと腑に落ちる。

「ホテル用地ですか？」

そう聞いたのは、うちの部署はホテル物件は扱わないはずだからだ。会社にはそれ専用の部署がある。ナタリーと僕が担当しているのはシドニー中心業務地区《CBD》の商用物件だ。

『いいえ、新しい事業用なの。いくつか物件を見て回ってるそうで、私はとにかくシュローダーの名前をモノにしたいのよ』

ファイルに目を通している余裕はなかった。

「ほかに頭に入れておくべきことは？」

『先方は二名。連れがいると言っていたから。クライアントは息子だと思うのよ、シュローダー家の。私たちと同年代、今時なタイプ、でもとても真剣で――』

ザザッと雑音が入って彼女の声がぶつ切れになった。

「ナタリー、もう切れそうだ。電話していないほうが僕も早く動ける。必要な情報はメールしてください」

電話を切ると足取りを速め、僕はヨーク・ストリートへと走り出した。汗まみれで着いたとしてもとにかく間に合う。よく知っている物件だし。ヨーク・ストリートと脇道に面した角の建物だ。人通りの多い一等地。前のテナントが十年以上借りていたがごく最近空き物件になったもので、あっという間に借り手がつくだろう。

ヨーク・ストリートに出ると、目的地まで一ブロックを全力疾走し、脇道側の入り口を九時五十七分に解錠した。

配膳室のような見た目の部屋で息を整える。しんどい。携帯電話を出してナタリーに短いメッセージを送った。

〈到着。こんなに走るならジムの会費を経費にしたい〉

そこで気付いたが、正面ドアの横にどこか見覚えがある男が立っていた。長身の中華系で、二十五歳くらいか、じつに整った顔で、僕の見立てどおりならこの春シーズンのヴェルサーチのスーツ姿で、見るからに誰かを待っていた。

僕は正面のガラスドアへ向かうと、鍵を開けた。

「おはようございます」ほがらかに挨拶する。「ミスター・シュローダーですか？」

相手は微笑みはしたが、離れたところへ怒鳴った。

「ブライス！　来いよ」

どうやらこのヴェルサーチは連れのほうらしい。僕は脇へのいて彼を招き入れると、ミスター・シュローダーの登場を待った。日光が当たっていなければもっとよく顔が見えるのだが。

「ナタリー・ヤンに代わって謝罪申し上げます。彼女はトンネル内で渋滞に巻きこまれておりまして。私の名はマイケル――」

僕の言葉はそこで途絶えた。何故って、入ってきたミスター・シュローダーを見て、言葉を失っていたからだ。

そこにＳＡＦが立って、僕を見つめていた。

僕のＳＡＦ。最高にエロい男《ＳＡＦ》。しがらみなしだと割り切ったセフレで、今朝まで僕の部屋にいたはずの男。

だが別人のように見えた。バンドＴシャツやスキニージーンズや流行りの靴はどこにもない。今の彼はダークチャコールのスーツ姿だ。イタリア製のウール地の――ブリオーニにまず間違いない。シャツは真っ白、糊が利いて、体にぴったり仕立てられていた。

これほど目の保養になるものはない。

彼は僕をじっと見つめていて、その驚きの表情が、段々と笑顔になっていった。

「マイケル……？　失礼、そこまでしか聞こえなかった。あなたのラストネームを聞き逃してしまったようだ」

僕は笑い声をこぼしていた。だって、本当に、ほかにどうすれば？

彼の連れは僕らの顔を見比べていたが、その顔に理解の色が宿った。

「ああ……そうか、これがお前の名なしの彼氏か？」僕を見つめてニヤつきを隠そうともしない。「こりゃ愉快」

ＳＡＦが咳払いをして、友人へ一つうなずいてみせた。

「こいつはテレンス・ホアン。こちらがマイケル……？」とわざとらしく言葉を途切らせる。

僕は彼をひとにらみしてからテレンスへ向き直った。

「お会いできて光栄です、テレンス。私はマイケル・ピアソン」それからＳＡＦをまっすぐ見据える。「ピアソン。ｅがつく。Ｐ－ｉ－ｅ－ｒ－ｓ－ｅ－ｎ。あなたはどうやらブライソン・シュローダー？」

彼がまじまじと、心臓が止まりそうな一瞬、僕を見つめた。

「そのとおり」さし出された右手を、僕は反射的に握り返した。「お会いできて心から光栄だよ、マイケル・ピアソン。ｅつきの」

「こちらこそ、ブライソン・シュローダー」

僕はそう返し、二人してどうやら同時に、相手の手を握ったままでいることに気付いていた。

「いやあ、とても自然な顔合わせだ、よかったよかった」とテレンスがはつらつと言った。そうだ。そうだった。まずは仕事だ。しっかりしろ、マイケル。

僕は一歩下がった。

「ええ。失礼。先ほども言いましたが、ナタリーが申し訳ないと伝えてくれと。ハーバー・トンネルで事故がありまして、彼女は交通渋滞で動きが取れなくなっています。じつにタイミングが悪かった。自分が来られなくてとても残念がっていました」

「そう悪いタイミングでもなかったよ」ＳＡＦが軽く言った。「きみが代役に来てくれた」

僕は困惑の笑いをこらえて、手にしたファイルへ目を向けた。箇条書きのデータを読み上げる。

「この物件は面積が八十六平方メートルあり、飲食分野をお望みであれば、ガス、水道、及びグリストラップと厨房用排気ダクトが既設で備えられています。地下にあるおよそ二十メートル四方の空間は、広い冷蔵室と食材管理庫となっています。賃貸期間は一年契約もしくは三年契約。年間賃貸料は九九六〇〇ドルとなります」

「一平方メートル当たり一一五八ドルだ、ブライス」テレンスが口をはさんだ。「プラスして一平方メートルあたり設備費を一六〇〇ドルとして、初期費用に二十五万ドル必要だな。開業前に月二〇八〇〇ドル必要で、もし利益率を――」

二人が利益率や金額について話し出したので、邪魔はしなかった。テレンスは計算の天才らしいし、ブライスもそう後れを取っていない。僕ならこの数字を出すのに計算機を使って十分かかる。

ブライソン……。

彼の名前はブライソン。

よく似合う名前だ。似合う名前なんてものがあるなら。

ギリギリで駆けつけることになった約束の相手が、よりによって彼だったなんて、とても信じられない。

よりにもよってだ。

その上、シュローダーと来た。シュローダー・ホテルの御曹司だって？　サーキュラー・キーのホテルに滞在していると彼が言った時、てっきり仮宿だと思ったのだ。父親のところに泊まったとか、二年ぶりに海外から戻ってきたとか。

まさかホテルに住んでるなんて思いもしなかった。親が所有するホテルに！

信じられない。

父親が事業で成功しているとか親のプレッシャーが強くてハードルが高いという話をしていたな。そりゃそうだろう、なにせ高級ホテルを経営するホテル王だ。

信じられない、いや本当に。

「ええと、いいかな、マイケル？」

彼の声が、僕を思考の迷宮から引き戻した。

振り向いて「はい」と微笑む。しまった、まったく会話を聞いていなかった。

「なんだか……ほかのことを考えてたようだけど」

ブライソンはそう言いながらわけ知り顔でニヤニヤしている。

僕は視線をまっすぐ合わせた。

「失礼しました。何かお手伝いできることが？」

せめて少しでもプロらしく取りつくろおうとしたが、彼が現れた瞬間にそんなもの全部木《こ》っ端《ぱ》みじんになったことはバレバレだ。

見透かすように彼から微笑まれると、それだけで駄目になりそうだった。

「じゃあもう一度。地下の収納庫を見せてもらってもいいかな？」

「もちろん、どうぞ。ご案内します」

そう答え、僕は二人をつれて階段のある奥へ向かった。階段の一番上に残って彼を通す。さすがに二人きりで僕と下に向かおうとはしないだろうし——大いにしてほしい気持ちはあるが、しかしだ。

ブライソンは階段を半分下りたところで、テレンスがついてきていないのに気付いた。

「テレンス？　来ないのか？」

テレンスが僕を見た。「いや、やめとく、俺はいいよ」

ブライソンが友人を見つめた目は刺すように鋭かった。二人の間を音のない会話が行き交ったようだったが、結局ブライソンは前を向くと一人で地下へ下りていった。それほど広いわけではないからお守り役は要らないだろう。

テレンスの視線が僕にくいこむようだった。そちらを向くと、テレンスが眉を上げた。

「で……きみと、ブライスは？」

真っ赤にゆで上がったような顔色になっていたと思う。

「職務上の立場として言わせていただくと、ミスター・シュローダーは——」

「もうきみには〝ミスター・シュローダー〟なのか？」

これはまた。彼の友人から糾弾されている。僕の存在をよくご存知だったようだし。

「僕は二十分前まで彼の名前すら知らなかったんですよ」

テレンスが首を振った。

「あいつは名前だけじゃない。名前があいつのすべてなんかじゃない。それ以上の奴なんだ」

「そんなことは知っています」

僕はいささか冷ややかに答えた。本当によく知っているからだ。何週間もかけて彼を知り、あれこれと小さな情報をかき集めてきた。彼の名が及ぼす先入観なんて関係なく。彼が自分の名前を言いたがらなかったのはそのせいかもしれない。

次に僕が発した言葉は、囁きのようだった。

「本当の彼を、僕は知っている」

僕に伝わっていると見て、テレンスはうなずいた。ブライソンは、自分がシュローダーだと僕に知られたくなかった。本当の自分を知ってほしかったのだ。名前ではなく。

彼は、愉快で頭が切れて気が細やかだ。情も深い。字幕付きの海外映画やドラマを観るのが好きで、ビンテージのTシャツが大好き。いろんな国の料理が好きで、大富豪の有名人である父親の存在を心のどこかで引きずっている。そして本当に、ベッドの中で凄い。

「変わらないままでいてくれ」とテレンスが呟いた時、ブライソンが階段を上って戻ってきた。

「お二人さん、俺の噂話は終わったか？」

「まだだよ」とテレンスが軽くいなす。「もうしばらく下にいろ」

ブライソンはニコッとして最後の段をのんびり上ってきた。

「お断りだ」

「この場所には大きなポテンシャルがあります。立地も素晴らしい」とズタボロのプロフェッショナル魂を発揮して、僕は言った。「どのような事業をお考えなのか伺っても？」

ブライソンが僕を見た目は挑戦的、かつ、迷いがあった。

「かまわないが、ただ——」

僕の手の中で携帯電話が震えて彼の言葉を止めた。画面にナタリーの名前が表示される。

今？

「ナタリーからです。応答しないと。少し失礼します」

僕は店舗の正面から外に出たが、ブライソンにこづかれてテレンスが笑っているところが見えた。もうしっちゃかめっちゃかだ。ため息まじりに僕は電話に出た。

「ナタリー?」

『まだ渋滞で動けない。ずっと停まってるの。クライアントの相手はどう?』

「とても順調です。まだヨーク・ストリートの物件にいます。気に入った様子ですが、今からケント・ストリートのほうへ向かおうかと」

『ミスター・シュローダーと話がしたいんだけど』

僕は眉を寄せた。

「それは、今、必要ですか?」

短い沈黙。

『……マイケル』

どうしようもない。

僕は中へ戻り、ブライソンに自分の携帯電話をさし出した。

「邪魔をして申し訳ない。ナタリー・ヤンが挨拶をしたいと」

ブライソンはニヤッとして携帯を受け取り、僕をまっすぐ見つめながら話しはじめた。

「ナタリー、こちらはブライソン・シュローダー……いや、それは気にしないでほしい、不可抗力なのだし。……ええ。ありがとう」笑みが深まって、くいいるように僕を見ていた。「へえ？　……それはうれしいね……ええ、連絡します」

携帯を渡された僕は、ナタリーの話がまだ残っているかどうかたしかめもせずに電話を切った。どうせメールするだろう。

「お手数おかけしました」と僕は言った。

「別にいい」ブライソンの見透かしたような笑顔を、キスでかき消してやりたくなる。「彼女が保証してくれた、きみはシドニーで最高の法人不動産営業だとね。身をまかせてればいいってさ」

僕は深々と息を吸い、ゆっくり吐き出した。

「この物件についてほかに確認したいことはありますか？　もしくは、もうケント・ストリートの物件に向かっても？」

ブライソンはニヤッとしたが、空っぽの室内を見回した。

「ここは気に入った。地下貯蔵庫への階段にアクセスと安全面の不安は残るけどね。これに関しては何か考えないとまずいだろうな。細かな仕様がほしい、設備の見積もりに要るから」

「承知しました。よろしければうちの者からすぐメールで送らせますが。ナタリーがあなたのメールアドレスを知っているでしょうし」

「うん、知ってるよ」

彼がうなずいた。それだけでなくナタリーはきっと彼の連絡先、住所、事業の詳細なども知っているんだろうが……。

僕がアシスタントにメールで短い指示を送る間、ブライソンとテレンスは無言のまま目つきだけで何か言い合っていたが、僕に見られているのに気付くとテレンスが即座にやめた。

「そうだ」テレンスは腕時計をのぞきこむ。「用を思い出した。仕事だ。会社に戻らないと、親父に怒鳴りとばされる」

「嘘つけ」とブライス。

テレンスはそれを無視して僕に握手の手をのばした。

「会えて本当によかったよ。これで名なしじゃなくなったのもよかった」

「こちらこそお会いできてよかった」と僕は言ったが、少し疑問形ではあった。

「テレンス」ブライスが凄む。「お前本当は――」

「いやいや、ミーティングがあるんだって。見ろよ」テレンスが携帯電話を見せる。何も表示されていない。入り口まで後ずさった。「お前も俺の親父のことはわかってるだろ、ブライス。後で電話するよ。夕飯オゴれよ。ランチもオゴれよ。詳しい話も聞かせろよ。じゃな！」

そして彼はいなくなった。

僕は髪に指を通して、ため息をついた。

「ミーティングなんてないんだろう?」

「ないね。だが言っとくが、俺だってあいつが逃げ出すとは思ってなかった」

「だろうね。きみの目がパニクってたよ」

彼が笑った。

「パニクってたわけじゃない。あれは『ぶっ殺してやるぞテレンス』の目つきだ」

「ああ、そっち」

「ん。お互い大学で鍛えた会話法さ。今じゃ名人芸だ」

目を合わせると、僕からすべての緊張が流れ去った。首を振って笑う。

「寸前で呼ばれて物件を案内しに来たらクライアントがきみだったなんて、どんな確率だろうね？　まったく」

「そうだなあ、シドニーの人口から考えるなら四百万分の一ってところだろうな。もし世界中を分母にするなら八十億分の一くらいか」

「まさにね」

「でもこれで、お互い名前がわかった」

そう言った彼の目には何か読み取れないものがあった。身がまえている？　恐れている？　傷つくのを？　もしかしたら自分が何者か知られた今、望まぬ反応がくるかもしれないと。

「じゃあ、きみはブライソンか、それともブライス？　それとも僕はこの先もきみをＳＡＦと呼べばいいのかな」

彼がニヤッとした。

「友達には、ブライスだ」

僕は唇の内側を嚙んで、だらしない笑顔にならないようこらえた。僕を友達と考えてくれているのだ。それも『お友達から始めましょう』ではなく、さらに踏みこんだ存在として。

だがその流れで、プロとしての自分の立場も思い出していた。

「ええと、そう、大変申し訳なかった」

「どこが？」

「きみに公私混同した態度を取ってしまった。つまり今日、お友達のテレンスからはきっと僕が、見たこともないほどいい加減な不動産営業だと思われたことだろうけど、きみを見た瞬間に頭が真っ白になってしまって。あんなうろたえてしゃべれないところをナタリーに見られたらあきれられてしまうな」

「あんたが口を割らなきゃ俺もナタリーには黙ってるよ」ゆったりとした、心からの微笑。「冗談だって。あんたはちゃんとしてた。テレンスのことは気にしなくていい、いい奴だし。ここから逃げ出したのだって俺たちに話し合う時間をくれたんだろ。つまり、仕事とプライベートのバランスをどう取るか、話し合えるようにさ」

僕はそっと笑った。

「そうなのかな……言葉もまともに出てこないていたらくだったけど、むしろそれで救われたのかもしれないな。いつもの僕はもう少し頭が回るんだけど。まさかきみだとは」

　プライスが視線を合わせてくる。

「がっかりしたか？」

「え？　まさか、そんなわけないだろう。何をがっかりするんだ？　〝ぶったまげた〟という言葉がこの場合は適切かもしれないが」

　甘い、ほとんどはにかんだような笑みを見せてから、彼が店舗の正面側へ目をやった。

「言わせてもらえば、俺だって内覧の案内をしてくれるのがあんただとは思ってもいなかった」

「がっかりしたか？」

　ははっ、と彼があまりに気安い笑い声を立てた。「絶対に、そんなわけないだろ」

　とても目をそらせない。思考もまとまらないし、予定を仕切るのもままならない。僕はたずねた。

「二件目を見に行こうか？　ケント・ストリートだ。歩きでもそう遠くはない」

「ああ、行こう」

「でもこの場所は気に入った？　見込みはありそう？」

「そうだな。うん、ある。立地がいいな。ここでもいけると思う」

　確信のこもらない声だった。まあ僕のほうも、何のための物件を求めているのか知らないのだが。

「じゃあそういうことで。僕は鍵をかけるから、それから次に向かおう」

ブライスはうなずくと、全部戸締まりするまで待ってくれた。すぐに二人でケント・ストリートに向かって歩道を歩き出す。

「本当にここまで走ってきたのか？」と彼に聞かれた。

「走ってきた。ナタリーが、十五分以内に着けと」

「鍛えといてよかったな」ニヤッと眉を上げる。「ほら、あんたの持久力と来たらなかなかのもんだし？」

言いやがった。

ひとにらみして威嚇のふりをしたが、とにかくファイルを手にしていたおかげで馬鹿なことはせずにすんで救われた。彼を車道へ突きとばすとか、手を握ってしまうとか。

話題を変えることにした。

「きみのスーツは大変素敵だと思うけれど、あえて言うなら『パープル・レイン』のTシャツのほうがいいね」

彼が唇を上げた。

「あんたのスーツ姿への感想はもう表明済みだよな」

つい笑う。金曜の夜にスーツ姿で出迎えてくれとリクエストされていたのだった。

「そう言えばね。ローブはもう飽きたんだっけ。忘れていたよ」

「いやいや、ローブの魅力は色褪せちゃいない。でもあのスーツがぴったりあんたのケ――」

僕の足が止まっていた。「いいから。そこまでだ」

笑い声を立て、彼は僕の腕を引いて急ぎ足の歩行者をよけた。僕の尻について話そうとしていたことを（今朝はソファに押し倒してその尻にあれこれしたいとも語っていたが）あやまろうとはしない。

「あんたの言うとおりだな。今日はビジネスだ」

「悪いと思ってないくせに」

「思ってないよ」陽光の下、茶色い目に笑いがきらめいた。「でもお行儀よくするさ。この事業のことは真剣だし、俺にとって大事なものだし。ただ、あんたといるとつい忘れちまうんだよな、その……」

僕の腕から手を離し、彼は髪をくしゃっと混ぜて、言いかけだった何かを散らしてしまった。

「僕が言いたかったのは、話を止めたのは、朝言われたことを思い出したり――出迎える僕のスーツをすぐ脱がしたいと言われたのを連想したりして、なんか変な気に――」この言い方はまずいな。「……とても困難になるからだよ。仕事に集中するのが」

彼がニヤッとした。

「そうだな。たしかに……キツくなりそうだ。ズボンが」

「子供か」と僕はため息をつく。

「あんたの前だと、そうだな。ガキになっちまう」

それをかわいいなんて思いたくない。僕の前ではのびのびと振る舞えるなんて、そんな話でほだされたくはない。だがこの笑顔には勝てなかった。

「行こう。ケント・ストリートはあっちだ」

その空き物件に到着し、僕が鍵を開け、そしてブライスが一歩入った瞬間、彼が求めているのはここではないと僕にもわかった。間取りはさっきの物件以上の手直しが必要になる。賃料は安いが立地もいまいちだ。

ブライスは広さを歩測しながら、どう改善できるか検討していた。

「カウンターはこっち向きにしないと冷蔵庫をうまく置けないな」と言いながら側壁に手を滑らせる。「これは耐力壁のようだから動かせそうにないな、太い梁を入れ直す手はあるが……」うなる。「設計図と写真を見た時は、行けそうだなって思ったんだが」

「ここは駄目だろう」僕は答えた。「何のための場所を探しているのかよくは知らないけどね。それは聞かなくてもいい。かまわない。ただ僕は、市の中心部ならほぼすべての商用空き物件を知っているから、目的がわかれば力になれるかも」

ブライスは僕をまっすぐ見て、無言で、信じるに足るかどうか測っているようだった。

「……何人かにしか、まだ話してないんだ。それこそ、父さん、この間の店にも来てた友達、それと銀行の担当だけ」

「わかるよ」

「あんたに言いたくないわけじゃなくて」顔をしかめた。「馬鹿げてるって思われたくないんだよ。誰からも、そんな下らないことをって言われたくないんだ」

「馬鹿げてるなんて絶対に言わないけど……？」

「本当にとんでもなく馬鹿げたアイデアだったら？」

僕は笑って、返した。

「倫理的、道徳的にきわめて大きな疑問符がつかない限り、言わない。それでも言わないかも。馬鹿げたアイデアなんてものはないよ。適切な手法とマーケティングが必要なだけだ」

彼が僕の言葉に発奮したような笑顔になった。

「まさに！　俺もそう言ったんだよ！」

「実現不可能だと誰かに言われたとしたって、それは彼らにはできないというだけだ。力や度胸が足りないのは向こうの問題だよ」

僕はそう肩をすくめた。ブライスがこの起業を進めている以上、銀行の融資担当者は乗り気なのだろうし、今日テレンスがついてきたからには友人たちも反対はしていないのだろう。となると、彼が計画を話したと言った三つの相手のうち、残るは父親か。

それはしんどいだろうな。

少しきつい言葉を使いすぎた気がして、僕は言い足した。

「近しい人間なら、何かをするなときみに口出しするべきじゃないよ。そうじゃなく、ただ味方になって言うべきだ、『いいマーケティングを考えよう』って。改善のために何ができるか、本音で話し合うとか」

ブライスは僕を見つめていたが、ずんずんと三歩つめてくると僕の顔をつかみ、熱いキスをした。

「うれしい言葉だ。まさに俺の気持ちそのままだよ」

仕事中のキスではあったが、後悔はかけらもなかった。ほかに誰もいないし、店舗内をのぞかれる心配もない。それに、彼の心に響く言葉を言えたことをどうして申し訳なく思わなきゃならない？

「悪い、キスなんかして。ただ、俺……」

僕の顔が燃えるように熱い。「いいよ、あやまるな」

彼は額に手を当て、小さく首を振ってから、笑みを浮かべた。

「あんたって、まったく困ったもんだ……」

「え？」と僕は笑う。

また視線を合わせた彼の目は真剣だった。

「コピって、知ってるか？」

8

ブライス

「コピ」とマイケルはおうむ返しにした。「コーヒーだろう、たしか？」

俺はほっとして、笑みを返した。自分の夢について彼に話すつもりはなかったのだが、話しはじめてみれば、これまでどうして黙っていたのか自分が不思議になる。

彼は計画を応援してくれて、興奮し、その上驚くほど洞察力に富んでいた。

いや、どうして俺は驚いているんだろうな？

この男はいつだって俺の予想なんか超えてくる。

企画のコンセプトを聞けば聞くだけマイケルのテンションが上がり、俺も勢いづいていた。

俺が語るすべてを彼はしっかりイメージしてくれた。質問を――それもたくさん――してきたが、本気で知りたがってのことだし、鋭いところを突いてくる。単にニコニコうなずいて流したりはしない。商品についてや立地の希望まで知りたがった。

「でもこの物件は期待はずれだったけどな」

「ああ、ここは向いてない。きみがやりたいことにはね」

「ヨーク・ストリートの店舗はよさそうだと思うんだよ。昨日も物件を見てきた、ピット・ストリートの。あれも悪かなかった」

マイケルがさっとこっちを見たので、ほかの物件を回っていたのが気に障ったのかと思った。だが違った。やっぱり俺の予想を超えてくる。

「キング・ストリートも、物件さえあればいいと思う。ピット・ストリートもヨークも両方立地は文句なしだ」と言って、しかし彼は眉を寄せた。「一つ聞いても？」

「いいよ」

「きみは、商業地域と金融街を想定してブランディングを考えているようだけれど」

「うん」と俺はうなずく。

「いい考えだとは思う」

「でも？」

彼は笑みを浮かべた。

「でも……もっとぴったりの場所を、僕は知っているかもしれない」

ほう。

「どこに？」

「キング・ストリート・ワーフ。ダーリング・ハーバーの」

俺は彼を凝視した。それどころか、目玉が転げ落ちるかと思った。

「ダーリング・ハーバー？」

「そうだよ」と彼がうなずく。

「どんだけカネがかかる話だ？　ナタリーからは一言も聞いてないぞ」

「まだ非公開の物件だからだね。話がまとまったばかりなんだ。きみに教えたなんて、ナタリーに尻を蹴り上げられてしまうな。でも、ブライス、きっとあそこならぴったりだ」

心臓がドクドクと激しく暴れた。

「今の、もう一回言ってくれ」

マイケルが小首をかしげる。

「どこをもう一回？　ナタリーに尻を蹴り上げられるところ？　それとも話がまとまったばかりというところ？」

小さく笑って俺は距離をつめた。彼の顎をすくって、サファイアのような瞳に溺れる。

「どこかわかってるだろ」

彼の瞳孔が大きくなり、息が喉で詰まった。囁くように、俺が聞きたかった言葉をこぼす。

「ブライス……」

彼にまたキスをしていた。今回はもっと激しく、もっと深く。その舌に自分の名を味わいながら。くそ、なんて至福の味。

携帯の振動音に邪魔をされる。ありがたいタイミングだったかもしれないが。鳴ったのはマイケルの携帯で、彼は一歩下がり、紅潮した頬とぼうっとうるんだ目で電話に出た。

「マイケル・ピアソンです」

話の中身は聞こえなかったが女性の声のようだったので、賭けてもいいがナタリーだろう。

「もうこっちも上がりますし」とマイケルが言っていた。「いえ、僕も一時からハーディ社と……了解です、では後ほど」

通話を終わらせて携帯電話をポケットにしまう。

「トンネル内の事故は片付いたそうだ。ナタリーもやっと動き出せる」

俺は時計を見た。そろそろ十二時だ。もう予定以上にマイケルの時間を食っている。

「昼飯を一緒に食えなくて残念」と軽く言った。「でもあんたには一時の約束があるようだし」

「一時、二時、三時と」

「忙しいヤツ」

「いつものことさ」

「ディナーは空いてるか?」

彼がニコッとした。

「今晩の? ついに木曜まで追加?」

「あんたに嘘をつく気はないから言うけどさ、マイケル。キング・ストリート・ワーフで夕飯を一緒に食って、さっき話に出てきた空き物件を見られないかって期待してるんだ」

マイケルが笑った。

「外《ガワ》だけなら見せられるけどね。でも内側《なか》は、さっき言ったように契約したばかりで、立ち入り不可だよ」

「今夜七時」

「へえ、早めのディナー？　子供とか、八時には帰りたいお年寄り向けの時間じゃないか」

「さっさと食って新しい物件を見に行きたい男向きの時間だよ。その後で」と明るく付け足す。

「できれば追加のセックスもありで」

「追加のセックス？　三回のノルマとは別勘定？」

思わず笑ってしまった。

「あんた強欲だな」

「いや大いに心配しているだけだよ。僕のケ――とある身体的部位についてね。きみのサイズ的な問題で」

俺は笑い声を立てた。

「そうか、俺としてもあんたの身体的部位を休ませてやるのはやぶさかじゃないんだが、誰かさんに懇願された記憶があるな」

「懇願というのはいささか行き過ぎた表現ではないだろうかね。まるでチャールズ・ディケンズの小説に出てくる物乞いのような必死さを示唆している」

くすくす笑って、俺は両手を器のように合わせて差し出す。

「旦那さん、たのむよ、お恵みを」

彼が笑う。その声、その表情に、俺の胸の中がおかしな気分になった。肩をこづかれる。

「出よう」

空き店舗をマイケルが施錠し、二人で道に出た。

「でさ」と俺は言った。「ディナーの誘いは本気なんだ。二日連続になるし、明日が俺たちのいつもの金曜なのもわかってるから、続けてはちょっとと思うならそれでかまわないよ」

「決めるのは、物件に立ち入れるかどうかわかってからにしないか。さっきも言ったように、中を見られるかどうかわからないんだ。うちの扱いになったばかりの物件だし、多分まだ看板なんかを取り外してる最中だと思う」

「ナタリーから、あんたは最高の営業だって聞かされてる。シドニー最高の腕利き不動産屋なら、あちこちに顔も利くんじゃないかって、俺は期待しちゃうけどな？」

彼は目を細めて俺を見ていたが、数秒の長い見つめ合いの後、一言うなって携帯電話を手にした。

「今から電話をかけるから。きみに思慮というものがあるなら二度と『シドニー最高の腕利き不動産屋』なんてその口で抜かさないでくれ」

答える隙は与えられなかったが、俺はニヤッと笑い返す。彼は、誰かにかけた電話を耳に当てた。

「ああ、キャロライン、マイケルだ」

次々と質問を繰り出して、誰かと会話し、誰かに言付けをたのんでから電話を切る。くるっとこちらを向いた。

「二十分もらえた。一秒たりとも延長はなしだ」

「今?」

「ああ、今すぐ」

Uberのアプリをマイケルがタップした途端に車がやってきた。彼がドアを開けてくれたので俺はニヤニヤしながら乗りこむ。うんざり顔をされた。

「ほらな?」と俺は言った。「やっぱり腕利きだろ」

またうなられた。

「こんなことをしてる自分が信じられないよ。わかってほしいが、僕がこんな手配をしたのは別に僕らが……アレだからじゃない。僕は、すべてのクライアントに平等に接している」

「でも今、自分が信じられないって言ったろ」膝で彼の膝をつついた。「矛盾だ。俺のためにここまでしてくれるのはどうしてかな?」

「うるさい」とにらまれた。

俺はニヤッと笑い返す。「それにさ、俺としちゃ、あんたがほかのクライアントにも同じように接してないことを心から願うけど」

彼が眉を上げたので、あらためて言い直してやった。

「ほかの相手にあのローブを着てみせたりしてないだろ？」

「あのローブ……」と言いかけてマイケルは運転手のほうをうかがった。俺をじろりと見て囁く。「あのローブの存在も、あれを誰に見せる目的で着用しようと、きみには関係ないことだと申し述べておきたい」

俺は口をとがらせた。たしかに関係ないだろうが、俺としては関係したい。彼との間にある気軽な口約束は、永続的なつながりでもなければ互いを独占できるものでもない。

「そのインテリっぽい言い回し、痺れるね」

「度し難い」彼はため息をついた。「それと、ノー。あのローブを誰かのために着たことはない。ある男と相互の同意があってね、自分のためにあれを着てほしがるから。週に一度の、しがらみのない関係のはずだったんだ」

つい笑いがこみ上げてくる。

「で、今は？」

「大惨事さ。彼は週に二回も来てるし。今週は三回も会うことになったし。今夜はディナーに誘われてるからオゴってもらおう」最後の一言とともにじろりとにらまれた。「しかも今日、お互いの仕事場で交通事故みたいに出くわしたときてる。そう、その上、僕は上司に叱られるだろうが、それすらどうでもよくなってる。ほらね、しがらみ山盛りだ」

「大惨事か。随分楽しそうに聞こえるけどな。交通事故だの大惨事だのしがらみだの言ってるわりには。それとも、だから楽しいのかな？」

マイケルが温かくクスッと笑った。

「相手の男が小生意気でやたら自信家なんだよって、もう言ったかな？」

「聞いてないなあ。でもたしかあんたはその男のことを〈最高にエロい《セクシー・アズ・ファック》〉って何回か呼んでたんじゃないかな」

彼がまた笑い出した時に車が停まり、俺たちは運転手に礼を言って降りた。マイケルはもう歩き出していたので、俺は小走りに追いついた。

「あと十二分以内」と彼が言い渡した。

キング・ストリート・ワーフのデッキまでの短い小道を歩いていく。このダーリング・ハーバーはどんな日でも観光客と地元民があふれている。一時間あたり何千人もの人々がここで行き交っては食事や写真撮影、観光ボート、買い物を楽しむのだ。

「どうしてきみはシドニー中心業務地区《CBD》の立地にこだわってたんだ？」とマイケルが相変わらずさっさと歩きながら聞いた。

「こんな場所が候補に入るなんて思いもしなかったからだよ。正直、わからない。これまではシドニーの中心街を考えてたんだ、会社員や買い物客をターゲットに。一店目を中心街にと思ったのは、それが理にかなっていると考えたからだ。中でも金融街を対象にしたのは、なじみがあったから。マーケットも熟知している分野だし、働く人々のことも、行動パターンも、消費傾向もわかる」

「なるほど。筋は通る」と彼がうなずいた。

「このあたりなら、クイーン・ビクトリア・ビルディングは候補に考えてた」と俺は高級ショッピングモールの名を上げた。「一秒で却下した」

マイケルは顔をしかめた。

「あそこはうちの扱いじゃないな」足を止める。「でも希望するなら物件がわかる人間の紹介はできるよ。うちの会社では対応できないけど、ほかの社の営業も知ってるから」

「俺から手を引くのか？」

「躊躇なくね。それがきみのビジネスを成功させる道なら、ああ、僕は手を引く。僕がここにいるのは、合わない物件を押し付けて手数料を稼ぐためじゃない。そういう仕事はしない。立地の質は、最高と平凡を分ける。僕は平凡な仕事をするつもりはないんだ」

彼の言葉に、俺は胸をわしづかみにされていた。予想外の衝撃を受けてただうなずく。たとえ自分の実績と引き換えにしてでも、俺の成功を願ってくれるのだ。

「ありがとう」俺は時計を見た。「あと九分くらいか。まだ向こうか？」

「ここだよ」

彼がそう答えた。俺はその場で、すぐそばの店舗正面に向き直った。キング・ストリート・ワーフの、一等地どころじゃない。まさに超一流の立地。ガラスの壁を建築会社のロゴ入りパネルが覆っている。

マイケルが正面ドアを開けると、作業服の男がやってきた。

「シルヴァンだね、私はマイケル・ピアソンだ」と男に言ってマイケルは握手を交わした。

「会社のほうから、我々が来ると連絡があったと思う。二分で足りる、それ以上の面倒はかけないよ」

仕事をこなすマイケルを見るのは楽しかった。会話中の彼は完全に仕事モードでてきぱきと、集中し、街の支配者のようなたたずまいだ。最初の物件で見た、うろたえていた彼とはまるで別人。俺の存在であんなに動揺したのがうれしい。だって、わけもなくあんなふうにはならないだろう？　あれは彼が俺に対して少なからず、何らかの感情を抱いている証拠のはずだ。いい感情か悪い感情かはともかく。でも、いつもの自分を見失うくらいの何かがある。だって、俺がどうでもいい相手で、何も感じない存在だったら、小揺るぎもしなかったはずで――。

俺は、彼にとってどうでもいい存在ではない。

どうかしているくらいそれがうれしい。

（集中しろ、ブライス）

まったく。調子が狂っているのはどっちだ。

シルヴァンが陽気な笑顔を返した。

「コーヒー休憩にぴったりだな！」ディスクグラインダーを壁の古いロゴに当てようとしていた作業員に声をかける。「二分、休憩するぞ！」

別の、ペンキだか石膏だか、あるいは両方にまみれた男が現れて、三人そろって奥の部屋に消えていった。

マイケルが俺へ向き直る。

「二分間だ」

奥に厨房、ストックルームがあり、採光は完璧。というか工事用の覆いが撤去されれば採光は完璧。広さは十分以上で、俺の理想の配置にも足りる。

マイケルが仕様を並べ立てた。

「一三〇平方メートル。予想賃貸料は一平方メートルあたり一二〇〇ドルで、ヨーク・ストリートの賃料を上回る。当然だが」

「当然だな」

「バリアフリーの要件は満たしていて、省エネ評価レベルも五つ星。それに近くのバランガルーに新しく数百戸の集合住宅と店舗スペースがオープンした。ここの人通りはさらに増える見込みだ」

俺は店舗の正面側を見つめ、塞がれたガラス壁の向こうの景色を想像した。行き交う人々。きっと会社員よりは観光客。バカンス中の人々、買い物客、昼休憩中の散歩。海上のボート、フェリー、水上タクシー、クルーズ船、大型客船、ヨット。

この魅惑の風景が、俺の求めるものか？

「ブライス？」

何か聞き逃していたかもしれないがさっぱりわからないまま、俺はマイケルを振り返った。

「ここがいい」と俺は言う。「あんたに言われたとおりだ。ここは完璧だ。構想とは違うが、こんな発想ができなかった自分が信じられないよ。見逃してたなんて馬鹿だ。てっきり中心街しかないと思ってた。ていうか思いこんでた。でもここには、ピッタリはまる感じがある」

マイケルは微笑んだがあまりよくない濁りがあって、何か言葉を呑みこんでいるようだった。

俺たちはシルヴァンと作業チームに礼を言って、そこを後にし、彼らが出入り口を締め切った。

店舗の前に広がる光景は素晴らしいものだった。波止場、群衆、活気。この場所に手が届くとわかった今、ほかの可能性など考えられない。

マイケルがライム・ストリートのほうへ戻りはじめた。

「もう行かないと。一時の約束に遅れるわけにはいかない」

「でもまだ昼飯食ってないんだろ」口から出た途端、馬鹿なことを言ったと思った。「この間昼飯抜いた時、何が起きたか覚えてるだろ？」

彼はニヤッとしたが、明らかにどこか変だった。

「マイケル、何か俺に言ってないことがあるんじゃないか？」

足をぴたりと止め、彼は俺の目を見た。何かを言いかけたが、結局はうなって、苛立ちを見せる。

「きみにあの物件を見せなきゃよかった」

「は？」何を言い出すんだ。「どうして？」

「きみのものになると確約できないからだよ。十分にその目はあると言いたいけれど、よそに取られる可能性も高い」

「もし無理なのならどうして見せたりしたんだ？」

「完璧だと思ったからだよ！　きみに最高の場所を用意したかったからだ。いいひらめきだったはずなのに、あそこできみが、あんな顔で僕を見るから……」髪をかき回す。「くそ！」

何だって？

「俺がどんな顔してたっていうんだ」

「僕に……笑いかけたろ、まるで……」と首を振った。「これであの物件が手に入らなければ、きみは僕を責める。当然だ。僕が悪い。でもきみにがっかりされたくない。この契約を取れないせいで、あの笑顔が消えるのを見たくはない」

俺は一体彼にどんな顔して笑ってたんだ？

「マイケル……」

「悪い。ただ、こんなことになるとは――」言葉を止めて、彼は言い直した。「きみがこの物件を契約できるよう全力を尽くすよ。ただ、あてにはしないでほしい。今この場で、きみのものだと約束できたらいいんだけど、ブライス。ああ、こんなことになるはずじゃなかった」

「責めたりはしないよ。俺も素人じゃないんだ。だけどあんたならやってくれると、心の底から信じてもいる」

彼が呻いた。

「ブライス、真面目な話だ」

「俺も真面目だ。あんたはシドニー最高の腕利き不動産屋なんだろ？」

殺気満々でにらまれた。宝石のような青い目。

「マイケル」俺はおだやかに言った。「ありったけのコネと伝手を使って、その有能なあんたがお得意なことをやってくれ」

「おじゃんになっても僕を嫌わないでくれよ」

「嫌う？」

「あそこであんな笑顔で笑いかけてきたくらいだ、ものすごくがっかりするだろ」

俺は首を振った。彼に向けた笑顔の理由が店舗とはまったく関係ないなんて、どんな顔して言える？

「……そうじゃないよ」やっと、それだけ言った。まったく、どんどん手に負えなくなってきている。「もう一時の約束に遅れるぞ。昼飯もまだだろ。続きはまたにしないか？」

彼は大きく唾を呑み、一つうなずいた。

「新しい情報が入ったらきみに連絡するよ」

「今夜のディナーはアリのままでいいんだろ、な？」

ヤバいかな。必死すぎるように聞こえるだろうか。聞こえるな。くそう。

ようこそ、い、い、しがらみ君。俺の名前はブライソン・シュローダー、もうしっちゃかめっちゃかさ……。

俺は咳払いをした。

「つまりな、物件の下見はもうすんだから夜は出かけなくてもいいんだけど。でもあんたが昼飯を食い損なったのは俺のせいだから、夕飯をオゴるのが道理ってもんだろ」

彼がじっと俺のことを見て、その凍るような一瞬、断られるかと思った。

「メールをくれ」

その答えに俺はうなずき、唇の内側を噛んで、間抜けヅラでニヤつかないようこらえた。彼は背を向けて雑踏に消えていった。

俺は彼の番号に宛てて手早くテキストメッセージを送った。

〈七時半にマンションの前に迎えに行く。あのスーツを着てきてくれ〉

ほとんど即座に返事があった。

〈ドレスコード対応？　それとも脱がせたいだけ？〉

俺は笑った。〈両方〉

さて、あとは彼をどこにつれていくか決めないと。特別な、でも特別すぎないところ。俺はもうしっちゃかめっちゃかだが、それを世間に宣伝する必要はないのだし。

ああ、もう。テレンスから丸一日根掘り葉掘りされるな、これは。

俺は振り向いて例の店舗の写真を、正面は工事用の覆いが隠していたが、撮った。それから波止場の写真を撮る。

これがほしい。ここがいい。最高の立地。肌にビンビンくる。

だがそこで雰囲気ぶちこわしの電話が来た。携帯の画面にその名前が表示される。

「テレンスか。ちょうど、お前のことを考えてたとこだよ」

『五分ひねり出したぞ。残らず聞かせろ』

9

マイケル

次の仕事用のファイルを取りに会社へ駆けこみはしたが、オフィスに入ればナタリーが待ちかまえているのはわかっていた。彼女は廊下で僕を出迎えた。

「どこにいたのよ」

「ミスター・シュローダーと一緒だった」僕は返した。「ナタリー、僕はピット・ストリートで一時に約束がある」

「どうだったの?」と聞きながら彼女は僕のオフィスまでついてきた。

「順調。ケント・ストリートは却下。ヨーク・ストリートのほうは見込みはあり」

ナタリーは呑みこめない様子だった。

「見込みはあり? 順調だって言ってたのは?」

「彼に、ワーフにあるモーティマー社の物件を見せたんですよ」

彼女が凍りついた。

「何ですって?」

僕は次の仕事用ファイルを取り上げ、彼女と目を合わせた。

「彼を、キング・ストリート・ワーフの物件へつれていった」

彼女の脳内で歯車が回り、血圧が上がっていくのが見えた。一瞬、言葉を発する能力すら失ったようだ。

「いっ……一体どうしてそんな真似を?」

「彼をクライアントとして獲得したいと、あなたが言ったでしょう。彼に会いに町を半分、十五分で駆け抜ける前、僕がされた指示はそれだけだ」フェアではない言い分だ。とは言え嘘でもない。「なので彼から事業について希望を聞いた上で、いつもの仕事どおり、最適な物件を提案するべきと考えました」

「あの物件はまだ本決まりじゃないのよ、マイケル!」ナタリーが声を上げる。「もし――」

「決めてみせます。僕が、責任を持って」

僕はデスクを回りこみ、ファイルを盾のように掲げながらナタリーの立つオフィス中央を通過しようとした。

「クライアントとの約束があるので、ナタリー、話はまた」

ドアの外でキャロラインが様子をうかがっていて、エレベーターまで早足で戻る僕にさっとついてきてくれた。

「キング・ストリート・ワーフの物件について、手持ちのすべての資料を参照の上、ブライソン・シュローダー氏向けに賃貸契約の見積書を作ってくれ」

彼女はうなずき、僕はエレベーターに乗りこみながら付け足した。

「それと、お願いできるかな。サンドイッチかサラダ、いっそヨーグルトでも、僕が帰ってきた時のために注文しておいてほしい」

彼女はニコッとして、閉まる扉の向こうでうなずいた。僕は時計を見る。ピット・ストリートまであと十一分。


七時三十一分にマンションから出ると、洒落た黒いポルシェ９１１が誰かを待っていた。足を止め、ブライスにどんな車で来るのか聞き忘れたと迷った時、ポルシェの運転手が身をのり出して助手席のドアを開ける。

まあ当然、こいつはポルシェだよな。

助手席に乗りこむと、隣の彼はチャコールのスーツパンツと見事に体に沿った白いシャツ姿だった。ニヤッと笑いかけてくる。

「一分、遅刻だな」

「二分前に来てたら僕が帰ってきたところを見られたんだけどね」

「帰ったばかりか?」

「家に戻って、顔を洗い、歯を磨いて、デオドラントをつけ、そのまま出てきたよ。着替えろって言われてなくてよかった、時間が足りない」

「そのスーツは本当に似合ってるよ。ただ、あんたが家でのんびりしてるほうがいいなら……」

「いや、今ほしいのは山盛りの食い物だ」

「そいつを聞きたかった」と彼が笑う。

「いい車だね、遅ればせながら」

「どーも。このモデルには待たされた」ギアを入れるとうなりが上がり、車が道へ出る。「電気自動車がよかったんで、待つしかなくてさ」

「電気?」

車は街を易々と走り抜けていく。

「俺はできるだけエコなものを選ぶようにしてるんだ。ちょっと環境保護を意識してるんだよ、信じにくいかもしれないが」

僕は運転する彼へ微笑んだ。

「ううん、信じられるよ」

ちらっとだけ僕を見て、彼はまた道へ注意を戻した。

「簡単とはいかない。この二年間、あちこち旅をしてしまったしな。でも努力はしてるんだ。俺の事業テーマの一つは、できる限り温室効果ガス排出量《カーボンフットプリント》を少なくするというものだ。当然、金はかかるけど、でも正しいことだから」

彼の、こんなところが好ましい。行動に規範を持っている。僕の知る彼のような男――裕福で金にも物にも恵まれて世俗になじんだ――は大体が、すべてに替えが効くと信じている。何だろうと飽きれば投げ捨てて、新しいものを手に入れられると。

ブライスがそんな人間でなくてよかった。

その時やっと、車が郊外へ向かっているのに気付いた。

「へえ、どこにつれて行ってくれるのかな?」

「それだよ」彼が唇を上げた。「あんたをどこにつれていくかの難題にぶち当たって」

「難題?」

彼が笑いをこぼす。

「そ。アリアとかベントレーに予約を取ってもよかった。電話一本入れて俺が名前を言えば……そういうことだ」と肩をすくめる。そういうことって、シドニーでも指折りの高級レストランだぞ。「でも、もうちょい俺らしいところがいいと思ってさ」

「それが難題?」

「そうなんだ」もぞもぞと座り直していた。「あんたを洒落たところへつれてって楽しませるか？　それとも、俺という人間がもっとわかるようなところへつれてくか」

それは——。

胸がざわついた。ブライスは僕を楽しませようとしている。僕に、自分のことを知ってもらいたがっている。

突然に手が汗ばんで、声を出すのにも苦労した。

「きみの素顔がわかるところにつれていってもらえたら、一番うれしいよ」

道から目を離したブライスが、ニコッと僕へ笑いかけた。ほっとしたように見える。彼もまた、僕と同じぐらい緊張しているとでも言うのか。

時間を要さず車はニュータウンに入り、彼が駐車スペースに車を入れた。

「よし、ここだ」

僕は窓の外を見た。いくつかレストランやカフェがあって、どれが目当ての店なのか気になる。

ところがブライスはどの店にも向かわなかった。暗い路地に入っていってしまう。僕はちょっと不安になり——彼は笑って僕の手を取った。

「気に入るよ、保証する」

正直、もう何でもかまわない。彼が……手を握っているから。

レンガの壁にあるゲートに着くと、彼は慣れた様子でそのゲートを開けた。向こう側は階段で、一階分降りると、また木の扉があった。

彼がボタンを押し、僕に明るい笑顔を見せる。そして開いたドアの向こうには、レストランがあった。

暗い店内にはネオンが灯り、低い天井から赤い提灯がいくつも吊されている。アジア風の壁画が壁を飾っているのがぼんやり見えた。戦時下のレジスタンスの地下酒場めいた雰囲気があるが、それも二十二世紀のだ。古いのに先鋭的。どこかしら。ほかに表現しようがない。テーブルを囲んで客が座り、食べたり飲んだり笑ったりしていた。ジャズのような音楽が低く流れている。

僕らは個室に案内され——彼がそうたのんだのだろうか——そこで僕はブライスが、ウェイター相手に……日本語？　でしゃべりかけているのを見た。

そりゃ、当然、日本語もお手の物か、こいつなら。

席に着くと、向かいでブライスが微笑んだ。

「ご感想は？」

「凄い。『ブレードランナー』の空気感がある」

彼はニヤッとした。

「わかる。飯の味も、どこにも負けないよ。日本版ハンバーガー屋みたいなもんだ。変な響きだけどさ」

「でも、アリアやベントレーではなく、ここに来る理由がきみにはあるんだな？」

「まさしくね」

「それと、日本語がしゃべれるのか？」

「少しね。ちょっとしたやり取りだけなら」その口がかわいらしくすぼまる。「マレー語、中国語少々。韓国語もちょっといけるけど『ハロー』とか『トイレはどこ？』どまりかな」

僕はクスクス笑った。「そうなんだ。それでも僕よりずっと多いよ」少し彼を眺める。「シンガポールがなつかしい？」

彼がうなずいた。

「ああ。凄くいい街だった。友達もいるし、料理が天上の美味のようだしさ」

「その上コーヒーも……」

僕はそう唇を上げる。彼が笑い声をこぼした。

「それな。コピは、俺にとってまさに原体験だった」

「だろうね」そこでふと気になる。「そうだ、店の名前はもう決めてあるのか？」

「あ、っと」顔を赤らめてブライスが背をのばした。「あるよ。ロゴも完成してるけど、今は迷ってて……」

「どうして？」

彼が肩をすくめる。

「何て言うか……子供っぽいかなと。わからないけどさ」

ますます気になる。

「どんな名前？」

「コピ・カット」彼はテーブルを指先でつついて唇を噛んだ。「シンプルな線の猫のシルエットのロゴで。洒落てるけど、ただ……」

自分の携帯電話を操作して、僕にロゴデザインを見せる。素敵なロゴだ。

「ああ、凄くいいね。目を引く」

「本当に？　とりあえずで言ってるだけじゃなく？」

「いや、まったく。独自性があるし、洗練されていて、様々な商品展開にも対応できる」僕は笑顔を向けた。「これでも一日に何百というロゴを見ているんだ。このロゴはいいよ」

彼の笑みは心からのもので、ほっとしているのがわかった。

「ありがとう」

戻ってきたウェイター相手にブライスが二人分を注文した。何度も一緒に食事をしたから安心してまかせられる。僕は腹ペコなので、何が来ようときっと喜んで平らげそうだが。

「で、上司には絞られたか？」

「まあね。午後ずっと忙しかったからまだマトモにくらってないけれど。ワーフの物件オーナーのほうには、入居を希望するテナントがいるって言付けておいたよ」

「してくれたのか」

「ああ。これについてもナタリーに明日言われるだろうけどね」

「あんたを面倒な立場にしたくはないんだ」ブライスがそっと言った。「迷惑はかけたくない」

「大したことじゃないよ」と請け合った。「彼女は、きみにぴったりなものを僕が見つけたのが気にくわないだけさ。この業界は食うか食われるか。そんなことはお互い承知だ。頭が冷えれば彼女にもわかるさ。優先すべきは顧客の満足なんだから」

「そういうことなら……」とブライスが含みを持たせる。身をのり出して囁いた。「あんたが俺をたっぷり満足させてるのは間違いないな」

僕は天井を仰いだ。

「一つ聞いてもいいか?」そう続けた彼は、また真面目な顔になっていた。「俺との仲を上司に知られたらどうなる?」

僕は息を吐き出した。「わからない」

彼の目が少し見開かれる。

「俺たち、こんなふうに人前に出ないほうがいいんじゃないのか?」

僕はそれに小さく笑った。

「今日のことより前から僕らは知り合いだったし、きみの案内をしろと言ったのは上司のほうからだ。僕は何もしていない。別に仕組んだわけでもないのだし」

ブライスが唇の内側を噛む。

「迷惑をかけたくないんだよ」

「問題になりそうなら、きみの契約はナタリーに引き継ぐよ。どのみちそのほうがいいかもね。物件のオーナーから返事が来て契約にサインできたら、きみを彼女に押しつけよう」

彼が「どーも」と鼻を鳴らす。

「彼女はとても腕利きだよ」

彼はうなずく。「だが彼女だったら、ワーフの物件を俺に見せようとはしなかっただろ。きっと俺の店についてあんなにたくさん質問もしない。彼女は……心をこめてはくれない、と言うか。うまい言い回しじゃないけど」

僕は水を飲みながら、顔のほてりを無視した。

「僕も一つ聞いていいかな?」

ほんの少しだけ彼の目が固くなる。

「どうぞ」

「きみは今、何歳?」

彼の顔がゆるんで、たっぷり引きを作ってから、宣言した。

「俺は二十六歳だよ」

それには意表を突かれた。もっと大人っぽく見える。

「テレンスとは長い友達？」

「十八歳の頃からだ。ビジネス課程で出会って、気が合ったんだよ。あいつはとにかく頭の回転が速くて。笑えるし。それに……」ブライスが眉を曇らせた。「あいつも父親の会社で働いてて、そんなわけで、俺とは共通点が多い」

ふうむ。また父親の話、そしてまた不穏な空気。その話題に立ち入るつもりはなかったが。場を盛り下げたくはない。

「彼はきみが大事らしいね」と僕は言った。「テレンスは」

「んんん。あんたたちを二人きりにした間の会話、聞きたいような聞きたくないような。あいつは口を割らないんだよな」

僕は笑いをこぼした。

「まあ、『あいつを傷つけたらどうなるかわかってるな』てほどじゃなくとも、かなりはっきり言われたよ。大したものさ。きみが大事なだけなんだよ」

ブライスが呻いた。

「そーか。あんたのことは気に入ってた。奴に何を言ったか知らんけど、あんたは合格だってさ。これまでつき合ってる相手についてそんなこと言われたことないのにな」

え。てことは、僕たち〝つき合ってる〟んだろうか。

そう、なのかも。ある意味では。ただ、彼がはっきりそう言うと不思議な感じがした。腹の底が固くなり、血をぞくぞくと騒がせるものを否定できない。料理がやってきたのでほっとした。

ここの料理は最高、とブライスが言ったのは誇張ではなく、僕はすっかり食べ過ぎてしまった。

「こんな店、どうやって見つけたんだ?」と聞きながら皿を押しやる。もう一口も入らない。

「マッサからだよ、友達の。あいつが誰に教えてもらったのかは謎だけどな」

「じゃあ彼に礼を伝えてくれ。とてもおいしかった」

ブライスが笑い声を立てた。

「伝えるわけにはいかないな。言ったら、あんたをちゃんと目隠しして行ったんだろうなって念を押されちまう。ここは秘密の場所なんだ」

「レストラン版『ファイト・クラブ』だ」と僕も笑う。

ブライスがクスッとした。

「ここでのあんたの感想は『ファイト・クラブ』? アリアに行っとくべきだったかな」

「まさか。きみは、自分を表現する場所に行きたかったんだろ。この店はまさにきみだよ」

「俺は『ブレードランナー』か?」傷ついたふりをしてみせていた。「まあマシな感想かな?」

「まあ、あの映画は伝説級だけど、ね。でも、この店はとてもきみらしい」

ブライスが後ろにもたれて僕と目を合わせる。

「どんなふうに?」

参った、どう言おうか?

「そうだね、きみは目立とうとはしない。こけおどしや虚飾はいらない。看板や気取った宣伝文句もいらない。控えめで、少し雑食趣味、でもまがいものじゃない価値がある」

小さな笑いをこぼしたブライスの首元が赤らんでいた。初めてのことだ。

少し本音すぎただろうか。語りすぎかも。

なので、僕は身をのり出して声をひそめた。

「それに、今日の料理もきみも、僕には手に負えない大きさかと思いきや、ちゃんとここにおさまるし」

後ろにもたれて腹をさすってみせる。お互い、胃に入った食事の話をしているわけではないのは承知の上だ。わはは、と彼が笑った。

「あんたが上手に入れさせてくれるから」

「それはそれは、ありがとう」と僕はクスッとする。

彼はうれしそうな笑顔でしばらく僕を見つめていた。

「で、マイケル・ピアソンのほうの物語は?」と聞いてくる。「ピアソンのスペルについてわざわざ補足したってことは、ルーツはオランダ?」

「祖父がオランダ移民なんだ」と僕は説明した。「よくスペルを間違えられたよ。それと、マイケル・ピアソンの物語は正直言っておもしろくないよ。僕はノックス・グラマー・スクールに通って、卒業した夏からCREA社で働きはじめた。会社が資格取得費用を負担してくれて、今に至る」

「つまり、平社員からコツコツ上ってきたと」

「粉骨砕身で」

ブライスがうなずく。「ダーリング・ハーバーを一望できるあの部屋を見ればよくわかる」

「きみは？」

「俺はシドニー・グラマーだったよ」

「うわ、お気の毒」

彼が笑う。ノックス校とシドニー校は男子校の中でもレベルが高く、様々な分野でライバル同士なのだ。

「高校のラグビー大会であんたと会ってたら、どうだったんだろうなあ」と彼が呟く。

「それまず僕がラグビーをやってた前提だよね？」

「いや、ラグビーやってなかったのはわかってる」

「どうして」

「一つ目に、鼻がまっすぐすぎる。二つ目に、会ってたら俺は忘れない」

つい笑いがこぼれた。

「あんなラグビーみたいな体当たりスポーツが僕にできるとでも？　ポキッと二つ折りにされてしまうよ。僕に会いたきゃ図書館か、プールで泳いでるかだね。それもきみが年上好きならの話だ、僕はきみより二つ上だから」

「本当か？」と眉が上がる。

「二十八歳だよ」

彼がニヤッとして「妹がいるんだよな？」と聞く。

いいだろう、どうせもう個人情報が飛び交いまくりだ。

「いるよ。スザンナ。二十五歳だ」

「仲がいい？」

「だね。週に一、二回は会う」

「俺も妹がいたらなって思うよ」と彼が打ち明けた。

「そういうことを言えるのは妹なしで子供時代をすごせた人間だけだよ」僕はニヤッとする。

「冗談さ。多分、妹より僕のほうが手がかかったね」

「あんたが？　手がかかる？　いやあそんなことありえないだろう？」

「きみの皮肉を言う技術にはまだ改善の余地がある」

ブライスはまた笑い声を立て、それからグラスの中の水を半回転揺らして、その笑みを消した。

「兄弟って、いいもんだろうと思うんだよ。一人っ子は一人きりだし」と目を合わせる。「なんか湿っぽい言い方になったな、悪い」

「気にしなくていいさ。それに、ほら、お望みならうちの妹を貸し出すから。妹も、僕の脛《すね》の傷をしつこく蒸し返すよりきみに延々とまとわりついてくれればいいいさ」

それを聞いて、彼の笑顔が戻ってきた。

「ふーむ、それなら妹さんにあんたの隠しごとや脛の傷を聞かせてもらうかな。二度目も会いたくなるような脛の傷はいたのかな？」

「その手の暴露には取り決めがあるだろうね。事細かに細部に渡るルールが、お互いの秘密をバラすに当たっては。日常ネタも下半身ネタも。それと、ノーだ。どんな脛の傷も、まず二回目はない。ただ、一人だけ、とある男がいてね……彼との二回目はうっかりミスみたいなものだけど、三回目は言い訳しようもない」

笑い声。「俺に〝うっかりミス〟のラベルが貼られてないよう祈るよ」

「大丈夫。もううっかりなんかじゃないさ。今日、お互いに名前がわかった場面はともかく。きみが、名前を隠しておきたかったのならね」

「全然。今朝、言おうとしたんだよ。知りたいかってあんたに聞いたら、知りたくないって言われたけどさ」

「どうでもいいって顔をがんばってしてたんだよ」

ブライスの微笑がやわらかなものになり、まなざしは温かかった。

「今日ヨーク・ストリートの物件を案内した時のあんたは、とても焦ってたな」

「焦ってたどころか。慌てふためいて、頭もまともに回らなかったよ。あれは本当に申し訳なかったと思っている」

「あやまらないでいいよ。俺は楽しかった」

「僕のうろんな言動が？」

「そうじゃなくて。俺のせいであんたが言葉を失ってたところがさ」と彼がニヤッとする。

僕はため息をつき、自分が見事に赤面しているのを無視しようとする。頭上の赤い提灯のおかげでバレないかもしれないし——だが彼の視線が僕の頬、そして首すじへ流れて、また目を合わせた。これはバレてるな。

「蕁麻疹《じんましん》か？」

「うるさいよ」

小声で言い返すと、げらげら笑われた。

「もう出ようか？」と彼が聞く。

「いいや、まだしばらくここに座ってモジモジしてるよ。凄く楽しそうだしね」

ブライスが笑顔で手をのばし、僕の手を握りしめた。握りしめたと言うか。僕の手をつかみ、ぎゅっと握ってから、なんと、そのままお互いの指を絡める。二人で手を握り合って……。

「この店を選んでよかったよ」と彼が静かに言った。

「僕もそう思う」

なんとか揺れる囁きを押し出す。道の路肩に立って仕事に向かう僕を見送っていた、今朝の彼の姿が脳裏に浮かんでいた。信じられない、あれがまだ今日だって？

「……とてもいい一日だった」

「だな」と笑いをたたえた目が僕を見つめる。

ウェイターに合図をしたブライスが会計を済ませ、二人で店を出た。ただしその間にダークグレーのスーツに包まれた彼の見事な尻の眺めと股間の膨らみは僕もしっかりチェックさせてもらったが。ブライスのほうは当然、視線に気付いていた。

「お気に召す眺めか？」

「単に、ブリオーニのデザイナーとテーラーは昇給するべきだと思っていただけだよ。その美的センスによる世界中のゲイたちへの貢献をたたえて」

彼がまた笑う。「次の仕立ての時に伝えとく」

僕のためにドアを押さえてくれたが、僕は階段の下で足を止めていた。

「いや、ここまで似合っているのはスーツより中身によるところも大きいのかも」と呟く。

「ブリオーニだけの栄誉は言いすぎか」

そう言いつつ、成り行きとして彼より先に階段を上っていったので、後ろ姿をさらすことになった。

「あんたのスーツの尻にも同じ感想を言いたいとこだけど、その服装が好きなのはどうせもうバレてるしな」

そうのたまう彼を、道で待った。

「バレてるよ、今朝はきみの目が転げ落ちそうだったからね。金曜はこのスーツで出迎えてくれともリクエストされてるし」

ブライスがニヤリとする。

「そりゃ言うさ。まあ、ローブもいいなあと思うだろうけど。悩ましい。この際、水曜はスーツ、金曜はローブの日にしようか。逆でも」

彼の車に向かって歩いていく。

「もしくは」と僕は返した。「何だろうと僕の好きなものを着るか。どうせ何着ようが床に落とされて終わるんだ」

笑い声。

「だよなあ。あえて本音を言えば、何着てようが俺はかまわない。人が何着てるかはあまり気にしない」

「だよね、わかってるよ。僕がジム用ウェアの時も同じぐらい盛り上がって脱がせてたからな。

しかも自分は昔のバンドTシャツ。

「俺のバンドTシャツの悪口はやめないか」

ブライスが助手席のドアを開けてくれた。

僕は笑顔で「どうも」と助手席へ乗りこむ。

丁寧にドアを閉め、彼は車の前側をよぎって運転席へ回った。ハンドルの前に彼が座ると、僕は話の続きに戻った。

「悪口じゃないよ。これでもあのTシャツのひそかなファンなんだ。初めて会った夜も、まずTシャツが目に入ったからね」

「そうなのか？」

「そう。高いスーツと肥大したエゴだらけのあのバーに、きみが〈ザ・クラッシュ〉と入った着古したTシャツで現れた。人の目なんか何も気にせず。じつは見た瞬間は、きみはあのバーでは浮いてるって感じたんだ。今では随分勘違いしたものだって思うけど」

「違う違う、そのとおりだよ。俺はあの手の客層にはなじまない」

僕は首を振った。

「そうじゃなくて、僕の見立てが的外れだったんだ」と言い直す。「まず僕は、きみはあの店向きではないと思った。一万ドルのスーツの間で浮くのは、きみにそんな金がないからだって。それが勘違いだ。きみがあの場で浮いてたのは、人間がずっと上等にできているからだ」

「金が基準だと——」

「それは違う」僕は彼の手を取った。「説明の仕方が悪かったな。金を基準にしてるわけじゃない。きみの価値はそこじゃない。でも、あの店の客はそうなんだ。金がすべて。人間の価値は値段で決まるという主義だ。きみは違った。あのバーに、きみはジーンズとTシャツ姿で、彼らが足元にも及ばない品格を持って現れた。自分の価値を知っていて、周りは見かけ倒しのペラいハリボテだってわかっていたからだ」

僕は息をつく。ちゃんと説明できただろうか。

「きみに対する、あの時の僕の評価はそれだ。堂々として、風格があって、最高にエロ《セクシー・アズ・ファック》い。ザ・クラッシュのビンテージのバンドTシャツ姿で」

「言いたいことはわかったよ。説明してくれてよかった」

「うまく伝わったかな？　僕が言いたいのは、きみはあのバーにいた大勢のように薄っぺらじゃないということだ。それと、これも言わないとね、たしかに僕はお高い服や靴を一目で見分けられるけれど、それは仕事柄と、ファッションが好きだからだ。担当するクライアントがどんなタイプなのか大抵は服装から読めるからね。薄っぺらに聞こえたらごめん。百発百中ではないけれど、わりと無駄な時間を省けるんだ」

「薄っぺらくなんかない、よくわかる」彼は僕の手をいじっていて、手の甲をなぞったり指をなでたりしていた。「あんたの第一印象を聞きたいか？」

「それは……聞かないほうがいい気もするな。でも聞きたい」

彼がニヤッとした。

「一目見て、なんてゴージャスな男だろうって思った。あんたは俺を見てて、目をそらしもしなかった。すげえ誘いだったな」

「そうしてるうちにきみがやってきて、僕をカウンターに押し付けた。それでもうドカン、とやられたよ」

「へえ、ドカン?」

色々な意味で。

「そうだよ。あれはまさに最高にエロい体験だった」と言ってから、僕はふと思い出した。

「友達と賭けた百ドル、もらえたのか?」

「いーや、あの野郎どもめ」彼はニヤッとした。「そろそろあんたを送ってかなきゃな」

手を離したが、その手を太腿に置いたままにしておくと、彼の口角が上がった。エンジンをかけて車を道に出す。

「今夜はありがとう」僕は礼を言った。「とても楽しかった」

「俺もだ」

運転しながら彼は唇をすぼめて、何か言いたそうだがどうやって言うか悩むような顔をしていた。言葉を見つける時間をあげることにして、待つ。

「……あのさ、俺たちって、割り切ったカラダの関係ってことで会いはじめたけど」

うわ。来た。その先は聞きたくない予感がひしひしとする。

「でも、それじゃもうすまないところにいると思うんだ」と彼が続けた。

「そ……うだね。多分。もう僕の名前を知られてしまったし、そうだね」

僕はなるべく軽い調子を保とうとする。とどめの一撃が来ないように。

「しかもあんたは、俺が出す店の物件を扱う不動産屋だし」と彼が続ける。

そうだった――。

「ああ、そのとおり。関係が複雑化してきた」

「ある意味な」

僕は特大のため息を呑みこんだ。

「もし僕にもう会いたくないなら、はっきり言ってくれていい。仕事にプライベートを混ぜたくない考えは理解できる。むしろ――」

「は？　違うって」彼は首を振る。「そんなこと言う気はない」そこで眉を寄せた。「あんたがそうしたいなら別だけど」

「僕は、仕事と私生活の線引きくらいできる。問題ない」

彼がニコッと、ほっとした様子で微笑み、太腿にのったままの僕の手をなでた。

「よかった。俺もだ。今日のことで、お互い変な空気になりたくない」

「きみの案件をナタリーにまかせてもいいよ」

「そう、その話だが」彼が座席でもぞもぞした。「考えてたんだ、やっぱりそうしようか、と」

「考えてた？」

僕はさっと彼を見る。

「まあ、そうなんだ。そうすれば、反則かもってグレーゾーンで悩まなくてすむだろ？　もし、あんたがそれでよければ、だ」早口に付け足す。「ただ……考えてたんだ、俺は、できるなら……」

笑いをこぼしたが、それはため息に溶けた。

「俺は、これからもあんたと会いたい。仕事のことがプライベートの邪魔をするなら、それを解決したい。どちらかの話になるなら、俺はプライベートを優先したい」

うわ。うわあ。

「僕も、きみと会いたいよ」喉に心臓がつかえた気分で、僕は囁いた。胸に手を当てる。「てっきり別れようって言われるかと」

「俺はあんたにそう言われるかと」と彼がニヤッとする。

僕はほっとして笑い声を立てた。

「ちゃんと言ってくれてありがとう。考えてくれて」

ぎゅっと手を握りしめられた。

「こっちこそ、論外って断らないでいてくれてうれしいよ」

車は街なかに戻り、彼が巧みにハンドルを回すうちにあっという間に僕のマンションに着いていた。

「こんなことを言う自分が信じられないけど」と彼が言う。「今夜は上がらないで帰るよ」

「そうか」

「昨日も部屋に行ったし、今夜はデートしたし、俺としては明日の夜も予定どおり会うつもりだからさ。明日は八時で変更なし？　夕飯を買ってくから、映画でも見ようか。外に出かけたいならそれでもいいけどさ」

今夜はデートしたし……。

僕の顔がニヤけかかって、腹の底がざわめいた。

「テイクアウトと映画、凄くいいと思うよ、僕も」

「七時半にする？」

「そのほうがいい」と僕はうなずく。

車内に座って、お互いに微笑み合いながら、ただいつまでもそうしていた。

僕がシートベルトを外すと、彼ははっと我に返った様子だった。

「えーと。デートの締めくくりはやっぱキスだよな？」と聞いてくる。どうした、まさか緊張してる？

「それがマナーだと思うね」

僕はそう答え、コンソールごしに身をのり出した。顎を彼の手が滑り、唇が重なる。温かくて、優しくて、唇からのぞいた舌が甘く、じれったく……そして彼が僕を引き寄せると、甘美な呻きとともにキスを深めた。

僕の顔を手で包んだまま、キスを終わらせた彼は、それが耐えられないかのような顔をしていた。僕の下唇を指でなぞる。その目は黒々としたオニキスのようだ。

「明日の夜?」

僕は「待ってる」とうなずいた。なんとか体を動かし、車から降りにかかる。ドアハンドルをつかんだ。

「今夜はありがとう」

「どういたしまして、マイケル・ピアソン」

車を出た僕がロビーに入るまで見送ってから、彼は車で去っていった。粋なテールランプの赤い光が角を曲がって消えると、僕はただ壁にもたれかかった。息が乱れているし頭がくらくらするし、腹がざわついて、胸が激しく高鳴っている。

たった今、ブライソン・シュローダーとデートしたのだ。

いや、わかってる。たしかに彼とはとっくにベッドの上で様々な行為を繰り広げてきた。でも、今夜は本物のデートだ。しかも彼は名なし・割り切り・私情抜きのルールを打ち切りたがった。僕とこれからも会いたいと。デートがしたい。カップルとして。本物の。

僕はエレベーターのボタンを押した。ドアが開いたが、鏡張りの壁に映る男は見知らぬ相手のようだった。顔には間抜けすれすれの笑顔。その男は笑い声をこぼして首を振った。

部屋へ戻って財布とキーをキッチンカウンターへ投げても、まだ笑みを消せずにいた。携帯の通知音が鳴る。ブライスだった。

〈とりあえず知らせとくけど、上がらずに帰ったのをもう後悔してる〉

僕は手早く返信を打った。

〈もう家？〉

わりと近いのは知っているが、少し早すぎる。

〈車の中で座ってる〉

僕は笑っていた。子供のように浮かれている。もう夜の十時だし、彼が言ったとおりだ。昨夜もここに来たし。明日の夜も来るし。今夜はディナーを共にしたし。それで十分だろう。なので、分別を持って返信した。

〈最高の夜だったよ、ありがとう。もう今夜が待ち遠しい〉

〈俺もだ〉

その返信を少し見つめて、僕は微笑んだ。

〈おやすみ、ブライス〉

〈おやすみ、マイケル〉

ブライスのリース契約についての書類が処理中のトレイの一番上に載っていた。まだいくつか検討待ちの細部が空欄だったが、彼の名前を見るだけで笑顔になってしまう。

メールがかなり溜まっていたが、目当ての一つを探して、すぐさまクリックした。

ミスター・ピアソン

早速借り手が見つかったとのこと、モーティマー社としては大変喜ばしく思います。必要な書類をお送りいただき――。

僕はブライスへ手早くメッセージを送った。

〈キング・ストリート・ワーフの物件についていいニュースだ！　時間があいたら連絡を〉

どうしてか、すぐ反応があるだろうと決めこんでいた。いつもの彼なら即レスだし、待ちかねていたニュースのはずだ。だが二分がすぎ、五分がすぎ、十分、二十分とすぎていった。忙しいのだろうということにして、僕はメールの山に取りかかり、二杯目のコーヒーを飲んでいた時、ナタリーが入ってきた。

まだ携帯を耳に当てながらだが、わざわざ僕のオフィスでその話を切り上げるところだ。僕がキーボードで入力を続けていると、彼女が通話を切った。

「おはよう」と彼女は言った。現時点での報告を求める言い方だ。

「おはようございます。ミスター・シュローダーの件で進展が。モーティマー社は乗り気で、書類を求めています。僕は現在ミスター・シュローダーからの連絡待ち。おそらくは本決まりになる前に彼の法律顧問が契約書を確認するでしょう。それと、ピット・ストリートのリングプロジェクトが進みはじめました。こちらもいいニュース。ロザー・エンタープライズ社は三年契約を継続したい意向ですが、値下げできないかと。彼らと十一時に会う予定です」

そして当然、その瞬間、僕の携帯電話が鳴った。

SAF、という名前が画面をよぎり、それをナタリーに見られる前に携帯を取った。

「こちら、マイケル・ピアソンです」

『おっと、随分お固いね。それってお仕事モード?』そこで間が空いた。『そうか、そばに誰かいるな?』

「そのとおりです、ミスター・シュローダー」

『ナタリーか?』

「そう、そういうことです。よかった」

『よかったって声じゃないぞ』と彼がクスッと笑う。

「契約書のたたき台を作ったのですが、いくつか空欄がありまして。今、お時間よろしいですか?」

『どうしようかな。今は無理だって言ったら、ランチの席で二人きりでおしゃべりする時間を取ってくれるかな?』

「そのような必要は」僕は返しながら微笑をこらえた。「秘書に書類を送らせましょうか」

『うーん、秘書。俺も一人ほしいね』

「一人と言わず、二人でも」

ナタリーが疑り深い顔になってきたところで、ありがたいことにブライスも真面目モードに切り替わった。

『冗談はさておき、マイケル、店舗のことは待ちかねたニュースだ。いや、マジではしゃぎたいくらい。今朝、この予定変更について銀行や、デザインチームとも話したんだ。あるだけの資料がほしい』

「そうおうかがいしてうれしいですよ。すぐに手元の資料をそちらに送って、また連絡を入れます」

『で、ランチデートは無理?』

ああ、もう。

『だってこの契約にサインしたら、俺はナタリーに引き渡されるんだろ? 今日が、いわゆるワーキング・ランチをやる最後のチャンスじゃないか』

その声の濡れた色気だけでは足りずに、こいつはさらに付け足した。

『お願いだよ』

僕はゴホンと咳払いをした。ナタリーの目の前でうなったりため息をついたり彼に「この野郎」と言ってしまうよりマシだ。

「わかりました、あの物件の内覧の再手配、承ります。工事担当者のほうにまた中断をたのめるか確認の必要はありますが、現地で十二時半にお会いできますか？　書類の細かな記入事項の確認をメールで折り返していただければ、昼に正式な書類をお持ちします」

『つまり、俺の店の前で十二時半に会える？』

「ええ、そのとおりです」

『意外とちょろかった――』

「それでは、ミスター・シュローダー」

僕は電話を切り、まだ笑うわけにはいかないとこらえた。ナタリーの好奇の視線を見返す。

「問題なし？」と彼女が聞いた。

「ええ、大丈夫です。ただ先方は店内のデザインを決める前に再度の内覧をご希望です。あなたの契約に、今日中にはサインしてくれますよ」

「私の契約？」

聞き逃さず、彼女が小首をかしげる。

「そうです、ミスター・シュローダーにも、担当者はあなただと説明してあります。あなたに代わっての着手は喜んで行いますが、この契約はあなたのものだ」

つまり、仲介手数料も——だ。

ナタリーが眉を寄せた。

「どうして私に返すの？　取り仕切ったのはあなたなのに……」

勘ぐられているが、無理もない。僕だって疑う。

「手一杯なので」と答えたのは、完全な嘘ではなかった。「スケジュールが詰まっているんです、サイネックス社の新しい担当物件のこともあるし。僕が今回担当になったのは、たまたまあなたが渋滞に引っかかったからで、そのことは始めからミスター・シュローダーにも伝えてあります」

ナタリーはしげしげと僕を、鋭く見ていた。しかも彼女も、僕と同じくらい人を読むのが得意ときてる。なので僕は言葉を足した。

「もしあなたが、最後まで僕にまかせてもいいのなら——」

「いえ、私がやる」

「僕は、十一時のアポが終わり次第ミスター・シュローダーを内覧に案内してきます。契約書にサインする段階まできたら、紹介しますよ」

ありがたいことにマイア――ナタリーのアシスタント――がドアから顔をのぞかせた。

「ここにいましたか、ナタリー。キャッスルリアーの件の開発業者から二番に電話です」

ナタリーは僕に一つうなずいてからマイアを追って廊下を歩いていった。僕がほっと特大のため息をついていると、入り口にキャロラインが現れて同情の笑みを向けてくれた。デスクに二つの電話メモを置く。

「シュローダー氏の件のファイルをそちらにメールしておきました」

「ありがとう」

僕は答えて、そのメールを開いた。彼女に、ミスター・シュローダー関係の書類を全部向こうに転送してくれとたのんでいると、別のクライアントから電話がかかり、またしても別のクライアントから電話が来て、次々とトラブルの火消しに追われて午前中は忙殺され、気付けば十一時のミーティングの時間だった。そのミーティングも火消しとなだめすかしに費やされたが、よくあることだ。

だがそうこうしてるうちに、ブライスに会いに向かっていた。

会うのはこの三日で四回目になるし、しかも今夜も会うつもりだ。だが彼の店の予定地が近づくにつれ、どんどん緊張がこみ上げてきた。そう、緊張……期待、昂揚、そしてすっかりおなじみになった腹の奥の熱。

ブライスの存在が、もしかしたら手放しがたいほどに、癖になりつつある。

角を曲がるとそこに彼が立ち、片手にファイルを持ち、もう片手で携帯電話を耳に当てていた。何かしゃべってはうなずいていたが、僕に気付いてすぐ笑顔になった。僕だけに向けて。

「うん、じゃあ切るよ。来たから。ああ、後で」

僕の目を見つめたまま携帯電話をポケットにしまう。その笑顔にまともに撃ち抜かれて、僕は膝が砕けそうだった。彼は黒いジーンズとグレイトフル・デッドのTシャツ姿で、Tシャツの首回りがほつれて穴も空いていた。まさに何百万ドルもの価値がある男が古着を着ているところが最高にカッコいい。その靴が軽く千ドルはすると知らなければ、ぱっと見は金欠の大学生だ。

「ミスター・ピアソン」と彼は言って、握手に手を差し出した。「またお会いできて光栄だ」

「どうも、ミスター・シュローダー」と僕は返す。「本日も魅力と皮肉がたっぷりのようで」

ぎゅっと手を握られた。

「皮肉なんかじゃないさ。そのスーツは新品？　前のと違う」

僕はあきれ顔をしてから入り口へ向かい、上下の鍵を開けた。

「リノベーション工事は完了。なので、今日は僕らだけだ」

ドアを開けて彼を通し、自分も続く。鍵を閉めると、工事用仮囲いで塞がれた正面ウィンドウに彼から押し付けられた。

「店内に防犯カメラは？」と彼が息を荒らげる。

「改装中は稼働してないよ」

僕がそう囁き返すと、唇が激しく重ねられた。

深くてねっとりして、めちゃめちゃエロいキス。

「ごめん、でもあんまりあんたが色気を垂れ流すから」と彼が囁く。「しかもそのスーツ……」

「どんだけスーツ好きだよ」

「着てるのがあんただからさ。これまで誰のこともこんなにほしいと思ったことはないんだ」

またキスされる。もっと深く、荒っぽく。もうこのまま抱かれてもかまわない。ここで、コンドームなし、ローションなし、それでもいい。彼がほしいだけだ。何よりも。うずくほどに……。

そこでブライスが離れた。

――ヤバかった。

「くそ」と彼が喘いで一歩下がった。数回深呼吸しながら、満足げな顔がゆっくりと笑みくずれていく。「オフィスじゃなくてここで会おうと言ってくれてよかった。思い切り見せつけちまうとこだったよ」

僕は笑い声を立てた。

「ここで会おうと言ったのは、人目を忍ぶためじゃないんだよ。信憑性がないかもしれないけどね。きみに書類を渡しにきたんだ」

それから、すっかりうずいている股間に「こらこら」と手を当てる。

ブライスはにやついてから、下唇を噛んだ。

「そいつは今夜、俺がなんとかしてやるよ」

「そうしろよ」僕は指を三本立てた。「三回だ。今夜は一回たりともまけてやらない」

彼がわざとらしい呻吟の表情になる。

「なんて強欲なんだ」

「この〝三回〟というのは、別にきみが三回いく必要はないからな。僕の側の〝三回〟でいい」

彼の笑い声は、大きくて長かった。

「いやいや、あんただけ儲かるような真似をさせるかよ」

僕はあきれてみせたが、つい顔がゆるんでいた。まだ手にしたままだったファイルを掲げる。

「仕事にかからないと」

「ああ、そうだよな」彼が深く息を吸った。「あんたのそばにいると理性が蒸発するのは俺のせいじゃない」

「じゃあ僕のせいか？」片方の眉を上げてやる。「その理屈でいくと、僕のプロ意識の欠如やまともに《ストレート》考えられない思考力低下こそきみのせいということになるが？」

彼がニヤリとした。

「いやいや、あんたはもともと異性愛者《ストレート》じゃないだろ」

「その駄洒落、全然おもしろくないからな」

「なら何で笑ってるんだ？」

「きみがバカみたいにかわいいからだよ」

「へえ、そう」とニッコリされる。

「うるさいな」

そこで携帯電話が鳴った。素早く出た彼が顔をしかめる。

「あー、一瞬待ってくれ」電話を切って、ドアのほうを指した。「ええとな、デザインチームが来てるって言うか。すぐ外に」

「今？」

「そうなんだ。大丈夫かな？　先に聞いとくつもりだったんだけど、あんたのスーツ姿で脳みそがショートしちゃって。俺は悪くないよ？　今その話はしたばっかりだけどな？」

僕は腕時計をたしかめた。

「あまり時間が取れないんだ。僕は昼休み中で」

彼が指を二本立てる。

「二分ですむ。約束する」

二分の約束が、本当に二分ですむことなんてあるっけ？

デザインチームの入室を許可するかどうかなんて、悩むだけ時間の無駄だ。店の外に放置しておけるわけもないし。なので入り口を開けると、四人組が入ってきた。若くて、胸元にエコロジー系のロゴのあるユニフォーム姿だ。長いくせ毛でノートパソコンをかかえた男が真っ先にブライスの手を握った。

「ありがとう。ちょうどほんの一ブロック先にいたんで、こんなすぐ手配がついて助かりました」

ブライスがさっと僕に顔を向け、僕らを紹介していった。この男性はルークと言って、サーファーみたいな見た目だが相当に賢い男だとすぐにわかる。いかにもプロ同士の会話からは、ブライスにも同じ評価を下せるが。

四人のデザイナーチームは今のところ何もない店内を見て回り、写真を撮ったり何かのアプリで寸法やレイアウトを記録していた。なので二分では終わらなかったが、五分とかからない。素早く入ってきて、きびきび引き上げていった。

ブライスが白い歯を見せつけてにっこりした。

「いきなりで悪かった。来る途中で彼らに連絡したら、すぐそこにいるって言うから、一石二鳥だと思ってさ。あんたが来た時もちょうど電話中だったんだが、それからは……」と僕の全身へ手を振る。「スーツのアレだ」

僕はクスッと笑った。

「きみはスーツものポルノに弱いだろ、バレバレだ」

「そ、バレバレ」と彼が楽しげに呟く。

僕は案件のファイルを開いた。

「さて。これを片付けないと、この店がきみのものにならない」

契約書を仕上げるために十箇所ほど彼の確認が必要だった。二人で手早く片付ける。事業の話となると彼は真剣で明瞭な語り口だった。

「よし、これで大体終わった」と僕は言った。「これをきちんと書面にして、契約は完了。ナタリーにも、きみの引き継ぎをたのんでおいた」

「話したのか？」

「ああ、まあ。きみも言ったろ、仕事と私生活を――」

「言ったけどさ」口をとがらせている。「ただ……もう内覧でイチャつけないんだな」

「やっぱりそこか」と僕は笑った。

彼がまだ口をとがらせているのがちょっとかわいい。

「俺が思慮深い名案を言い出したら、次は止めてくれよ」

僕は書類をまとめてキーを取り出した。

「出よう。この埋め合わせにランチをオゴらせてやるから」

ドアまで行った。「待て」と彼が言う。僕の顎をすくい上げ、優しいキスをした。甘くて、僕がまだ受け止めきれない感情をはらんだキス。僕の息を奪い、腹の底を蝶の羽ばたきで満たす。

彼が僕の顎を、唇を、なでた。

「今夜何時に行けばいい？」

「六時」

「元々は八時じゃなかったか？」

「うるさい」

クスッと笑われる。

「じゃ、五時に行くよ」

「僕の帰りは早めだけど、それはちょっと早すぎる。いつもは会社に六時か七時まで……」

「いい子だから早上がりも許してもらえるさ」

「そんないい子じゃなかったってお互いわかってるくせに」と僕は鼻であしらった。

彼の鼻が僕の顎をかすめていく。

「ああ、よーく知ってるよ」

彼のせいでなかなか考えがまとまらない。

息が上がって、切羽詰まったような声が出ていた。

「僕は、仕事上がりにプールで泳ぐんだ。きみが来るまでに」

「俺も一緒に泳ごうか。泳ぐのは好きだし。ビキニブリーフ？」

僕は目を合わせた。「そっちはどうなんだ」

「着てほしいのかよ」

彼の唇の端が上がる。

濡れたビキニ水着姿の股間を想像して、僕はごくりと唾を呑んだ。

「本当に泳ぎたいなら、やめたほうが利口だろうね。でも、見たい」

彼が笑い声を立ててドアを開けた。

「さ、あんたに昼飯をオゴらせてくれ。これ以上ここでぐずぐずさせたら残業になって俺の今夜の予定がぶち壊しになる」

「予定って？」

「あんたと三回、さ。それがミスター・王様野郎《ボシー》からのお達しだろ」

「いい心がけだ」

店を施錠した僕に、ブライスが寿司を買ってくれた。契約書を彼の弁護士に送って確認してもらうつもりだ、と僕が予定を伝えると、彼もいたずらな笑顔で今夜僕に何をする予定か教えてくれた。

ところがその予定が、あと一〇分で六時という時に爆散した。

インターホンが鳴ったので、僕は画面すら見なかった。水着を着ながらボタンを押す。

「早かったな」

『何が？』とスザンナの声が返ってきた。首がもげそうな勢いで画面を見る——妹だけじゃない。母さんと父さんまでいる。

え。駄目だ、駄目だろ、それは絶対駄目だ……。

ありえないだろ？

携帯電話を見つけないと。五分前にスーツを急いで脱いだ時にベッドに放り出していたらしい。それでSAF宛にメッセージを送った。

〈いきなり親が来た。七時まで延期。ビキニでよろしく〉

ローブを羽織ってタオルをひっつかみ、ドアを開けに向かう。両親がせかせかと廊下をやってくるところで、その後ろでは妹がムカつくほど満面の笑みを浮かべていた。

「入って」と僕は言った。母親が僕のローブと素足に目を走らせたのを感じる。「こんな格好でごめん。ちょうど、下に泳ぎに行こうかと」

「一緒に夕食に行かないかと思ってな」と父さんが言った。

僕はスザンナをにらんだ。妹はわずかも悪びれずにニヤニヤしている。

「そうなんだ、事前に聞いてたら行けたんだけど。でも今夜は、予定があって」

言った瞬間、しくじったとわかった。

「あら！」母さんがたちまち食いついてくる。「誰か私たちの知ってる人？」

一体どこからそう思えるのか。

「いや、多分――」

「それって、近ごろ何度も会ってる人よね？」とスザンナが勝ち誇って口をはさんだ。

顔に母の視線が刺さるのがわかる。母の興味が一気に研ぎ澄まされていく。室内の気圧の変化をはっきり感じるくらいに。

「誰かとおつき合いしているの、マイケル？」

僕が答えられるより早く、スザンナが聞いた。

「まだ彼の名前知らないの？」

惑星オルデランを破壊したデス・スター並みの殺意をこめて、彼女をにらみつけた。

「いや、名前は知ってる。畜生、スザンナ、そりゃ一度は足元すくわれても仕方ないけどな、轢き殺しにかかることはないだろ」

「マイケル、悪い口きかないの」母さんにたしなめられた。「あっちでちゃんとした服に着替えてきなさいよ。そんなローブじゃヒュー・ヘフナー〔※『プレイボーイ』創刊者〕みたいよ」

僕は自分のヴェルサーチのローブを見下ろした。断じて（！）ヒュー・ヘフナー風味ではないローブを。反論したいがどうせ無駄だ。

「わかった」ぼそぼそ言って寝室へ向かう。「ただしもう一度言わせてもらうけど、僕は出かける前に何周か泳ごうと思っていたからこんな格好なんだよ。前もって来るって教えてくれてたら――」

ぶつくさ言い終わる頃には部屋で下着を穿いていた。

その時、よく知っているインターホンの音がした。スザンナが何か答えているのが聞こえたが、それがどういう意味なのか悟るまで数秒かかって――。

ヤバい。

時間がスローモーションのようで、耳の中が熱くなったり冷たくなったりと脈打ち、やっと短パンを引き上げながらリビングへ向かったせいであやうく転びかかった。ちょうど、父さんが玄関を開けた瞬間を目にする。

そこに立つブライスは『パープル・レイン』のTシャツとジーンズ姿で、メンズビキニの水着を高々と宙に掲げていた。

「本番と行こうじゃないか――」

そこで彼の言葉が途切れる。父さんの後ろに立つ僕を見た。

「ほら、入りなさい」父さんが言った。「きみが、今マイケルが話していた男の子だな」

いやもう本当に、その瞬間、僕の魂は宙に飛び去った。

10

ブライス

年配の、とてもハンサムで、白髪交じりの金髪と青い目の男性が、マイケルの部屋の入り口に立っていた。

遅ればせながら俺は、自分がかなり面積の小さなビキニ水着を相手につきつけていることと、その相手がマイケルでないことに気がついた。

そこで男性が「マイケルがきみのことを話していた」とかなんとか言って、俺はその肩の向こうにマイケルを見つけていた。

マイケルの顔は……ぶったまげている、と言えた。いたたまれない、とも見える。茫然自失でもあるようだ。仰天して困り果てているのは間違いないが、やはり全体としてはぶったまげている。

「父さん」とマイケルが高い声を出した。

マイケルの父親は、俺の腕をつかんで中に引き入れた。

「遠慮しなくていい、嚙みつきゃしない」

そこには女性もいた。五十代前半か、はっとするほどの美人で、一目でマイケルの母親だとわかる。父親にも似ているが、母親には生き写しといっていいくらいだ。さらに若い金髪女性もいて、やはり細身の長身だ。彼女はマイケルをじっとりと見てご機嫌な笑顔だった。

マイケルの父親が手を差し出してくる。

「スティーブン・ピアソンだ」

突然のことに呆然としたまま、俺はその手を握り返した。

「ブライソン・シュローダーです」

彼が残る二人の女性を手で示す。

「彼女はレイナで、あれはうちの娘のスザンナだ」

俺は一つうなずいた。口なんかもうからからだ。

「はじめまして……」

目を大きくした、いつもより顔色の悪いマイケルが首を振っていた。口の動きで「本当にごめん」と伝えてくる。

スザンナが俺の手を取っていた。「こちらこそはじめまして」と、どう見てもこの場を楽しみすぎている様子で言う。

マイケルが割って入って、妹を刺すようににらんだ。「史上最低の妹だ、お前は」と囁く。

彼女は笑って、その言葉を流し、俺に話しかけてきた。

「私がロックを開けてあなたを入れたの。兄は着替え中だったから」

俺は彼と目を合わせる。「メールしたんだ」と彼。

「来てないぞ」

「みんなもう帰るところなんだ」とマイケルが、全員に届く大声で言った。「ディナーの予定があるんだって。僕は断ったよ、きみと……今夜はすることがあるって」

「すること?」スザンナが笑顔でまぜっ返す。「ま、そうでしょうねえ」

「マイケル、恥ずかしがることはないのよ」と、これは彼の母からだ。

「酒だ。酒が要る」

マイケルがそう呻いた。俺を残してキッチンへ入っていくと冷凍庫からウォッカを引っ張り出す。グラスをつかんでたっぷり注ぐと、飲んだ。ストレートで。首を振って強い刺激を逃している。それからまたかなりの量を注いだので、それも飲む気かと心配になったが、そのグラスをカウンターごしに俺へ押しやった。

近づいてグラスを取ろうとしたが、まだ俺の手にはビキニブリーフの水着が握られていた。

マイケルが笑い声を立てる。俺は鼻を鳴らし、かまうもんかと思って、一気にウォッカを飲み干した。

「よしよし、我々はもう行くとしよう」スティーブンが言って、俺へ謝罪のまなざしをよこしつつ妻のレイナを玄関へ押していく。「会えてよかった」と声を投げた。「スザンナ、行くよ」

ずっと愉快そうだったマイケルの妹は、声を立てて笑った。兄相手に無言の視線バトルをくり広げてから、俺のほうを向く。

「ついに会えてうれしかったわ。これでやっと顔と名前が一致して……ま、やっと名前がわかって。だって兄さんからあなたの話は聞いてたけど、なんだか兄さん、そのたびにしどろもどろで」

「スザンナ」と父親がまた呼んだ。

「じゃあね、二人とも。いい夜を」と母親。

スザンナはクスッとして、ウインクをよこしながら俺の横を抜けていった。「ええホント、素敵な夜を」

玄関ドアがカチッと閉まると、残された静寂は圧倒的だった。ゆっくりとマイケルのほうを見ると、彼はいつの間にかウォッカのボトルを手にしていた。乾杯、とそのボトルを上げる。

「いや本当に心の底から超ごめん」

それからボトルを口に当てて、ぐびぐびとあおる。

飲みすぎる前にその手からボトルを奪った。抵抗はなく、かわりにマイケルはカウンターをつかんで体重をかけ、がっくり首を折った。

「みんなが来た時、僕はあのローブを着てたんだ。ビキニの上に。今夜の僕の間の悪さときたら」

「俺は店で買ってきた一番ピチピチのビキニ水着をあんたの父親の顔につきつけた」と俺は重ねる。「俺の間の悪さもどっこいだろ」

マイケルが顔を上げ、しぼんだ微笑を浮かべた。

「ひどいね。本当にごめん」

俺はウォッカの瓶から一口飲んで刺激を味わった。

「それは顔でわかったよ。凍りついて心底たまげた顔をしてたから、あんたの計画じゃないって」

「計画？」またおののいた顔になる。「漂白剤とトイレ用ブラシで腸洗浄するほうがマシだ」

俺は笑ってしまって、もう一口ボトルから飲んだ。

「何もそこまでじゃないだろうよ」

頭がイカれたのか、という目で見られた。

「きみにメールを送ったんだ。来ないでくれって。あんな出会いの惨劇は避けられたはずだったのに。うちの妹がこれでどれだけつけ上がると思う？」

携帯電話を取り出して、俺はメッセージを確認する。

「何も来てないぞ」

「ならあのメッセージは一体誰に……」マイケルの顔から血の気が引いた。「なんてことだ。誰に送ったんだ？」

服のあちこちを叩いて携帯を探し、次はキッチンを必死に見て回る。

「僕の携帯は？」

あたりには見当たらないようだったので、俺は〈発信〉を押した。寝室で彼の携帯電話が鳴り出す。マイケルは走っていき、戻ってきた時には蒼白な顔で電話の画面を凝視していた。

「マイケル？」

彼が携帯を掲げる。これまでの表情がまだ平静に見えるほど、今や肝をつぶしていた。

「ナタリーに送ってた」

ぎくしゃくと歩いてくると俺に携帯を押しつけ、ソファに崩れ落ちる。

俺は携帯電話の画面を見た。

〈いきなり親が来た。七時まで延期で。ビキニでよろしく〉

それを誤送信したのも最悪だったが、なんとナタリーから返信が来ていた。

〈笑。マイケル、これ私宛じゃないでしょ？　ビキニ楽しんで〉

「うっわ、これは」

マイケルが打ちのめされた目でこっちを見る。「うっわだろ」とウォッカのボトルに手をのばしてきた。俺はボトルを渡して隣に座る。彼はまたウォッカをあおった。

「最悪ってわけじゃないだろ」俺は慰めようとした。「もしかしたらうっかり〈七時に来ればつっこみ放題だ〉とか〈ぶっといのがほしい〉とか書いてたかもしれない。もっとひどいことだってあるじゃないか」

マイケルの口がぽかんと開いた。

「そんなだったら僕は改名して海外へ行く」背もたれにがっくり頭を倒した。「本当、ごめん。うちの家族には遠慮ってもんがないし、空気を読むなんて未知の文化でしかない。うちの家では全然」

俺は彼を見つめて、こちらを見るまで待った。だが見ない。それどころか、マイケルは目の上に腕をのせた。

「マイケル」俺はそっと声をかけた。「なあ、いい家族じゃないか」

やっと彼がこちらを見たが、どうやらその目の見開き方からして、俺に二つ目の頭が生えてきたかのようだ。

「頭が沸騰したのか？」

俺は笑いをこぼした。

「いや本当に、気のいい人たちじゃないか。スザンナはあんたのピンチをちょっと楽しみすぎに見えたけど、きょうだいってそういうもんだろ？」

「仕返しのつもりなんだよ、ジャドと彼女がつき合い出した頃、それを親に隠そうとしてたのに、僕があっさりバラしたもんだから」

それを聞いて俺は笑っていた。俺の顔を見ながら、マイケルもやっと微笑み、それから笑い声を立てた。

「まったくもう。今日はこんな始まりになるはずじゃなかったんだ、言っとくけど」

マイケルの家族と対面する心の準備が俺にあったかといえば、そんなものあるはずもない。でもこうやって会ってみて、嫌な気持ちかといえば？

まったく、全然。

「じゃ、あんたの家族は全員１８２センチ越え金髪スーパーモデルなのか？」

マイケルが小さく笑ってから、長いため息をついた。

「母さんは若い頃モデルだったんだよ。僕は正確には１８１・６センチしかないから、答えはノーだね」

俺は彼に向き直った。

「で？　泳ぐか？」

「ウォッカのボトル三割ほど空けたから、プールは名案とは言えないだろうね」ぎゅっと目をとじ、また開ける。「きみが少しぼやけて見える」

俺は彼の手をたぐりよせながらソファに寝転がり、体の上に彼を引き寄せて、その頭を胸元にのせた。テレビのリモコンをいじくってコメディジャンルにたどりつく。

「『グレムリン』だ！」と画面のスクロールを見てマイケルが声を立てた。

俺は笑ったが、『グレムリン』を選んで、マイケルの頭にキスを落とした。

「いいよ、『グレムリン』だ」

映画を見はじめて三十分くらいで、うつらうつらしながらマイケルがねぼけたキスを求めてきたものだから、眠いキスからまどろむようなセックスへの一連の流れの中で、映画の残りは見逃してしまった。

九時台のどこかで夕食を注文し、インターネットの下らないネタで一時間くらい笑いあった後、夜中にビキニ姿でプールに行った。それから、やっぱりマイケル・ザ・〝王様野郎《ボシー》〟が三回分のオーガズムを要求してきたおかげで、三時くらいにやっと眠りについたのだった。


頬へのキスで目を覚ました。

「仕事に行ってくるよ」と耳元で温かな声。シャワー浴びたての清潔な匂いと、人肌のアフターシェーブローションの香り。「帰る時に玄関のドアをちゃんと閉めておいてくれ。それか、ずっといてもいいよ」

髪にキスをされる。マイケルの膝がベッドから離れるのを感じる。

「帰った時にまだベッドにきみがいても、文句は一つもないから」

俺は目をこじ開け、笑みを向けた。

「今、何時だ？」

「八時」

そこに立つマイケルはスーツの下に皺一つないシャツを着込んで、じつにキマっている。思い悩むような顔をしていた。

「どうした？」

「きみがこうやって僕のベッドに裸で、ほとんど何もかけずに寝ている姿を見ると……」マイケルが首を振る。「今日延期できるアポイントメントがないかと探してしまうよ」

俺は笑いながらごろりと背を向け、彼の枕に頭をのせた。

「仕事に行ってこい。俺も今日は仕事だし。もう一眠りするけどな」

彼も笑って俺の尻を叩き、肩にキスを残して、出かけていった。

俺は彼の枕に埋もれて微笑んだ。彼の匂い。俺たちの匂い。それに包まれてまた少し眠る。満ち足りていて幸せだ。カラダだけの関係だなんて、そろそろ取《と》り繕《つくろ》えなくなってきた。

まあ、股間以上の関心ははじめからちょっとあったから、カラダだけじゃないなんて話は今さらか。だが今や、俺の心まで……胸がいっぱいになって浮き立つような感じで、もう、かまうものか。これ以上否定はしたくない。このぬくもりとふわふわ感。これをバスタブいっぱいに満たして浸かりたいぐらいだ。

彼のシャワーを使い、自分のプリンスのTシャツをベッドに残して、タンスから清潔な一枚を頂いた。少しきついがかまうものか。マイケルの服を着たかったたし、俺のシャツを持っててほしい。着て見せてほしい。俺の匂いに包まれればいい。俺の一部を持っててほしいし、着てる間に俺を思い出してほしい。

これってヤバげな独占欲なんだろうか。マーキングをしたいみたいな？ かもしれない。

そんな自分に引いてるかって？

全然。

帰り道はずっと笑顔だったし、まだ笑みを浮かべたまま部屋に入って、キーと携帯電話を大理石のテーブルに放ってから冷蔵庫をのぞきこんだ。

「いつ帰ってくるかと思ったよ」

深い声に、とび上がる。

さっと振り向くと、仰天したことに廊下の入り口に父さんが立っていた。俺は胸を押さえる。

「ビビった。次は事前連絡よろしく」父さんの表情がゆるんだので、俺は冷蔵庫からジュースを取ってグラスに注いだ。「いつ家に？」

「昨夜だよ。八時に」落胆の目で見られる。「お前はいるものだと思っていたが、予想外だったな」

「俺も父さんが今日の便で帰ってくると思ってたけど、予想外だったよ」

父さんが固い笑みでうなずいた。

「仕事が早く片付いたんでな」

ああ、もう、お互いにギクシャクしているこの状態が嫌だ。俺は空気を軽くしようとする。

「で、今日はどうする？　一緒にランチ？」

「お前は忙しいんじゃないのか」と返ってくる。「例の新しいビジネスで」

まるで後ろ暗いことでもしてるみたいな言い方をする。

「忙しいよ？」と俺は返した。「でも融通が利くからね」

父さんは、子供のおもちゃを振り回している相手を見るように俺を眺めて、そのまましばらく黙っていた。

「それで、お前の計画はどこまで進んでいる？　工程のどのあたりまで来た」

「物件の賃貸契約を取り付けたよ。弁護士に書類を見てもらってて、デザインチームが内装プランの追いこみ中」

父さんがうなずいた。

「なら、順調か？」

「まあね」

「場所は？」

「キング・ストリート・ワーフ」

　さすがに驚いていたが、すぐに立ち直る。

「賃料がとんでもないだろう。賢い判断だと思うのか？」

「ああ、間違いない。文句なしの立地だ」

「それが賃料に上乗せされているがな。それについてもすでに計画に反映させたことと思うが――」

「ああ、父さん、ちゃんとやったよ。ジェリーがチェックしてくれてる」

　父さんが唇をすぼめる。辛辣なことを言おうとしていたのかもしれないが、幸い、口には出さなかった。

「で、店の工事はいつからだ？」

「物件のオーナーから了解がもらえればすぐにでも。デザインチームはもう準備万端だし、なじみの建築業者にも彼らが話を通してくれた」俺は肩をすくめた。「順調なら、今週にも」

　父さんがまたゆっくりうなずいた。

「お前とランチをする時間はない」ふと思い出したようにそう告げてくる。「あと一時間でブリスベンに向かわねば。日曜のディナーには戻ってくるから、お前にもしそのつもりがあればその時でどうだろう？」

　ひとりでいるのにはもう慣れきっていたはずだから、ランチが駄目でがっかりしている自分が謎だった。

「そうだね、それでいいよ」

そこにいる父さんは、もっと何か言いたいが言い方がわからないかのようだった。俺は笑顔を見せて空気をやわらげようとする。

「じゃあ、ギリシャ料理を注文しとこうか。それなら父さんも家でのんびりできるだろ」

「それは楽しみだ」

父さんが本音の笑顔を見せた。それから咳払いをする。

「で……お前は昨夜、どこかに泊まったんだな……?」

ジュースを喉に詰まらせそうになった。

「えっと、父さん……」

「いや言わなくてもいいが——お前はやけに夜遊びに出かけているようだからな。お前——」

ちょっと待ってくれ。

「夜遊びをしてるわけじゃない」俺は言い返した。どういう含みかは知らないが。「酔っ払ったり酒に溺れたりもしてないよ、父さん。俺は……人と会ってるんだ」

「……そうか」

「そうだよ。ほんとに最近のことだけど」

「この前会いに行っていたのと同じ男か?」

「そう」

「たしか、気軽な仲だと言ってなかったか」

「あの時はまだ……」

「今は真剣ということか?」

「いや、わかんないよ。かもしれない」

ぅう。こんなの最悪だ。

「わかっているだろうが、今は気晴らしにかまけている場合では――」

「あいつは〝気晴らし〟なんかじゃないよ、父さん。ひとりの人間なんだ」

父さんが目を細めて、さっと口を閉じた。一息吸い、仕切り直そうとする。

「本筋以外にあちこち気を散らされるのはビジネスのためにならないぞ。特に、新米にはな。その相手が、お前にとっての優先事項をきちんと理解しているよう願うよ」

これが父さんなりの優しさで、俺を心配してるだけなのはわかっている。だけど、もうこの扱いにはうんざりだ。

「ああ、あいつはちゃんとわかってる。俺を応援してくれてるし」

言ってはみたが、完全な真実なのかは言いきれないところもあった。たしかにマイケルは応援してくれている。なんたって、いい場所を見つける力になってくれたくらいだ。だが彼はわかっているだろうか、俺は開店準備に忙殺されるだろうし、いざ開店すればもっと会う時間が減るかもしれないと……。

わかっているはずだ。頭の切れる男だし、彼自身だって仕事人間だ。

だが父さんの指摘はいいところを突いているかもしれない。マイケルと腹を割って話さないと。これからも会いたいとかつき合いたいと言い出したのは俺なのだし。あいつからじゃなくて、この俺。関係を深めたいと言っておきながら、今度は、店が始まれば二人の時間は持てないと言わなくては。

わかってくれるといいんだが。

あー、もう。

「とにかく、飛行機の時間があるから」と父さんが言った。

「ああ、だよな」父さんが手荷物を持つまで待つ。「いってらっしゃい」

「また明日の夜にな」

父さんが出ていって、部屋のドアが閉まった。

俺は静寂の中に立ったまま、どうしていいか迷っていた。仕事は山ほど抱えているが、父さんとの短いながらも鬱憤が溜まる会話のおかげで、調子が狂っていた。

かわりに携帯電話を取り出し、テレンスにかけた。

「よお、T」

『どーしたよ？　何があった？』

いつだってこいつにはバレるのだ。

「ん、親父と話したとこ。想像つくだろ」

『みなまで言うな』

テレンスは昨日仕事場で自分が父親とくり広げた言い合いのことを話し出した。その話しぶりがおもしろくて、たちまち笑みがこみ上げてくる。

『今日、夕飯でも食いに来ないか？　どっかで一、二杯飲むんでもいい』

「うーん、また今度でいいか？」

『全然』

「店のことで今日中にちゃんと目を通さなきゃいけないもんがあってな、明日の夜は親父とのディナー」

『レストランの名前をメールしてくれりゃ、爆破予告の電話くらいかけるぞ』

「お前はいい友達だなあ」と俺は笑った。

『だろ』

そこでふと思いついた。

「そうだ、この週末をすぎたらしばらく店にかかりきりだから、土曜にでも集まるか？」

『いいな！』

「うん、いいよな」気分がぐっと上向く。「店を決めたら連絡する」

『マイケルもつれて来い』

ぎょっと凍りつく。反射的に笑いそうになった。

「あ?」

『聞こえたろ。つれて来いよ』

「それは……どうかな……」

『ガタガタ言うな、ブライス』テレンスにしかできない口調で言い返された。『お前は彼にハマってる。わかってんだよ。そろそろうちの連中に引き合わせる頃だろ』

「マジかよ」

『別に、親との顔合わせってわけじゃないんだしさ』とテレンスがジョークをとばす。

「あー、いや、そっちはもう……」

長い沈黙がすぎた。

『何て?』

「向こうの両親とはもう会ったんだ。たまたま、ばったり。死ぬほどビビったし、まあめっちゃ笑える状況で。てか、笑いよりビビったほうがでかいな」

俺はテレンスに、マイケルの父親との初対面でビキニ水着を指で回しながら『本番と行こうじゃないか』と言ってしまったことや、マイケルの妹が事態をひっかきまわしてきたことや、その頃にはマイケルがウォッカを瓶から直接あおっていたことを話してやった。

テレンスは二分間、笑いどおしだった。あんまり笑っているので、電話を切って救急車を呼んだほうがいいかと思ったくらいだ。

やっと息をつくと、彼は言った。

『じゃ、決まりだ。マイケルをつれてくるしかないだろ。それに俺は彼の職場を知ってるからな？　お前が誘わなきゃ俺が誘いに行くぞ』

「お前は最低の友達だ」

『さっきはいい友達だって言ってくれたろ？』

「両立はできる」

『お前はマイケルをつれて来る、そしたら俺も連中にお行儀よくしろって言っといてやるよ』

「参ったね……」

『心配ないさ』

「自分の心配はしてないけどよ」

テレンスがククッと笑う。

『そうだ、まだランチをオゴってもらってなかったな。水曜の十二時なら空けられるよ。何を食わせてくれるか決めたら教えろ』

それを最後に、通話がぷっつり切れた。俺は笑いながらそばのソファに携帯電話を放り出す。

テレンスにはかなわないし、反論したって意味がない。

てことは、もしマイケルが乗り気なら、ついにお友達への紹介イベントだ。

どうしてこうなった。名なし同士のセックスが、どうして友達との顔合わせまで来た？

手のひらを瞼に当て、この怒濤の勢いに自分の腰が引けていないかどうか考えこむ。だが本当に、そんな気持ちはなかった。と言うか、考えれば考えるほど楽しくなってくる。

（まったく、ブライス、完全にタガが外れちゃって）

ところがそれも全然怖くはないのだ。

で、ビビるかわりに、俺は携帯をつかんで王様野郎《ボシー》にメッセージを送った。

〈今夜のご予定は？〉

ほんの何秒かでリプが返ってきた。

〈今夜こそまともな睡眠を取ろうかと。そっちは？〉

〈うちに来ないか？　睡眠時間は保証するからさ〉

入力中のバブルが表示されては消え、また出てくる。

〈怪しいね……でも行くよ〉

浮かれる心も、馬鹿みたいな己の笑顔も、今は気がつかないことにする。

〈ロビーに七時。着いたらメールくれ。迎えに下りてく〉

〈何か持ってこうか？　夕食とか？〉

〈大丈夫、ルームサービスがある〉

〈素晴らしい〉

俺はそこに座ったまま携帯電話に向かってニヤついていたが、やがてノートパソコンを引っ張り出すと真面目に仕事に取り組んだ。設備一式の注文内容を確認しないとならないし、配送状況の確認と、メールの返信、さらに何本か電話をしなければ。途中で一息入れて昼飯を食いに出ると、ついでに薬局に寄って潤滑剤《リューブ》とコンドームを買いこみ、戻ってから事業計画書を書き上げた。

全体的に充実した一日だった。

だが七時を待ちかねてもいた。

七時まであと八分で、俺の携帯電話がメッセージの受信音を立てた。

〈着いたよ〉

エレベーターに乗ろうと急ぐあまりキーを忘れるところだった。だがマイケルはいた。ホテルのロビーの端に立って人の邪魔にならないようにしている——ロビーはいつも人々が行き交い、ホテルスタッフが駆けずり回って混雑しているのだ。

それでも、彼は世界の中心に見えた。

細身の紺のデニム、片膝に破れ。さわやかな白いボタンダウンシャツが太腿まで長く垂れていた。髪を上げている。なめらかな肌。たまらない顎のライン、あの長くて器用な指……。

唾を呑もうとしたが、突然口がカラカラになっていた。

まるで神様が気まぐれに天使と悪魔を一つにこね上げて、俺の目の前によこしてくれたような男。

マイケルが気付いていないおかげで、何秒か遠慮なく目の保養ができた。彼は携帯電話で何かを確認していたが、ふっと目を上げ、数歩先にいる俺を見た。ニコッと笑ったその笑顔が俺の全身の細胞に火をつける。

俺は歩みより、そばに立つと、耳元に囁きかけた。

「その見た目はイケなすぎて取り締まられるべきだな」

マイケルはクスッと、温かでそそる笑いをこぼす。そこで俺のＴシャツを二度見した。

「そのＴシャツ……ＢＴＳ？」

「そうだよ」俺は得意げにうなずいた。「駄目か？」

「まさか」首を振る。「ただどういう音楽遍歴だとグレイトフル・デッドから韓流バンドまでのＴシャツを着ることになるんだろって」

「その音楽遍歴はさ――大層な言い方だけど」笑い混じりで。「ごちゃまぜの雑食だ。シンガポールでＢＴＳのコンサートチケットが手に入って、それ以来のファンだってのもその流れ」

「ま、それ……かわいいよ」と彼は笑いをこぼした。

俺も笑って彼に腕を回すと、エレベーターへと向かった。

「だな、でも当ててやろうか……着てるより、寝室の床に放り出されてるほうがずっとステキって思ってるだろ?」

その言葉にマイケルの口元がゆるむ。

「きみが今朝僕の部屋に置いていったTシャツみたいにか」

まだその肩を抱いたまま、俺はエレベーターのボタンを押した。

「あれはあんたのベッドに置いてきたんだ、床じゃなく」

また笑い声。

「きみ、裸で帰ったのか?」

「まさか。あんたのTシャツを一枚失敬したよ。もう俺のだ。まあじつのとこちょっとキツいけど、入ったし」

「だろうね」

エレベーターに入っても俺は彼の肩を抱いたままでいた。むしろもっと引き寄せる。ほかの客がいようと気にもならなかったし、マイケルも歓迎しているようだ。鏡ごしに俺に向けられた微笑から察するに。

部屋のドアを開けると、俺は横にのいて、マイケルを先に通した。

「凄いな……」とマイケルが吐息をこぼす。

俺も見回して、ここを初めて見るとどんな感じがするのかとあらためて眺めた。ホテル上階のペントハウスだが、でもまあ、ただの……家だ。というか父親の住居だ。

「ああ、だな」と俺は彼の手を取って頭上に上げる。まるでダンスでもするように彼をそのまぐるりと回した。これぞ三六〇度眺め放題。「うん、凄い」

「出迎えコスチュームの候補にこのシャツも入れるかい？」

「誘惑しないでくれ」彼を引き寄せる。「でも置いてきたTシャツを着てこないかな、とは期待してた」

「着てほしかったのか」

「着てほしい、と思ってるよ」声がしゃがれる。彼の顎を上げさせて軽いキスをした。「俺の服を着てるとこが見たいんだ」

マイケルは俺に体を預け、きつく腕を回して、俺のためだけに作られた天使と悪魔の融合体みたいな笑顔を見せた。

「きみのお父さんは留守だと考えていいんだよね？」

俺はうなずいた。

「今日早くにブリスベンに発った。明日の夜まで帰らない」ため息。「父さんは……父さんと俺は……あー、もう、悪い。ただ――」

マイケルの青い目が俺を読み取る。

「喧嘩したのか」

「それほどのもんじゃ。ただ父さんは……俺たちは、考え方が違うんだ。それでいていろんなところで似てるんだと思う。でも父さんは、目指すものに対してストイックすぎるところがあって」

マイケルの顎を、俺は指でなぞった。

「あんたに、二つ聞きたい」

きょとんとして彼がまたたく。

「二つ？　……どうぞ？」

「こっちで座ろう」

手をつかんでソファへつれていった。隣に座って、彼の手を握ったままでいる。少し不安げに見えたので指を絡めて微笑みかけた。

「よし、じゃあ聞くぞ」

「きみに緊張されると僕も緊張してくるんだけど」

俺は笑い出していた。

「悪い。そんな大げさな話じゃないよ。多分。……うん」

「ブライ、いいから聞けって」

「ブライなんて誰にも呼ばれたことがないな」と俺は微笑む。

「僕がたった今呼んだろ。気に入ってくれたか？」

少し気がそらされて、クスッとしてしまう。多分マイケルもそれを狙ったんだろう。やや緊張がゆるんだ。

「よし、じゃあ一つ目からだ。父さんが言い出したことだけど、俺も気になってはいるんだ。たしかにそうだと思うし、ちゃんと聞かなきゃいけないことだった」

「父親に僕の話をしたのか？」

「話を脱線させるなって」

「ごめん」

「ま、話したよ」

「うーわー……」

「いいだろ、俺はあんたの親父の目の前でビキニ振り回したんだ。おあいこだろ」

「一理ある」とマイケルが笑う。

俺は深く息を吸った。

「あんたに、この先も会いたいと言ったよな。単なる体だけのセフレとかじゃなくて。とにかく、俺たちの元の関係とは違う仲になりたいって」

「それで」と彼が不安そうな顔になる。

「今でもそれは変わらない」慌てて付け加えた。「その気持ちは変わってない」

「そうか、よかった」マイケルがほっと息をついた。

「だけど、状況は変わるかもしれない」ため息。「店のことで俺の時間はかなり食われると思う。忙しくなるだろうし、しばらくほとんど自由な時間が取れなくなるだろう。それを、自分や、俺との仲が変わったせいだと考えないでほしいんだ。時間が作れる限り、俺はあんたとすごしたいし。この先も会いたいし」

今度は彼のほうからぎゅっと手を握ってきた。

「大丈夫だ、ブライ。わかってる。かまわないし、店をおろそかにしてくれなんて言う気もないよ」

「そうなのか？　つまり、わかってくれるのか？」

「当たり前だ」

「あんたはわかってくれるって父さんにも言ったんだ。でも考えてみたら、もっと会いたいって俺から言ったくせに、会う回数が減るだろうし」

「お父さんは何て？」

「俺が傷つかないかと心配なだけさ。俺がビジネスに集中できなくなるのも心配らしいけど。俺とあんたで優先順位が食い違わないように、ってさ。仕事、仕事、仕事の人だからな」

俺は肩をすくめた。

つながれた手をマイケルが見下ろす。

「僕は、わかっているよ、ブライス。本当に」

「ブライのままでいいよ。いいんだ」

彼が微笑んだ。

「きみと会いに店まで行かなきゃならないなら、僕はそうするだけさ。シンガポールコーヒーは好きだしね」

俺はソファにもたれかかって彼を見つめた。マジできれいだし、理解はあるし。その上、俺だけのもの。

「ありがとう」と言った。

横顔をこちらに向け、彼は足を折りたたんだ。俺はその手を離さない。

「うん、今のは別に悪い知らせでも緊張する話でもなかったね。で、二つ目の話って?」

「あー、それは……」

俺は顔をしかめて、こわばる腹を無視する。

「あ、そんなに悪い話か? きみがさっきから言いづらそうにしている話。わかったよ、はっきり言わなくていい」囁いて、マイケルが握っていた手を引き抜く。「ただ、僕とこの先も会いたいと言ったばかりなのに、そんな悪い知らせを聞かせにこんなところまで——」

「は? 違う!」

俺はまた彼の手を引っつかんだ。

「悪い知らせなんかじゃないんだ。えーと、あんたはそう思うかもしれないし、断ってもいいけど。みんなわかってくれるだろうし。いやまあテレンスは駄目かもしれないな、あいつは俺をいじめにかかるだろうが、そのうち飽きるさ」

「ブライ、きみ、一体何の話をしてるんだ？」

「テレンスが、みんなとあんたを会わせたがっている」俺はぶちまけた。「いやその、俺も友達連中に会ってほしいけど、そもそもはあいつが言い出しっぺで、俺が誘わなかったら自分でじかにあんたと話をつけに行くとか言うんだよ。でも今夜の土曜の夜、もし空いてたら、いや、嫌なら全然かまわないけど、俺は友達と一杯やるんで、できれば来てほしい。みんなに会いに」

マイケルがニコッとした。

「僕をみんなに会わせたいのはきみか？　それともテレンスか？」

俺は笑い声を立てていた。

「いい言い方じゃなかったな、言い出したのはテレンスだ。でも、俺もいいと思うんだ。今度が俺の最後の自由な週末になりそうでね。店のことでバタバタし出す前の」

「最後のチャンスなら友達とすごしたほうがいいだろ」と彼が切り出す。

「その友達に、あんたを会わせたいんだよ」俺は彼の目をのぞきこんだ。「あいつらは俺が誰かと会ってることも知ってるし、それがシンガポール帰りの夜にバーで見つけた相手だってことも知ってる。俺たちがお互いの名前をずっと知らなかったことも、しきりに会ってることも。テレンスのおかげで筒抜けだ。だから、そろそろ会う頃合いかもしれない。もちろん、あんたがよければだけど」

　マイケルはじっと俺を、心臓が止まりそうな数秒見つめていてから、うなずいた。

「是非会いたいね」と言ってから顔をしかめる。「テレンスにまた牽制されたりはしないよな？」

「したらただじゃおかない」身をのり出してキスをした。「ありがとう」

「きみがあんまり緊張してるから、『きっともっといい相手がいる』とかお決まりの別れ言葉を言い出す気かと思ってしまったよ」

　笑ってしまう。

「店が忙しくなってもできるだけは会いたいって話をした先から、次の呼吸であんたを捨てるって？」

「わけがわからないな、とは思ったさ」

　彼の整った顔を両手ではさんで、キスをした。

「俺が緊張してたのは、友達にあんたを紹介するのが一大事だからだよ。今までやったことがないんだ。一度も……これまで、そんなに長くつき合った相手がいなかったしな」

「一度も……？　僕が、これまで一番長く続いた相手？」

　俺の顔がほてった。

「まあ、そうだ。そりゃ、これまで誰もいなかったわけじゃないけど。そりゃね。でもしんどいことも多くて」強く唾を飲みこむ。「俺が何者かわかると、みんな態度を変えるんだ。俺自身じゃなくて名前ばかり見て。だから、俺という人間が本当に好きなのか、いつもわからない。俺の言いたいこと、伝わってるか？」

「そう思うよ」

「一つ聞いてもいいか？」

「それって今夜の二つの質問のうちの一つ？　それとも追加の三つ目？」

「あんたはいつも俺の三回目が好きだろ」

マイケルは笑って肩を俺の肩にぶつけ、少し隙間をつめた。

「聞いていいよ」

「俺が誰なのか、あんたは知ってたのか？」

彼の手をきつく握る。いきなり答えを聞くのが怖くなっていた。だって、もし元から知ってたら？

「きみが誰だかは、全然知らなかったよ。仕事の案件ファイルで名前を見た時だって、誰と会うことになるのか全然わかってなかったしね。うちの会社の誰かがそのクライアントはホテル業界の大物だと言ってたけど、僕はホテルの物件は扱わないからピンとこなかった。そりゃ、シュローダー・ホテルグループのことは知ってるよ。誰でもそうだろう。ヒルトンみたいなものさ。でもきみが現れてさえ、すぐには理解できなかった。きみが相手だとは。きみがそのブライソン・シュローダーだとは、知らなかったからね」

「でも、その後も」俺は囁いた。「あんたは何も態度を変えなかったから。もしかしたら、ずっと知ってたのかって……」

「態度が変わらなかったのは、僕には関係のないことだからだよ。きみが何者か知らなくて得をした点は、素顔のきみを知れたことさ」彼が肩をすくめる。「扱いを変えてほしかった？」

「まさか！　絶対嫌だ。俺は――変わらなくてよかったよ。俺への態度が変わらなくて。変わる人が多いんだ。わかるだろ？　俺の姓を知ったり親父が誰なのか知ると、みんなが俺を特別扱いしにかかる。胸くそ悪いよ」

「僕には想像もつかないけど」俺の手の甲を彼の親指がなぞる。「でもきみは、僕が知る誰よりも地に足がついた男だよ。車はちょっとカッコつけだけど、まあ――」

「おいおい、俺の車にケチつける気か、愛車なんだぞ。でもあんたがそうしてほしいなら、売って中古のフォード・フォーカスを買うけど――」

「いや売っちゃ駄目だろ、駄目だ。冗談だろ？　僕もあの車は気に入ってるんだ」

俺は彼の手を離し、膝をつかんで仰向けにソファへ押し倒した。膝を俺の腰に引き寄せながら、キスをする。二人して微笑みあって。

マイケルは俺を見上げていたが、下唇を噛んだ。

「でもそろそろ、お互いに話し合わないとならないことがある」と言い出す。

「何について?」

「夕飯。腹がぺこぺこだ。それと、きみのBTSのTシャツについて」

「俺のTシャツに手を出すんじゃない」

マイケルが笑う。

「やだね、それがほしい。『パープル・レイン』のTシャツはきみが持ってればいいよ。これは僕がもらう」

「やるかよ」

「いや、くれるね」

「駄目だ、これは俺のだ」

「絶対に僕にくれることになるよ」

「そう思うか?」

彼は俺の背中から尻までをなで下ろして、揺れる腰を擦り付けてきた。

「思うとも」

俺は彼にキスをして、あっさり――そりゃもうコロッと――そのまま流されかかったが、腹ぺこだと言われたのを思い出していた。彼の下唇に歯を立ててから、顔を離す。

「約束どおり、夕飯をオゴるよ」

「んん……もう一声?」

俺は笑みをこぼす。

「あんたには栄養が必要だろ。睡眠と」

「睡眠」

「だろ、今夜はそもそもちゃんとした睡眠を取るつもりなんだろ?」

「でも僕には予定を変更する権利もあるはずだ」

彼は俺の目から唇まで視線でたどり、また目を合わせる。

「いや、その手には乗らないぞ」俺は彼の上から起き上がり、脚の間に座りこんだ。「そんな目をしても無駄だ」

マイケルが身を起こすと、その長い脚が俺をはさんだ。髪が少し乱れ、唇が赤らんで濡れている。ああもう、なんて美味そうなんだ。

「どんな目?」

「よくわかってんだろ。俺にかぶりつきたいって目だよ。それか俺にかぶりつかれたいって目だ」

「両方当たってる」

俺は笑っていた。

「飯、何がいい? あんたが食いたいもんなら何でも」

「何でも?」

「そうだよ。お好み次第だ」

「パスタだな、トマトソースの。野菜か何か入れて。いや違うな、シンガポール風焼きそば《ホッケン・ミー》がいい。どこの店ならたのめるかな?」

「ルームサービスで。俺が電話すれば何でも好きなものを作ってくれるよ」

彼は慌てた様子だった。

「いや、そんな面倒はかけられない」

つい笑いがこぼれていた。

「全然面倒じゃないさ」

彼の片足を持ち上げ、サイドテーブルへ手をのばして受話器をつかむ。焼きそばとギョウザをたのんでから、冷蔵庫から酒を出した。隣に戻った頃には、彼は靴を脱いでそれをきっちりソファの横にそろえていた。

グラスを渡し、テレビのリモコンを取る。ネットフリックスのボタンを押してからリモコンも彼に手渡した。

「フェアに行こうじゃないか。俺はあんたの視聴履歴を見た。俺のも見るといいよ」

マイケルは笑って、それから五分間、スクロールして笑ったり質問したりしたが、18禁ものがないことには心底落胆していた。

「父親と同居してるんだぞ」と俺は弁解した。

「ああ、それはそうか」クスッとしてグラスに口をつける。「ずっと親と一緒に？　つまり、自分の家を持ったことは？」

「いいや。必要もなかったしな。父さんはいつもいないし。月に五、六回会うくらいか。それもせいぜい何時間かってくらいで」

「ああ……」

「まあ、そういう。子供の頃から大体、俺は一人きりだったよ」

「寂しかったろ」

俺は肩をすくめた。

「そうでもあるし、ないとも言える。寄宿学校に行ったし、学校の休暇中、大人の目がないこの部屋でのお休みは盛り上がったぞ」

小さく笑われる。

「だろうなあ。パーティー三昧、だろ？」

「ん、もっと内輪のパーティーっていうか。わかるかな？」

マイケルがハハッと笑った。

「随分早熟だったんだな！」

俺は彼に微笑みかけた。

「それからは大学生活で忙しかったし、続いて海外で二年暮らした。だからまあ、親父とここに住んではきたけど、あまり会ってない」

「つらくなかったか?」そっと問われる。「父親との距離がそんなにあって」

「これしか知らないからなあ。母親のこともろくに覚えてないしさ。幸い、母がもうこれ以上耐えられませんってなった頃には、俺は自立できる年齢だったし。母親が出てった時も寄宿学校にいたから、いなくなったことすら何週間も知らなかったくらいだ」

マイケルが口をぽかんと開けた。俺の背中に手を置く。

「そんなのって……ブライ、しんどかっただろ。ひどい話だ」

「母の出した条件は、出てくのに十分な金だった。親父のほうでもまあ、俺をつれてくことを禁止したんだけど、母もすぐそれを承知した。未練なんかなかったんだと思うね。俺の誕生日には向こうから電話が来る。向こうの誕生日には俺は電話しない」

「そんなのって」

俺は笑おうとした。

「まったく、なんて話だ。俺がすっかり盛り下げちまったな」

「盛り下げてなんかいないよ。話してくれてありがとう」

背中をさすられる。

俺は彼の目を見た。

「かなり歪んでるだろ?」

「ま、いわゆる典型的な家庭ではないね」

「それ、歪んでるっていうのをうまく言い換えただけだろ」

「そういう言い方もできる」

「大丈夫、いいんだよ。割り切りもできてるしな。父さんは大成功したし、仕事ができる。俺たちは仲良くやってるよ。ただ色恋絡みでは意見が合わないし、理想も違うけどな」

「たしか前に、僕と深入りしないよう父親から注意されたって言ってたな」

「あんただけじゃなくてね。個人的なもんじゃない。相手が誰でも、父さんは同じように言ったさ。だから気にしないでくれよ、深い意味はないんだ」

「わかってる。ありがとう」

彼は俺の頬に手を当てて、キスをした。

ドアのノックがルームサービスの到着を告げる。たのんだことすらほぼ忘れてた。俺ははね起きてルームサービスを受けとると、ソファで二人並んで夕飯を食べながら、また中国の警察番組を楽しんだ。相手の皿からじかにつまみ合う。彼はあぐらをかき、俺の足はコーヒーテーブルの上。とてもくつろいで楽しい、おだやかな時間。

「これ美味いなあ」とマイケルが焼きそばをばくばく食べている。

それを飲みこむまで待って、俺は箸でつまみ上げたギョウザを彼に食わせた。彼も俺に焼きそばを少し食わせて、笑いながら、ずっと体のどこかを俺とふれあわせていた。

お互い腹いっぱいになると、俺は皿をコーヒーテーブルに押しやり、ソファにもたれて彼を自分の上に引き寄せ、テレビを眺めた。

セックスになだれこむ気なら簡単だっただろう。彼の体は俺の脚の間にぴったりはまっていたし、頭を俺の胸元に預けてテレビを見ている。その片手は俺の背中の下側へ滑り、もう片手を俺の腕にのせていた。俺はその背をさすり、こめかみの髪をかき上げてやった。

十分もしないうちに、腕にかかっていたマイケルの手が落ちて、寝入ったのがわかった。

不満など感じない。むしろ俺は満足だった。彼を両腕で抱きこむと、胸の中心にほんのり温かい、いとしい何かがすとんとおさまった。自分の心が膨らみすぎて体に収まりきらないかのようだ。まるで、二人分の大きさにまで育ったように。

怖さはある。足元の地面がすっかりなくなってしまったような。でも心躍る落下だ。

俺は、マイケルを愛している。

彼と恋に落ちたのだ。

どうしてこうなったのかはわからない。気楽なセックスの仲だった俺たちが、楽しいおふざけから、いつどうしてこんな状況に至ったのか。

恋にまで。

だが今、俺はここにいる。それが今の俺だ。

否定なんかできない。する気もない。

俺は、マイケル・ピアソンに恋をしている。

微笑んで彼を抱く腕に力をこめ、胸に伝わる彼の鼓動を感じ、胸の上下動を感じた。髪にキスをし、この時間を終わらせるのが惜しくてそのまま彼を眠らせる。

そのうち俺までうとうとしていたらしく、彼が身じろいだのではっと目が覚めた。

「おいで」と俺は囁く。「ベッドに行こう」

マイケルは俺から体をはがしたが、まだぼうっと半分まどろんでいた。俺は起きてその手をつかみ、立たせてやる。

「……帰らないと」と彼がもそもそ言った。

「いいんだ、ベイビー」俺は自分の部屋に彼をつれていく。「泊まってけ」

部屋は暗く、ベッドのそばで立ち止まらせた彼は少しふらついていた。シャツのボタンを外して肩から滑り落としてやると、白い肌が闇に浮かび上がるようだ。鎖骨にキスされ、彼はご機嫌な息をこぼす。

「さっき、ベイビーって呼んだな」と彼は呟いた。

俺の手がジーンズの腰回りから滑りこみ、尻から引き下ろす。

「呼んだけど?」首すじから耳元までをキスでたどった。「ベイビー」

腰のあたりで俺のシャツを握りしめて、マイケルが俺の胸元へ額をぼすっと押し当てた。

「……ベイビー……」

その肌をじかに感じたくて、俺はさっさと服を脱いだ。彼もジーンズをさらに引き下ろし、足を抜きにかかる。スキニージーンズは凄く似合っているが、脱ぐのは一大事だ。結局ベッドに座って脱ぐしかなく、やっと彼がジーンズから解放された頃には、俺もジーンズを脱いでベッドカバーをめくり上げていた。

マイケルがその中にもぐりこむ。俺は彼を抱きよせた。

「疲れた……」と彼が呟く。

ぎゅっと抱きしめ、こめかみにキスをした。

「もう寝ろよ、ベイビー」

クスッと笑って俺にもぞもぞと身を寄せ、数秒後、彼は眠りに落ちていた。

心がふんわりと満たされて、俺は笑顔で天井を見上げていた。夢に包まれるまで。

目が覚めると、隣でマイケルが猫のように体をのばしていた。

ハスキーな笑い声とともにベッドカバーの下へ消えると、俺の体を滑り下り、その熱い口が俺のペニスにたどりついた。太腿の間に陣取って、なめてはしゃぶり、深く、濡れたところに俺を呑みこむ。

「くっそ――」

彼がふふんと笑って舌の勢いを増す。

「もう、持たないぞ」と俺は絞り出した。

彼がうなり、片手で俺の根元を握って、もう片手で陰嚢を引っぱった。その喉の奥めがけて腰を突き上げそうなのをこらえるだけで俺は必死だ。だが彼は俺をそのまま焦らしながら、最高の愛撫を加えてきた。

それはじつに甘美な拷問。

俺の骨髄からオーガズムを絞り出し、一滴余さず飲みきる。部屋がぐるぐる回って、もう俺は恍惚とした絶頂感だけで満たされていた。

マイケルの存在だけで。

彼がカバーの下から這い出すと、得意げにニヤリとした。金髪が美しく乱れている。

「おはよう」と彼が言った。

引き寄せて抱きしめ、横倒しに転がって、俺は彼の首すじに顔をうずめた。

「おはよう……」なんとか声を出す。「まだ脳みそが溶けてるよ」

彼が笑ったので仰向けにしてやると、されたことをそのままお返ししてやった。一仕事片付くと、彼をシャワーまで引っ張っていき、笑い合いながらお互いを洗う。

マイケルが先に出たので、タオル一枚を腰に巻いただけで俺もシャワーを出ると、彼はジーンズを穿いて……。

俺のＢＴＳのＴシャツを着ていた。

「おい」

「もらうって言ったろ」と彼が笑う。

俺の口があきれて開いた。

「そんなのずるいぞ」

彼が髪を指で整えて額からかき上げる。ニコッとした笑顔に目を奪われそうだ。

「ずるくなんかないさ」床から自分のシャツを――オーバーサイズを色っぽく着こなしていたやつだ――取って俺に投げつけた。「これを着ろよ」

「まーたエラそう《ボシー》な野郎だな」

「そんな締まりのない顔で言っても悪口には聞こえないぞ」

「悪口のつもりで言ったことは一度もない」

マイケルの笑みが艶っぽくなって、ふっと息をこぼす。

「まったく。きみは一分と口説かずにはいられない？」

「口説いてるって？　見てただけだろ」

「そんな目で」

「これは俺の生まれつきの目だけど？」

「わかってるくせに」マイケルの頬が染まる。「僕に、とってもいけないことをしたくてたまらないって目をしてる」

「そりゃ、とってもいけないことをしたくてたまらないからだよ」

ははっと笑って、彼が下唇を噛んだ。「うーん、後でならね」と下腹を叩く。「腹ぺこだ」

「じゃあ朝飯を作ってやるよ。食ったこともないくらい素敵なオムレツ」

「何か着ないのかい？」彼が俺を上から下まで見回した。「僕のシャツが似合うか見たいなあ。裸のきみも最高の眺めだけど」

「うまいこと言いやがって」と俺はジーンズを引き上げた。

「直穿《じかば》き？」

「アクセス良好」

「それはいい主義」と彼がニコッとする。

俺はマイケルのシャツに片腕を通した。上腕から肩のあたりがきつめだ。「主義って言うほどのもんじゃ」と言いながらボタンをかけていく。

「これはまた」彼が呟いて残りのボタンをかけてくれた。「とてもよく似合ってるよ」

丈長のデザインで太腿まであったが、俺の体にぴったりすぎるくらいのサイズだ。彼には大きく見えたが、そんなに体格は変わらないだろう。彼は細身で俺は筋肉質、胸周りもあるが……。

「よし、決まりだ。きみは毎日これを着ろ」マイケルが宣言した。「僕の携帯の登録名にピッタリだよ。これぞまさに最高にエロい《セクシー・アズ・ファック》」

俺はあきれ顔を返して、キッチンで彼を手伝わせた。大して手伝いやしなかったが。俺が切る端からトマトとハムをつまんでいて、多分オムレツに入ったよりも彼のつまみ食いのほうが多い。だが卵を割る腕前はプロ並みで、トーストを焼いてコーヒーも淹れてくれたし、何より一緒にいて気楽だった。

料理をしながらお互いにキスもついばんで、彼が裸足で俺の足をくすぐる。隣に立ち、カウンターにもたれた彼はくつろいで、愉快で、俺の背中や腰に手を置いたりうなじの髪をいじったりしてきた。

毎日こうでもきっと楽しい。

テーブルに座って朝食を取った。マイケルが澄んだ目で俺を見つめる。

「で、店のほうはどう？　今週は何を？」

「業者が内装に取りかかりたがってるから、冷蔵設備とか電気の配線をすませないとな」

「楽しみだね」

そう返した彼は本気だった。心からそう思っていて、俺までワクワクさせてくれる。

「ああ、待ちきれない」

だがこれからは、週末にのんびり朝食をこしらえたり静かな日曜をすごしたりはできなくなるだろう。父親の言葉がよぎって、俺はそれを振り払わねばならなかった。

「どうやら俺は、あんたの上司と正式に対面することになりそうだ」

彼がニコッとしてオムレツを咀嚼し、飲みこむ。

「そしてどうやら僕が、彼女にきみを紹介することになりそうだよな」

それには笑った。

「俺はさりげなく振る舞えばいいのか？　だって、言っとくけどな、芝居はあんまり上手じゃないんだ。嘘も苦手だ」

「それはいいことを聞けた」彼が微笑む。「それに正直、あっという間に終わるだろうから上司に不審がられるような時間はないさ。でも、そうだね、さりげなくいこう。オフィスでイチャついたり尻をつかんだりはなしだ。そんな基準でいいならね」

「えー、それを楽しみにしてたんだがな」

また笑って、彼は朝食を平らげると空にした皿をまとめた。

「それにしても、いつでも僕にオムレツを作ってくれていいよ。本当に素晴らしい味だった、ごちそうさま」

「週末ごとにあんたに朝食を作ってやりたいよ」これは本音だ。「でもしばらくそんな暇がなくなりそうなのが心配で」

彼が手をのばして俺の手を包んだ。

「時間は作れるさ。それに、きみが朝食じゃなくて時々は夜食のオムレツを作ってくれたって、僕から文句は出ない」

気がつけば彼に微笑みかけていた。

「わかった」

「まだ起きてもないことでくよくよするのはよそう」と彼が続けた。コーヒーを飲んで、俺の心臓がダンスを始めそうな微笑を浮かべる。「未来は可能性に満ちている、だろ?」

ああもう、全身がこの男に応えてしまう。心がはねて胃がギュッとなり、肌がほてり出す。これが詩とか歌とかに出てくる感覚なんだろうし、きっと人生で初めて、俺は歌詞にこもった意味を実感していた。

「ああ、可能性に満ちてるな」


朝食後の片付けを、マイケルは自分も手伝うと言い張った。シンクに押し付けてキスすると歓迎してきて、俺に腕を回してとてもきつく抱きしめる。深い、リアルな感情が詰まったこの思いを、言葉にして彼に伝える覚悟が、俺にはまだできていない。

彼が俺を抱きしめる力、ふれ方、俺への微笑み方。

彼だって絶対にこれを感じてるはずだ。

そして、とても長い間、俺たちはキッチンでまたきつく抱きしめあっていた。カウンターにもたれた俺に彼がぴたりとくっつき、俺の首すじにその額がしっかり押し当てられている。

俺のためにあつらえられたかのように。

「本当に、もう行かないと」彼が呟いた。「することが山ほどある」

「俺もだ」

俺たちのどちらも動かなかった。

「俺のTシャツ、本当に着て帰る気か？」

「そのつもりだよ。誕生日プレゼントってことでどうかな」

え、と俺は顔を引く。

「誕生日っていつだよ？」

「十一月十一日」と笑われた。

「まだ七ヵ月も先じゃねーか」

「じゃあ早めの誕生日プレゼントだ」

俺は笑ってしまって、彼の顔を引き寄せてキスをした。

「必ず取り返すからな。いつか」

彼の目はキラキラしていた。

「せいぜいがんばれ」

それから真顔になって、何かを探すかのように俺の目をのぞきこんだ。何を探しているのか、探し物が見つかったのかもわからないが、俺の心臓は激しく高鳴った。

「もう行かないと」マイケルが囁く。「行けって言ってくれ」

その顎を、彼の呻きがこぼれるほどきつくつかんだ。

「行かなくてもいいよ」

また彼が呻いたが、今度は苦悶の声だった。俺の手をつかんで手のひらにキスをする。

「今日は本当に、しなきゃいけないことが山ほどあるんだよ」

「俺も」とうなずいた。

長いこと俺の手を握っていたが、彼はその手を自分の胸に押し当ててから、下ろして、一歩下がった。

「今度こそ行かないと」と、聞こえないくらいの小声で言った。

そして背を向け、ポケットの携帯電話と鍵をたしかめて、あるとわかると、俺にキスをしてから歩いて出ていった。

俺はぼうっと立ち尽くした。世界が回っているし、鼓動が荒れ狂っている。マイケルの感触、彼の匂い、微笑が脳内を満たして、馬鹿みたいにニヤニヤしてしまう。呼吸すらおぼつかないくらいに。

「大丈夫か？」

父親の声がして、心底仰天した。

俺は心臓を押さえる。

「帰ってきたのが聞こえなかったよ」

「そのようだな」父さんはじろりと俺を眺めた。「その顔の表情は、たった今廊下ですれ違った金髪の若者と何か関係のあることなのか？」

ヤッバい。

「……かもね」

「どこの部屋に用があったのかと不思議に思っていたよ」

話題を変えたほうが安全そうだ。

「てっきり、父さんは午後遅くまで帰らないもんかと」

父さんが深々と息を吸って、なんとも気まずそうな顔になった。俺もつい身がまえる。

「昨日、あんな形で話が終わったのが気にかかってな。何ならお前と一緒にランチでも行こうかと」

俺は驚きを隠しきれずにいた。父さんの言う『ランチ』がどんなものか今いちわからないが、和解のオリーブの枝を差し出すなんて凄く珍しいことだ。

「いいよ。喜んで」

父さんは一つうなずいて、俺のシャツに目を留めた。

「それは着替えたほうがいいかもな。サイズが合ってない」

「マイケルのなんだ」と白状した。

父さんがさっと俺に向けた目つきはそう驚いてはいなかったが、うれしそうというわけでもなかった。

「お前は十分服を持っているだろう?」

微笑むと、俺の腹の中の浮かれた感覚が緊張のはためきに変わった。自分がどんなつもりかも、どうしてそんなことを言ったのかもわからないが、もう手遅れだったし、やっぱり怖くはないのだ。

「父さん。マイケルと会ってくれないか」

11

マイケル

「マイケル、ナタリーがオフィスに来てって」

キャロラインがドア口から頭をつき出して言った。僕の手のファイルとキーを見て顔をしかめる。

「ごめんなさい、出るところだというのはわかってるんだけど」

冗談じゃない。

パソコン画面の時刻表示に目をやる。午前九時二十七分。町の向こう側で十時の予定が入っているし、ナタリーだって知ってるはずなのだ。今僕が出るところだということも。これでは遅刻してしまう。

デスクにファイルを戻して、寸前で特大のため息を呑みこんだ。顔に笑顔を貼りつけ、オフィスを横切ってボスの部屋へ向かう。

ただし、たどりつきはしなかった——。

何故なら、オフィスのメインエリアに——管理職のデスクといくつかのブースがほとんどを占めるそこに——ナタリーと、どこにいようが見逃しようのない男が一緒に立っていたからだ。

ブライス。

だが、いつもの彼ではない。

完璧な三つ揃えのスーツ。グレーのスーツは見るからに一からあつらえられたもので、第二の皮膚のように体を包んでいる。たくましい太腿や締まった腰を引き立て、がっしりした肩や、えも言われぬ首すじと髪を……。

歩く足がうっかり絡まりそうになった。

ナタリーはおかしな、苛立ちまじりにたしなめるような目で僕を見たが、その笑顔は完璧なプロのものだ。一方のブライスはといえば、ニヤニヤしていた顔をやっと引き締めて、行儀のよい微笑に落ちついていた。それでも瞳がいたずらにきらめいている。

僕は握手の手をさし出した。

「ミスター・シュローダー、またお会いできて光栄です」

嘘じゃない。本当にうれしいし。なにせ昨夜はビデオチャットしながらしまいに一緒に自慰までした相手だ。温かでかすれを帯びた彼の声に耳元で低く淫猥なことを言われるのは、同じベッドにいるのにも負けないくらいセクシーだった。

そのニヤつきと目の光からして、向こうも同じことを思い出しているようだ。

「こちらこそ、ミスター・ピアソン」彼が絹のようになめらかに答え、唇に微笑みをちらつかせる。「いつだろうとどこだろうと」

僕は彼の、わざとらしい笑みをたたえた目を見つめた。

(この野郎――)

どうやら彼はたった今着いたところのようだった。そこで僕は正式に彼をナタリーへ紹介する。ナタリーは内覧の当日に行けなかったことをふたたび謝罪し、ブライスは「まったく問題ない」と答えた。「結果として、マイケルが最適な場所を見つけてくれたからね」

僕は、突き刺さるようなナタリーの視線に気付かないふりをした。

「たまたま時と場所が合って、タイミングがよかっただけですよ」と謙遜する。「時と言えば——」わざわざ腕時計を見る動作を入れた。「ハイド・パークのほうで約束があって、もう行かないと。ミスター・シュローダー——」

「いいからブライソンと呼んでくれ」と彼が微笑む。

うっかり反応しないように舌をぐっと噛んだ。

「ではブライソン」ゆっくり言い直す。「後はナタリーにまかせてありますので、必ずやご満足いただけるかと」

彼のまなざしがくいいるように僕を見た。

「そうだろうとも」

僕は一つうなずき、オフィスへ戻った。ファイルをつかんでエレベーターまで走る途中、ナタリーにつれられて彼女のオフィスへ入っていくブライスが目に入る。エレベーターの中で僕は携帯電話を取り出し、宛先のSAFをさっと見つけると、メッセージを送りつけた。

〈覚悟しとけ〉

しばらく返信がないのはわかっていたので携帯をポケットにしまって、そこからは自分の仕事に集中した。クライアントとの顔合わせをそつなくこなし、会社へ戻る。かけるべき電話が十本あまりもあるし、その倍のメールを読んで、提案書を次々と仕上げなくては。

ナタリーとブライソンはもうおらず、正直ほっとした。彼の存在が気の散る目の毒だからというだけでなく、ナタリーからおかしな目つきを向けられていたからだ。それに、脇目も振らず取り組んでるのに全然減らないＴｏ－Ｄｏリストをやっつけていかないと。

一、二時間後、彼から返信が来た。

〈どんなタイプの覚悟だ？　お小言、お尻ペンペン？〉

僕は口元をゆるめて返信を打った。

〈夕飯をオゴる、というタイプの覚悟だよ〉

オフィスで遅い昼食をとると、なんとか山積みの仕事を減らしていった。何だかんだで実りある月曜日になる。六時半がすぎて、帰る前に明日の朝の準備を整えていた時、ナタリーが戸口に現れた。

オフィスはもう空で、明かりも大分消え、しんと静まり返っていた。

「少しいい？」と彼女が聞く。

「ええと……大丈夫です。今上がるところなので」

一体何の話か見当もつかないし、彼女とさしで話をするのは珍しいことでもなかったが、今日は嫌な予感がした。彼女はどこかかまえたような表情で、凶報を持って来たように見えた。

僕のオフィスに入ったナタリーは向かいの椅子に座り、微笑でもないが険しくもない、両方入り混じった表情になった。

これは……雲行きが危険だ。

僕はペンを置くと椅子によりかかって目を合わせた。

「どうかしましたか？」

何気なく切り出そうとしたが、うまくいかなかったのはお互いわかっていた。

ナタリーが僕を、長すぎる一瞬、見つめていた。

「私たちいつも本音で話し合って来たわよね？」

これはマズい。

「ええ」

「仕事上においてはね」彼女が続ける。「仕事絡みのことはすべて包み隠さず話し合ってきたし、私はあなたの判断を信頼してきた」

来たぞ。これはよくないなんてもんじゃない、もっとヤバい。

彼女が何を望んでいるのかはまだわからないが、ぎりぎりまでこちらの手札は見せたくない。

「僕もあなたの判断を信頼してます」と僕は答えた。

「なら、あなたとミスター・シュローダーの間に何があるのか話してくれない？」

顔を無表情に保ったまま、永遠のような一瞬、彼女の疑惑を否定するか裏付けるべきか迷った。嘘をつこうかとギリギリまで傾いたが、もしかしたらブライスが彼女に何か話したかもしれないし、嘘だと彼女にバレるかもしれない。ブライスと一緒にいたところを見られていてもおかしくないのだし。僕と彼の間には何かあると、彼女はわかっている。

嘘がバレるのは、嘘そのものよりずっと救いようがない。

僕はため息をついて、真実を話すことにした。

「彼とは知り合いです。個人的な」

ナタリーの目つきが険しくなる。

「説明して」

「彼とは、まあ、交際関係にある」

彼女は目を見開き、それから僕をにらみつけた。

「キング・ストリート・ワーフの物件をさっさと押さえたのは、彼との関係のため？　あの物件はまだ契約ができる状態じゃなかったのに、あなたは彼のために話をつけた」

「違う。そんなことはない」

「マイケル――」

「わかった、真実はこうです」僕は意図せず鋭く言い返していた。「僕はある男と、お互い名前を明かさず何週間か会っていた。個人的な話はわざと避けていた。単なる肉体関係、遊びだったからだ。彼の名前は知らなかったし、向こうも僕の名前は知らなかった。そういう関係です」

彼女に視線を送ったが、幸いにしてセフレの定義までは説明せずにすんだ。

「そんな頃、あなたが電話してきて、渋滞にはまったから十五分後のクライアントとの約束に代わりに行ってくれとたのまれた。だから代わりに行った。物件のファイルと、会う予定の相手の名前しか知識がないまま駆け付けたんです。そうしたら誰がいたと思います？　まさに、僕がプライベートで合意の関係を結んでいた相手だった。そして、その瞬間まで、僕は彼の名前さえ知らなかった」

ナタリーは嘘を見抜こうとするかのように僕を眺めていた。

「私がそれを信じると思ってるの？」

「何を信じようがかまいません」僕は返した。「これが真実だ」

そう言われたのが気に入らないようだった。彼女の目つきはとにかく険しい。

「でも、それからあなたは彼にキング・ストリート・ワーフの物件を見せたじゃないの」

「ヨーク・ストリートの物件は彼の要望には合わなかったからです」

「キング・ストリート・ワーフの物件は内覧できる段階じゃなかった。うちに委託されたばかりだったのに」

「あのクライアントを何としても手に入れろって、あなたが言ったんですよ。違いますか？」

ナタリーは返事をしなかった。

「あなたは、名前を見て彼を狙った」僕はたたみかけた。「僕は彼の名前すら知らなかった」

「でもあの日にわかったんでしょう。あなたは、自分にその権利もないのに無許可で物件の内覧を行った。彼とつき合っていたから」

「今でもつき合っていますよ」と認めた。「それと、この契約はあなたに引き継いだはずです。僕と彼は、プライベートと仕事はきっちり線引きしたほうが誰にとってもいいだろうと判断したんです。僕の名前は、書類のどの部分にも載っていない」

彼女は静かなため息をつき、窓の外の都市を眺めやった。

「あなた、まるで何かのジョークのように彼を私に紹介してくれたわね」

「今朝、彼と会うとは思っていなかったので。いきなりで動揺してました」じつに控えめな表現。「会社の誰も知らないことだし、今正直に話しているのも、これまであなたに嘘をついたことがないからです」

「彼をキング・ストリート・ワーフにつれていった日に、私には話すべきだった」

「まあ、正直言って、面食らっていたもので。幾度も会っていた男がシュローダー・ホテル帝国の御曹司だったとは」

「誰なのか本当に知らなかったって言うの？」

まだ信じてくれないようだ。

「ちっとも。彼は驚くほど堅実な男だったし。服はほころびた古着のバンドTシャツ。靴は上等だったけれど」僕は肩をすくめた。「ナタリー、彼は自分が誰なのか、僕に知られたくなかったんだ。シュローダー・ホテルとのつながりを知られるより前に、素顔の自分を僕に知ってもらいたがっていた。いや実際、無理もないと思いませんか？」

ナタリーが数秒、下唇を噛んだ。

「やっぱり、こんなの外聞が悪いわよ。もし悪評が立ったら？」

「どんな悪評です。我々がクライアントの希望に十分以上に応えたことですか？」

「そんなふうには見てもらえないわよ、マイケル」

「僕がどんなルールに違反したのかはっきり明示してください」

そんなことは無理だし、ナタリーだって承知のことだ。僕の名前は今回の契約には一切出ていない。たしかに、いくつか物件を案内してはいるが、僕自身は何も公式に承認してないし、一連のやり取りから何ひとつ金銭的利益を得てもいない。そこが肝心なのだ。

ナタリーはまたため息をついて、窓の外の街から引いていく陽光を眺めていた。

「私はただ、正直に言ってくれてたらと思っているだけ。あの最初の日、彼をキング・ストリート・ワーフにつれていった報告をしてきた時、あなたは彼との私的なつき合いを明かすべきだったのにそうしなかった」

「あの時は、まだつき合いと呼べるほどのものかどうかもわからなくて。あれは気軽な……取り決めだったから」

「でも、今はもう違う？」

どう答えていいのかわからなかった。

「違うと言うか……僕らはお互いに……そうですね、今はつき合っています」

「ということは、クライアントはあなたの恋人だということね」

恋人――。

……ええと。

「ブライソン・シュローダーはあなたのクライアントでしょう」と言い返した。「僕のクライアントではありません」

「彼はこの会社のクライアントよ」

「そうですね。でも契約書にサインをした時の僕らはまだ、恋人ではなかった」今だってそう言っていいのかどうか。「それに、二人でこの先も会おうと決めてすぐ、僕は契約をあなたに渡した。ナタリー、率直に言って、何が問題なのかわからない。僕が彼を知っていると報告していたらどんな違いがあったと言うんです？」

「キング・ストリート・ワーフの物件の契約に私は同意できなかったかもしれないわね」と彼女は冷ややかに言った。

「あの場所は、彼の条件をすべて満たしていたんですよ」

「あの場所ならうちのほかのクライアント十数人の条件を満たすでしょう」

「もしあの日にそのクライアントたちと会っていれば、同じように案内しましたよ。でも会わなかった。あなたが言ったんですよ、このクライアントを逃がすな、大物だと。だから僕は従った。彼が最初に連絡したのはあなたですよね？　僕じゃない。僕は彼が何者かすら知らなかった」

話が堂々めぐりになっていたし、ぶっちゃけうんざりしてきた。

「ナタリー、謝罪が必要ならあやまります。初日に、彼は知り合いだと話すべきだったか？

きっとそうだった。黙っていて申し訳ない」

彼女はどこか投げやりに見えた。

「私はね、うちの会社倫理に傷がつくことを心配しているのよ、それだけ」

は？

「会社倫理？」

「そう。外部からはどう見えるかしら」

僕は彼女をにらんだ。もうたくさんだ。

「そんなにご心配なら、取締役会に提起して利益相反になってないかどうか判断してもらえばいいでしょう。ただしあなたが守りたいのが会社の評判であって、ご自分のプライドではないことをはっきりさせてからどうぞ。この話はここまでです。これ以上、何を求められているのかわからない」

ナタリーは冷たい目でじっと僕を眺めていた。

「誠実さよ、マイケル。それ以上でも、以下でもなく」

今回ため息をついたのは僕だった。そう言われては自分がクズのように思える。

「すみませんでした、ナタリー。僕が嘘つきだと感じさせてしまったのは本当に申し訳なかった。そんなつもりはなかった。今朝だって、オフィスから出たところで彼に出くわすなんて思いもしなかった」

　彼女はもう少しで微笑みそうになった。

「でしょうね。だって、彼のしてやったりの笑いとか、あなたを見た瞬間に目に浮かんだハートマークのせいじゃなかったんだもの、バレたのは。あなたの表情でわかった。それとあなたの目の中のハートマークかしらね」

「目にハートマークなんか浮かべてない」

「でもねえ。そんな顔だった」僕をしばらく眺めた彼女の顔には半分だけの微笑みがあった。

「いい出会いがあってよかったわね。彼、いい人みたいだし」

「ですね」ありがたいことに彼女の間との緊張状態は解けたようだ。「黙っていて申し訳ありませんでした。規則に抵触するとは思わなかったので。利益相反が起きないよう、進んであなたに契約を引き継いだし」

「厳密に言えば規則には抵触していないけれど、境界線上とも言える。それにはっきり言って、隠そうとするのは判断ミス。心がない彫刻にだって、あなたたち二人が交わすまなざしには気がつく」

　僕は笑みを噛み殺した。

「伝えておきますよ」

ナタリーが立ち上がった。

「じゃ、あらためて。これ以上は私も何も言わない。誰かに言う気もない。ただ、たのむから、次に何かあったらちゃんと知らせてちょうだい」

「そうします。ありがとうございました」

それきり彼女は去っていった。僕はパソコンの電源を落とし、荷物を持って、のろのろと家に帰った。ソファにジャケットを放り出して冷蔵庫をのぞいたが、何もほしくはない。本当は酒が飲みたかったが、月曜からそれはやめておくほうが賢明だろう。シャワーにしようかと考えていた時、インターホンが鳴った。モニターをチェックすると見慣れた人影が一人で立っている。白いテイクアウトの袋を下げ、こちらに向かってニヤついていた。

いきなりの高揚感と彼だけに感じる熱いざわめきにわしづかみにされて、僕はロビーの開閉ボタンを押すと、玄関のドアを開けに向かった。笑顔の彼がエレベーターから下りてきた。

「たしか僕らの予定は水曜と金曜だったはずでは？」

僕はそうたずねる。土曜と日曜の朝も、とも加えたいところだが。

「たしか俺のお仕置きは夕食の提供では？」と彼は僕の唇にキスをして、部屋に上がりこんだ。「ちょうど何にするか迷ってたところだったんだ」僕はドアを閉める。「食事か、ウォッカのストレートか」

テイクアウトの袋をキッチンのカウンターに置きながら、ブライスが眉をひそめた。

「あまりいい響きじゃないな」そこで僕を二度見する。「何かあったな？」

「ナタリーと、ちょっと」

まじまじと僕を見た。

「彼女に何か言われたのか」

「まあ、そう。どうやら僕がきみに向けた目つきから、これは何かあるぞってバレバレだったらしい」

「花嫁みたいに顔を赤らめてたからなあ」

彼に笑われる。僕はその腕をこづいた。

「事前に知らせておいてくれてもよかったろ」

「サプライズさ」

「へえ？　ナタリーからさっきこっぴどくやられたよ。会社の体面だとか社内倫理だとか、僕が会社の利益より恋人を優先したとか」

彼が動きを止めて片手を上げた。

「待てよ。ちょっと待ってくれ。俺のせいで怒られたのか？」

「いや、僕自身のせいだよ。ナタリーから僕らの間に何があるのかと聞かれて、話した」

会話の内容を説明し、ナタリーに二人の関係を知られたことを話す。

「ナタリーが問題にしているのはきみの行動じゃない。僕がはじめから真実を話そうとしなかったことだ。話すべきだったのに」

彼の考えこむような表情からして、僕の言葉に完全同意はしかねるが、反論は差し控えているらしい。

「今、『会社の利益より恋人を優先』つったな」彼が胸に手を当てる。「恋人？」

僕の頬が熱くほてった。

「ナ、ナ、ナタリーが、きみを僕の恋人と呼んだんだ」

ブライスはゆっくりうなずき、眉を寄せて、下唇を噛んだ。その視線が刃のように僕に刺さる。「で、どう思った？」

いきなり息がしづらくなっていた。心臓が、痛みを感じるほど絞り上げられる。

「……いい響きだなって」

ニヤッとしたブライスがつかつかやって来ると、僕の頬を手で包み、深々と目をのぞきこんできた。

「俺もそう思う」そっとキスをする。「恋人。誰にも渡さない、俺とあんただけ」

僕は囁くのがやっとだった。

「僕には、きみだけだ」

彼の笑みはこの上ない、特別なものだった。僕を引き寄せてつぶされそうなハグをしてから離れると、ニヤニヤしていた。笑い声まで立てている。

「よし、夕飯だ」

宣言して彼はカウンターのテイクアウトに向かった。何だか知らないがいい匂いだ。

「韓国風焼き肉。それとこいつ」と二つの小さな緑色の瓶を取り出した。「焼酒《ソジュ》だよ」

「ありがたい、ブライ、素晴らしいよ」

その笑顔に心がぐらぐら揺さぶられてしまう。

「そうだ、あと忘れないうちに言っとくと」彼が何でもないことのように言った。「父さんに言っといた、あんたと会ってほしいって」

12

ブライス

「ああ、今行くって」

俺は電話にそう答えた。テレンスの後ろから、今どこにいるんだという声が口々に聞こえる。

「五分で着くよ」

『ドタキャンじゃなきゃいい』とテレンスが答えて電話が切れた。

俺は携帯をポケットにしまうと、マイケルの手をぎゅっと握った。彼はとても緊張していた。

俺の友達とは絶対ウマが合うって保証したんだが。

マイケルはグレーのスキニージーンズとライトグレーのシャツに黒い靴を履いて、ピーコックブルーのコートを羽織っていた。金髪を整え、顎のラインはキリリと締まって、白い肌にピンクの唇があんまりみずみずしすぎてうっかり部屋から出られなくなるところだった。

この男にはかなわない……。

俺は月曜、水曜、金曜の夜をマイケルのところですごしたが、それでもまだ彼を味わい足りない。でも土曜の夜はテレンスや友達にマイケルを会わせる約束がある。正式な顔合わせ。

俺の恋人としての。

恋人なんて、初めて持った。本当のやつは。彼みたいな相手は。

簡単にあきらめられないような相手とは、初めてのことだ。いや、マイケルを手放すなんてとんでもない。

心がすべて、持っていかれてる。

「この格好で平気かな？」

マイケルがまた、二十回目ぐらいの質問をした。

俺は立ち止まって、マイケルとしっかり顔を合わせる。

「食っちまいたいぐらい素敵に見えるよ。帰ったら食うつもりだからな、最初に言っとくぞ」

彼はニコリともしなかった。

「ブライ。どうしよう、もしきみの友達が――」

「あいつらは大丈夫。あんたも大丈夫。あんたは俺の相手だし、あいつらはそれを台無しにするような真似はしやがらないよ。それと、言っとくが、もしあいつらから絡まれたなら、好かれてるってことだから」

彼はじとりとした目つきになったが、結局は小さく笑った。

友人たちが選んだバーは流行りの店で、会話ができないほどうるさくもなく、気まずくならないくらいには混雑していた。人の多いバーに入っていきながら俺はマイケルの手を握る。

テレンスが出迎えてマイケルの腕を取った。

「きみはこっちに」と笑顔で言う。俺のことはカウンターのほうへ突き出した。「お前はまず酒係だ」

目をみはったマイケルの顔が最後に俺が見た光景で、テレンスにさらわれていった彼はテーブルで皆の歓待を受けていた。あっちにまかせておけば大丈夫だろうと、俺は言われたとおりに全員分の酒を注文し、やがてグラスでぎっしりのトレイを手にテーブルへ向かった時には、マイケルは俺の友人たちと笑い転げていた。ルークが何かの話をしていて、みんな笑顔で、俺はマイケルの隣の席に座った。

大丈夫だよ、と伝えるために彼の背中をなでたが、本当に大丈夫そうだった。二杯目を飲み終える頃には、マイケルは俺にも負けない古なじみのようにみんなと盛り上がってしゃべっていた。

こいつらがマイケルを好きになるのは当然だ。

俺の愛する男なのだから。

今度はマイケルが酒を買いにバーへ向かうと、テーブルはしんと静かになって、マッサもルークもノアも、俺を見つめては首を振っていた。テレンスがハハッと笑う。

「お前、メロメロだなあ、シュローダー」

笑うしかないが、否定もできない。「うるせえよ」

テーブルの下でマッサが俺の足をつついた。

「ブライス、彼はいいね。いい相手を選んだな」

「どうも」胸がカッと熱くなる。「お前らが気に入ってくれて本当によかったよ」

グラスに残った酒をノアが飲み干して言った。

「お前にもいい影響が出てるし。この一時間で、お前と知り合ってからの全部を足したくらいの笑顔になってたぞ」

「父さんに、マイケルと会ってくれとたのんだんだ」と俺はぶっちゃけた。

全員が目を見開き、口を半開きにした。

「マジかよ」テレンスはかすれ声だ。「お前さあ……」

俺は笑って「だろ？」と首を振る。肩をすくめた。「どうかしてんだろ？」

みんなで笑い出したところに、マイケルがグラスを載せたトレイを手に戻ってきた。問うような目を向けてきたので、笑い返して、大丈夫だと伝える。彼の椅子をもっと近くに引き寄せ、座った彼の太腿に手を乗せた。彼の指をぎゅっと握りしめると、肩を軽くぶつけられ、心臓がはねるような笑顔を向けてくれた。

友達連中には俺の鼓動が聞こえているんだろう、みんなそんな顔で俺を見ていた。お見通しだな、と俺は笑い声を立て、身をのり出してその場でマイケルにキスをしてやった。

「その辺にしとけよ。独り身がわびしくなるじゃないか」ルークが文句をつける。「新しい店のほうはどんな調子だ？　順調か？」

「そうなんだよ！」俺は力をこめた。「内装工事が始まったんだ。電気の配線が終わって什器《じゅうき》が入って、冷蔵庫は今週だし、先週はスタッフの面接もしたよ」

「エンジン全開だな」とマッサ。

「そう」と俺はうなずいた。

「オープンはいつだ？」とノアが聞いた。

「二週間後」

答えながら俺は笑みをこらえきれない。

「凄いぞ、ブライス。さすがだな」ノアがテーブル中央に向けてグラスを掲げた。「ブライスに乾杯だ。夢をつかんでいる男に」

全員が「ブライスに」とグラスを合わせた。

「親の期待を蹴り返した根性に」テレンスが付け足した。「俺より度胸がある」

俺もグラスを掲げた。

「時には『知るか』と言い返して、自分の人生を生きるんだよ」

皆がまたグラスを上げて乾杯し、テレンスとマッサの二人は重々しくうなずいた。こいつらにはわかるのだ。

「お前らが応援してくれてるからだ」と俺は言った。

「じゃ、俺たちはコピがタダ飲み？」とノアが聞く。

「誰がだ」と俺が言い返すと、全員が笑った。

マイケルのほうを見ると、彼は笑顔で俺を見ていた。幸福感だだ洩れの笑みだ。酔っ払ったせいかもしれないが。どちらにせよ、とてもいい眺め。

「いい加減にやめてくれよお、お二人さん」ルークが酒をあおる。「独身主義の俺には目の毒だ。俺には彼女なんかいらないんだ。いらないったら。絶対にいらない」

マイケルが「ごめん」と吹き出した。太腿に置かれた俺の手を取る。

俺は引いた手の指を彼と絡めたが、それでも足りなくなるとその肩をむんずと抱いて、ルークに中指を立ててやった。

「お前すっかり首ったけだな、シュローダー」またテレンスに言われる。

今度は俺が笑い出す番だった。マイケルの前でなんてことを。マッサが顔を寄せて目を細め、俺を眺めた。

「赤くなってんのか？」

「クソったれが」俺は唇を上げた。「お前はまとめてクソくらえ」

マイケルがグラスを上げて皆とカチッと合わせると、一つ笑って俺にもたれかかり、俺がグラスを合わせるのを待った。彼は何も言わず、ただ微笑んでいた。

次に酒を買いに行く番になると、俺はカウンターの、テーブルが見える位置に立った。

音楽や人混みにかき消されて話は聞こえないが、連中が楽しそうで、気が合っているのがよくわかる。マイケルはとても幸せそうだし、ノアが言った何かにげらげら笑って前のめりで両手を叩いている。テレンスがまた何か言って、マイケルはついに目の涙を拭い、ルークとマッサも笑い転げていた。

何がそんなにおかしいのか俺にはわからないが、そんなのはかまわない。

テレンスが話を続けるとマイケルがまた腹を抱えて笑い、俺の中で何かがすとんと決まった。

深遠で、温かくて、いとしい何か。前よりも深く、熱く、まばゆく。

愛って、こんな押しつぶされそうなくらい素晴らしいものだったのか。

バーテンダーが俺の目の前のカウンターを叩いた。

「ヘイ、ご注文は？」

俺は皆のおかわりを注文したが、本当のところは今すぐ帰りたくてたまらなかった。マイケルを独占したい。抱きしめ、キスして、裸に剝いて、一緒にベッドに倒れこみたい。彼の内側で動きたい。彼と愛し合いたい。

彼に伝えたい。

おかわりをテーブルに持っていった俺とマイケルの目が合った。彼の視線がふっと変わる。

「大丈夫か？」と俺だけに囁いた。

俺はうなずいた。

「完璧だよ。ただそろそろ帰りたい。いいか？」

「うん」

彼は心配そうだった。

言葉が今にも口からこぼれかかる。愛、い、い、愛してるよ。言ってしまいそうだ。言いたい。でも他人の目があるところでその言葉を押し付けてしまうのは、ちょっと卑怯だろう。

「おい、シュローダー」ノアがテーブルの向こうから声をかけた。「どうかしたか？」

俺は笑い返す。

「どうもしてないさ。でもこの一杯で最後にするよ。どうやら酒に弱くなったみたいでな」

「見え見えの嘘だな」とマッサ。「お前、嘘は下手くそだよな」

俺はまた笑うと、残りの酒を一気に流しこんだ。

テレンスがグラスをかかげる。

「少なくともこの中の誰かさんは、今夜色っぽい思いができそうだ」

マイケルはグラスの半分を飲んで、立ち上がり、コートを整えた。

「ではそういうことで――」と腕時計に目をやる。「〝一晩中ヤリまくった〟と言えるためには十二時までに始めないとね」

マッサが酒を喉につまらせかけ、俺はハハッと笑って立ち上がった。

「そうさ。俺にはノルマがあるからな」

「了解、ミスター・一晩に三回男」とテレンスがうなる。

マイケルが口を半開きにしてさっと俺を見た。

「みんなに話したのか？」

ルークとノアが馬鹿笑いを始め、俺はマイケルの肩を抱いた。

「ではそういうことで、俺たちは失礼するよ。楽しい時間をありがとう、クソ野郎ども」

テレンスが「てめえもな」と敬礼をしてよこす。それからマイケルに手を差し出した。「そろそろこいつを扱える相手が出てくる頃合いだって思ってたよ」

マイケルがその手を握り返す。

「ありがとう。みんなに会えてよかった」と全員に声をかけた。

俺は彼を引っ張って出口へ向かい、出ていきながら仲間へ手を振った。マイケルが隣を歩きながら腰に腕を回してくる。

「楽しかったね」彼が言った。「だよな?」

俺を見る青い目はどこかたしかめるようだ。その背中をさすってやった。

「ベイビー、あいつらは俺のことなんかより、ずっとあんたのことが好きになっちまったよ」

彼の足がぴたりと止まった。

「そんなことないだろ。だから帰ろうって言い出したのか? 僕が……わからないけど、何かまずいことをしたか?」

俺は笑って、彼の手の甲にキスをした。

「マイケル、今夜は最高だったよ。あれ以上なんかない。昔からのつき合いみたいにみんなとしっくりなじんでた」

ほっと、マイケルがあからさまな息をついた。

「よかった。僕もみんなが凄く好きだしね。テレンスにまた手厳しくやられるかと思ってたけど、そう大したことはなかったし」

「大したこと? 何か言われたのか?」

「んん」妙な顔つきをした。「何か言ってたかもね……」

「言いすぎたわけじゃないよな？　そんなのあいつらしくないし――」

テレンスは過保護なところがあるし歯《は》に衣《きぬ》着せないやつだ。そうではあっても、底意地が悪いなんてことはないはずだ。

「いやそうじゃない、全然違うんだ」マイケルが早口に取り消す。「……きみはそうは思わないかもしれないけど」

へーえ。どうやらテレンスは、俺について何か吹き込んだらしいが……。

「あいつが何て言ったって？」

「大したことは何も」答える顔が赤らんでいるのが街灯の下でもよく見える。「ただ聞いたのは、テレンスが、ほかの皆も、きみがやっと相手を見つけられてよかったと思ってるとか、僕はよっぽど特別に違いないって――恋人を紹介されたのは初めてってこととか」

「そーか、決めた、あいつらとはもう友達の縁を切るしクリスマスカードのリストからも外す」

俺の言葉にマイケルが笑った。

「ただな、これまで俺には恋人がいたことがないんだ。そう言えるような関係はなかった。それでだろ。あんたはなんだか特別なんだ。あいつらの言うとおりさ」

マイケルは俺の頬に手を当て、気恥ずかしそうに微笑んだ。

「きみも、僕にとってはなんだか特別だよ」

ああ、くそう、心がはじけてしまいそうだ。言ってしまおうか？　こんな道端で？　夜の闇と街灯の光とネオンサインと通行人の中で？

マイケルが俺の目をじっと見て、小首をかしげた。

「どうかしたのか？」

言葉も出やしない。自分がおかしくて、つい笑っていた。かわりに彼の手を俺の胸に引き寄せる。この中の嵐が伝わってくれと願って。俺の心も、鼓動も、血流も、雷鳴のごとく荒れている。

誰にも言ったことがない。だが、彼のためなら。

「マイケル」俺の声は囁くようだった。「俺は、あんたに恋をしている」

彼がまたたいた。闇の中の白い肌、その目は見開かれて銀河のように輝いている。

「ブライ……」

「何も言わなくていい」と口走った。「聞いてほしかっただけだから。友達には見抜かれてた。あんたがいると、俺が違ってるって。今の俺のほうがいいって。カウンターのところからみんなと笑ってるあんたを見てたら、とにかくこの気持ちを言わずにはいられなくなったんだ。だからそういうことだ。あんたを愛してる、でもお返しを言ってくれとは言わない。そういうつもりじゃ――」

「僕もきみに恋をしているよ」とマイケルが言った。その言葉が俺の全身をぞくぞくさせる。

「きっと、初めて会ったあの夜からずっと」

俺は彼の顔を手ではさんでキスをした。路上で。誰に見られたってかまわない。この世界で彼以外のものなんかどうでもいい。

「あんたの部屋に戻らないと」唇に囁いた。「公然わいせつ罪で捕まるかも」

マイケルの笑い声はのびのびとしていて、同時に艶っぽかった。俺の手を取って、二人して彼のマンションまで駆けていく。大した距離ではなかったが着いた頃には息が切れていて、それすらも切迫感を増す前戯のようだった。

彼の部屋に転がりこみ、笑いながらキスをして服を脱ごうとした。俺は片方の靴をリビングで蹴り脱ぎ、寝室へ向かう廊下の途中でもう片方を脱ごうとしてあやうく引っくり返りそうになる。マイケルのシャツはどこかに消えた。俺のシャツと一緒に。

なんとか彼のジーンズを引き下ろしてベッドへ押し倒す。彼がにじり上がって枕に頭をのせる間、俺は自分のジーンズを脱いで彼の体を追いかけた。

「とてもきれいだ」

そう呟き、下から上へとキスを落としていく。彼は俺をじっと見ながら自分のものをしごいており、両脚を開いて俺に場所を作る。腰に、腹にキスをし、胸元に唇を這わせ、鎖骨をたどり、首をのぼっていってからその唇を奪った。

彼が顔をもぎ離し、殺意の目つきを向けてくる。

「ブライ」こもった声で言った。「よこせよ。中に来い」

俺が全身を震わせると、彼がニヤッと唇を上げる。その顎をつかんでやった。

「楽しそうだな、おい?」

マイケルの瞳孔が開いている。息が荒くなった。腰をくねらせて俺の尻をつかみ、股間を擦り合わせる。背をしならせた。

これはたまらない――。

俺は手をのばしてコンドームとローションをつかむ。コンドームを着ける俺の横でマイケルは自分の尻にローションをなじませ、指を滑りこませた。待つ気ゼロだ。

自分でほぐしながら体をくねらせ、切羽詰まった様子で膝を立てて足を開く。左手で自分のペニスの根元をつかみ、二本目の指を滑りこませると、彼はギリギリの呻きを上げた。

その姿に目が吸いよせられる。

美しい。

「ブライス!」と彼がうなった。

俺は首を振る。マイケルのすべての動きに心がとらわれる。彼の目にたぎる炎がもう待つのも限界だと告げていたので、俺は自分のものをローションで濡らすと、彼の膝を胸元まで押し上げた。彼の後ろに亀頭を押し当て、ゆっくりと貫いていく。

「これがほしいんだろ?」

唇にそう囁きかけた。

ハッと彼が息を吸いこむ。爪が俺の背中に食いこんだ。だが俺は止めてやらなかった。ゆっくりと沈みこんでいく。深く、そのまま根元まで。もうこれ以上は無理というところまで。

彼が俺のすべてを受け入れ、一息つくのを待ってから、俺は腰を引いて、もう一度押しこんだ。

遠い目をして、首すじに筋肉の線を浮き上がらせ、マイケルは恍惚の顔になる。彼を腕に抱きこみ、俺は幾度もその動きをくり返した。もっとゆっくり、もっと深く。それはただのセックスじゃなかった。はるかに超えている。

マイケルとともにいるのは、それまで感じたすべてを超えた体験だった。こんなにも濃密な感情、これほどのつながり。

愛。

これが、愛なのか。

マイケルが手をのばして俺の顔を包む。その視線は激しく、俺も感じているあらゆる思いがあふれていた。すべての息、すべての指先、すべての突き上げに。

今、愛し合っているのだ。抱きしめあい、互いの指を絡めて、無我夢中でキスを求めた。動きが溶けあう。一つに溶けあう。

あまりにも鮮烈で、むき出しで、真摯な。

自分のすべてを俺にゆだねたマイケルの目から、涙がつたい落ちた。俺はそれを指で拭い、彼の首すじに顔をうずめて達した。彼が俺の力にも負けないほどきつく俺を抱き、耳元でとろけるような甘い言葉を囁いて、背中をなぞりながら俺を地上にゆっくりと引き戻してくれた。

彼ごと横倒しに転がって、抱きしめたまま、俺はこの至福の浮遊感を一瞬たりとも余さず味わおうとしていた。目をとじる。

「愛してるよ」とマイケルが囁いた。

俺は彼を強く抱きしめる。

「俺も愛してる」

そんなふうに、俺たちはそのまま眠りに落ち、そのまま目覚めた。心を浮き立たせる微笑と、優しいふれあい。

愛って何で愚かで、素晴らしいものなんだろう。

まるで麻薬のようだ。神に祈れないものだろうか、二度とこの夢から下りたくないって。

その週は忙しかった。毎日朝六時から店のオープンのための最終準備に取りかかる。内装、設備、スタッフ、メニュー、備品——だがとても楽しかった。毎朝、仕事を始めるのが待ちきれない。時間はあっという間にすぎた。ほとんどいつも深夜に眠りについたが、翌朝はやる気に満ちあふれて起きた。

毎日、マイケルと話をした。チャットやメール。ただいつもの水曜の夜の約束はパスするしかなかった。マイケルに会いたい。どうかしてると思う。でも会いたくてたまらない。彼の存在が恋しい。彼の指が、ぬくもりが、匂いが、耳をくすぐる笑い声が、首すじに感じる微笑が恋しい。

マイケルからは、忙しいのはわかってるから大丈夫だと言われていたし、俺はその言葉を信じた。彼は、今はそのほうがいいのかもと言った――ナタリーとの関係のバランスがまだひどく微妙なので、この時間を使って自分が仕事に全力であることを示したいと。

土曜の夜、俺は彼の部屋に十時半頃に着いた。夕飯はもちろん食ってなかったので、マイケルがパスタを注文し、それが届くまで二人でイチャついた。彼にキスをし、抱きしめて、家に帰ったような思いを味わう。この一週間ずっとホームシックだったのがやっとなつかしい腕の中に戻れたような。

しかも、何がどうかしてるかって――。

セックスしたいとも思わなかったことだ。いや、それはちょっと言いすぎだが。いつだろうとセックスは歓迎だ。だがとても疲れていたので……ただ彼とくっついて横になり、キスをして抱き合い、そばにいたかった。

それで十分、満ち足りる。十分以上だ。これぞ俺が焦がれるもの。

店の進捗具合を話しながら俺は飯を食った。ソファに二人で座り、マイケルは両脚を折りたたんで、ワイングラスを両手で持っている。俺の皿からつまみ食いをしながら熱心に話を聞き、質問をして、空いた手で俺の太腿や腕や髪をなでていた。

いつも俺にふれようとして。

だがたっぷり食った俺の瞼が段々と重くなる。

腹をポンポンと叩いてみせた。

「よーし、炭水化物が活性化してきたぞ」と言う。「昏睡状態まであと四秒、三、二……」

笑って、彼が俺の手を取った。「ほら、ベッドだ」

二人とも下着姿になると、俺は早すぎる時間にアラームをセットして、彼とベッドにもぐりこんだ。ただ今夜はマイケルが俺を引き寄せ、腕をきつく回して、肩を枕がわりに俺の頭をのせてくれた。俺の背中をさすり、髪をなでる。すっかりぬくぬくと気持ちよくなった俺は、愛を感じながらぐっすり眠った。

アラームが鳴り出す。いや、本当に、この朝マイケルのベッドから出るのは人生最大の難事だった。起き上がった俺は、疲れを払いのけようと目をこする。

「んー」マイケルがぼやいた。「……おはよ」

「寝てろよ。俺は行くから」

「今日は何をする予定?」と目も開かないのにたずねてくる。

「店をすみずみまで、上から下まで掃除するんだ」

「きみから僕までか」と彼が鼻息で笑う。

上《トップ》から下《ボトム》。セックスのジョークだとわかるまで少しかかった。俺は笑った。

「天井から床までな。改装工事が完了して、冷蔵庫も全部搬入されたんで、埃だのゴミだのが落ちててさ。全部をゴシゴシきれいにして、消毒して、衛生管理日報を設定しないと」

うーとうなって、だがマイケルは起き上がった。

「手伝う」

「いや、そんなのはいいよ」

「一緒なら半分の時間ですむよ」

「せっかくの休日だろ」言い聞かせようとした。「何も俺のためにつぶさなくても」

「やりたいんだよ。きっと楽しいよ」

「掃除だぞ、マイケル。掃除だって聞いてなかったのか? 掃除が楽しかったことなんかあるか?」

「きみと一緒なら」ベッドから転がり出したマイケルがよろよろとバスルームへ向かった。

「まずはシャワーからだな。どうせなら一緒に。それで、途中でコーヒーを買っていけばいい」

「店に着いたら俺がコピを淹れてもいいよ」

バスルームの入り口でぴたりと止まったマイケルが、俺に笑顔を向けた。

「それはいいね。さっ、そのセクシーなケツをこっちまで持ってこい、一緒にシャワーだ」

俺は笑いながら上掛けを体からほどき、彼を追った。

「今日掃除をする間もそんな偉《ボ》そ《シ》う《ー》な態度で行くつもりか？」

マイケルがパンツを脱ぎ、俺の目の前に素っ裸で立つ。髪はもさもさで、半勃ちだ。

「僕は時々偉《ボ》そ《シ》う《ー》にもなるけど――」ペニスをゆっくりと、長くしごいてみせる。「とてもいい子にもなれるし言われたとおりにもできるって、きみにもすぐわからせてあげるよ」

俺のペニスがピクッとして、つい手が股間にのびる。

「へえ、そうなのか？」

目の前でゆるゆると己をしごきながら、マイケルは俺と目を合わせ、唇の端を舌で濡らした。

「何をぐずぐずしてるんだ。さっさと『ひざまずいてしゃぶれ』って僕に命令するか押し倒して突っこむか、どちらかにしろ。でもどっちだろうと、ミスター・シュローダー、出遅れた分はがんばってもらうぞ」

俺のペニスがはね上がり、先端から雫がこぼれた。彼の中に入りたいし、根元まで己を沈めてずっとそうしていたかったが、今は時間が足りない。

「じゃあ、ひざまずいてその口をもっとマシなことに使えよ」

マイケルがニコッとしてタオルを十分な厚みにたたむと、床に置き、その上に膝をついた。

俺を見上げて、笑顔のまま口を開ける。

言葉はなかった。ただ口を開いて、俺に伝わるのを待っている。この中に何か入れろと。

リクエストにはお応えしないと。

俺は歩みより、勃起の根元を手で支えて、本格的に食わせる前の味見程度に焦らした。

マイケルは俺の屹立をくわえて呻き、きつく唇をすぼめる。熱く濡れた舌、俺を誘う喉。深く与えるほどその呻きが大きくなって、見ると同時に自分のものをしごいていた。

彼にしゃぶられながら、その自慰の様子を、俺はバスルームの鏡ごしに見つめていた。人生で何よりセクシーな眺めだった。

最高に。

三分間持ったのは奇跡みたいなもんだった。記録的な勢いでオーガズムを引きずり出される。その一滴までも彼は残らず飲み干し、バスルームの床で自分も達した。

頭がくらくらして倒れそうで、俺は笑いながら一緒のシャワーを浴びた。十分後、俺は彼の清潔なシャツを借りて、二人で店へ向かった。


マイケルが俺のために共同作業をしてくれるのがうれしいし、これを分かち合えることにすっかり浮かれていた。

「これって……ブライ」店に足を踏み入れたマイケルが吐息をこぼす。「凄いじゃないか！」

俺は笑顔を向けた。

「気に入ったか？」

ぐるりと店内を見回しながら、彼はすみずみまで目に焼き付けていた。白いウォールパネル、白い棚、砂茶色の店内設備。注文カウンター、焙煎用中華鍋のコーナー、仕切り壁に掛けられたメニューボード。細部まで完璧だ。

「心から」マイケルが輝くような笑顔を見せた。「自慢の店だな」

その言葉に心を撃ち抜かれていた。

「うん、そうなんだ、ありがとう。開店が待ちきれないよ。まずはこれが最初の一歩だ、わかるだろ？」

マイケルはうなずき、俺の腕をぐっと握ってから通りすぎた。

「よーし、どこから始めるか指示をくれ、それできみはコピを淹れるんだ」

笑って俺はメニューボードを指す。「どれにする？」

「一杯ずつとか？　全部ちょっとずつ味見に？」

まじまじと彼を見つめていた。

「全部飲んだらきっと幻覚を見るぞ」

「教えてもらってよかった」彼がふふっと笑う。「きみのお気に入りの一杯でたのむ」

「コピ・ディ・ロ、二杯承りました」

ストックルームに入っていったマイケルがはしゃいだ大声を上げた。

「わあ！」

「どうした？」

何が起きているのかわからずに俺も駆けこむ。

彼がラックと、容器の列を手で示した。

「全部ラベルが貼られて。整頓・分類が完璧だ。しかもこの香り。ここ天国かな？」

コーヒーの香りだ。生豆、ローストした豆、挽いた粉。

「俺の整理整頓スキルがそこまで高評価でうれしいよ」

「当たり前だろ？　こんなのまるで、涎モノの整理整頓ポルノじゃないか」

笑い出して、俺は棚から容器を一つ下ろした。

「今からこれを使うんだ」

清掃用具入れの中にマイケルが消えると、俺はコピを淹れにかかった。コーヒー豆は、すでにバターやヘーゼルナッツで焙煎されてすぐ使える粉に挽かれている。何千回と淹れてきたので、これでもすでに名人級だ。マイケルがバケツを持ってきてぬるい石鹸水を満たす頃には、俺は二杯分のコピを注ぎ終えていた。

「よしできた、お味見あれ」

そうは言ったが、いきなりの緊張が押し寄せてくる。

「いいカップだね」まずマイケルの感想。「とても本場っぽい」

彼がそれを知っているなんて気分が上がる。コピは本来、ずっしりした陶器のカップで飲まれるものなのだ。

そこで彼はマグカップ表面の絵に気付いた。「うわあこれ、きみのロゴだな」

また見回して、詰まれたテイクアウト用のカップにも同じロゴがあるのに目を留めていた。

「テイクアウトのコピは本来ビニール袋に入ってるんだが、どうしても環境負荷の低い代替品が見つからなくてさ。だから、よくある紙コップに落ちついた。ただしうちで使うのは竹をリサイクルしたもので、完全な生分解性だ。まあそりゃ普通のより高いけど、でも……」

俺はそう肩をすくめた。

「きみには大事なこだわりだ」と彼が引き取る。

「そう」と俺はうなずいた。

「洗剤なんかもオーガニックを揃えているのがわかったよ」彼が付け足す。そしてメニューボードの一番下の行を読んだ。「加えて、コーヒー豆も持続可能な農法で収穫されている」

俺はニコッとした。

「そいつが一番難題だった」

彼が俺の視線をとらえて、まっすぐ受け止める。

「とても立派だよ」

彼の言葉は――その言葉は、俺にとって何よりも大きなものだった。

「ありがとう」

カップを手にしたマイケルが、焦げ茶色の表面に口をつける。さっと俺を見た。

「なあ、ブライ、これ美味いな！」

「だろ？」

俺は笑顔を返す。

マイケルはご機嫌でもう一口飲んだ。

「これからはしょっちゅうこれを飲ませてもらうことにしよう。そこ、わかったか？」

「了解」

つい笑ってしまう。

二人でコピを飲みながら、俺はカヤトーストやパンダンケーキやクエ、アパムバリック、ヨウティアオといったほかのメニューについて話した。

「基本的には、シンガポールの屋台のメニューを今世紀風にアレンジしたものなんだ」

「食べてみるのが待ちきれないよ。前にベトナムに行った時、パンダンカスタードクリーム付きの揚げパンみたいなものを食べたけど、美味さに昇天したとまでは言わないけど、でもやっぱり天国は見えたたな」

俺はまた笑っていた。

「あんたのために手配できないか調べておくよ」

「わあ、結婚してくれ」

そう冗談で返して、彼は凍りついた。目をぎょっと見開いている。首すじや頬に濃い赤みが上った。

「違う。結婚なんかしない。いや絶対にじゃない、きみとならするかもしれないけど、そうじゃなくて、あーもう、こんなこと言ってるのも信じられないし僕はさっさとこの口をとじないと」

ごくりと喉を動かして、彼は石鹸水の入ったバケツと雑巾をつかんだ。

「さあ、手に血がにじむまでひたすら磨くぞ。いいな」

俺は吹き出していた。

「わかったよ。揚げトーストとパンダンカスタードで釣れるんだな。覚えとく」

うろたえた目で肩ごしに俺をにらんだが、彼はあらゆるものを磨きはじめた。まさにすべてを。椅子からテーブルから壁からカウンターから冷蔵庫からカップボードまで。食洗機の扱い方も一人でマスターし、床にモップをかけて、俺と一緒に窓を拭いた。

どんどん仕事が片付いていった。俺だけだったら丸一日どころか夜中までかかったところを、二人で数時間でやってしまう。昼下がりにはもうほとんど片付きかかっていた。

俺の携帯電話はほぼ休みなく次から次へとメッセージの通知で鳴っていたし、何本か通話に出損ねた。時々チェックはしていたが緊急のものはない。俺は朝からほぼ脚立の上ですごして、マイケルと掃除をしたり、在庫品を整理したり、レジの販売管理システムのテストをした。

だが三時すぎに携帯電話が鳴った時は、たまたま画面が目に入った。父さんからだ。俺は携帯をひっつかんだ。

「はい？」と出る。

『ブライソンか』父さんの声はあまり機嫌がよくなかった。『メールも電話もしたんだぞ。そろそろ警察に届けようかと思ってたくらいだ』

また大げさな。

「ごめん、店で忙しくしててさ。シドニーにいるんだ？　メルボルンだと思ってたよ」

『今朝戻ってきた。家にいなかったな』

「ああ、まあ、ちょっと……」

『つまり、今は店か？』

「そうだよ。マイケルと一緒に朝から掃除してる。そろそろ終わりそうだ」

一瞬、沈黙が落ちた。

「……父さん？」

『ふむ、お前の願いをかなえてやれるぞ』

「何の話？」

『彼に会ってほしいと、さらに店を見てほしいと言っていたな？』

「まあ、そうだね……？」

『なら入り口を開けろ』

……マジか。

俺は電話を切ってマイケルに焦った目を向けた。「本当にごめん」と囁きながらドアへ向かう。「事前の心がまえをさせたかったんだけど、俺も心の準備すらさせてもらえてない」

マイケルが汚れた水をシンクに流した。

「させてもらえないって、誰から？」

俺はドアと正面の窓を指す。窓はまだ塞がって外界と隔てられている。

「父さんだ」

彼がこぼれ落ちそうなほど目を見開く。笑う気にはなれないが、いっそ愉快なほどの表情だった。

俺は鍵を開けてドアを開いた。父さんが立っており、スーツを着て、上着の下に薄いニットという比較的カジュアルな格好だ。正面のウィンドウを観察している。

「覆いは明日外すんだ」と俺は言った。「開店の告知も出すよ」

横に一歩のき、入るよううながした。

父さんは店内へ入り、ほんの数歩で立ち止まった。マイケルがカウンターの後ろから、タオルで手を拭きながら出てきた。俺はさっとドアの鍵を閉め、二人の間に割って入った。

「父さん、彼はマイケル・ピアソン。マイケル、こちらはジェイムズ・シュローダー、俺の父だ」

マイケルが微笑んで右手をさし出した。

「お会いできてうれしいです。手がふやけているのはご勘弁ください、朝から水仕事をしていたので」

握手を交わし、父さんがうなずいた。

「息子にこき使われているようだな？」

マイケルがほっとした微笑になった。「手伝うと言ったのは僕からです」

父さんが固い笑みをこぼして、店内を見回した。

「想像と違うな。コーヒーハウスというのは薄暗いものでは？」

「うちは普通のコーヒーハウスとは違うから」

そう答えはしたが、父さんがそれで何を言いたいのかはよくわからなかった。

父さんがむっつりとした顔でうなずいた。

「気に入った」

俺は締まりのない顔で喜ばないよう我慢した。

「ありがとう。コピを一杯どう?」

少し迷ったようだった。

「いや。遠慮しておく」

「じゃあ紅茶でも? 紅茶もあるんだ」

「いいや、大丈夫だ。何もいらない。単に少し寄ってみるかと思っただけだ」店内を歩き回り、注文カウンターを眺め、ストックルームをのぞいた。「ではグランドオープンはもうすぐなんだな?」

「そう。金曜だよ」

俺はもぞもぞしないよう手をポケットにつっこんだ。

「今週スタッフを入れて、備品の最終チェックもして、宣伝も仕上げだ」そこでやっと、今さらながら思い当たった。「父さんは金曜はシドニーにいる?」

父さんが微笑んだ。

「いられると思う」

反射的に俺の顔もゆるんだ。

「そうだとありがたいな。俺は忙しいだろうし、話ができるかわからないけど、店に来てくれたらうれしいよ」

父さんはごく小さくうなずいて、マイケルのほうを見やった。

「さて、会えてよかったよ」と彼に言って、俺のほうを向く。「だがもう行かないと。夕食には帰ってくるのか？」

「えーと……」

「予定があるなら――」

「いや、夕食はいいと思う」

「では七時に日本食を注文しておこう」

「楽しみだよ」

「マイケル？　きみも来るか？」

マイケルは〝助けてくれ〟と哀願のまなざしを俺に向けたが、俺が同じくらい呆気にとられているのを見て取って、自力で返答にかかった。

「その……ありがとうございます。でも家に戻って来週の仕事の準備をしないと。でも、お誘いありがとうございます。できればまたの機会に」

父は去り、俺はドアをロックして、マイケルを振り向いた。マイケルの表情はきっと俺の表情とそっくりだ。とまどいつつも、笑顔。

「あー、もう、くそ」マイケルが息をついた。「きみの父さんに会うとは」と自分を見下ろしている。まさに朝から掃除をしていましたという姿。「ひどい格好だ」

俺は歩みよってハグした。

「少なくとも、過激なビキニ水着をひらひら振り回したりはしなかったろ、俺があんたの父親と会った時みたいに」

マイケルが笑った。

「きみの父さんって、なかなかイケてる」

ぎょっとして俺は体を引く。

「え？　今なんて？」

ぶっとマイケルが鼻で笑う。

「もし三十年後のきみがあんなふうになるのなら、未来が楽しみだ」

俺は首をそらせて笑いながら、まだ彼を抱いたままでいた。

「そっちの家系こそスーパーモデル揃いなのに、何を言ってんだ」

彼がハグから抜けて、俺の尻をひっぱたく。

「きみのために丸一日掃除をしたんだから、帰る前に夕飯を買ってもらおうか。今日はほかにも片付けなきゃいけないことがあるんだからな」

「かしこまりました、ボス」

13

マイケル

その週は、宙に浮いているような気分ですごした。仕事の調子もよく、忙しい。成果も上々。ナタリーとの関係も元どおりに戻った。ブライスとの仲はどうなっている、と彼女のほうから聞いてきたくらいだ。

「答えなくてもわかるけど」とうんざり顔で。「あなたの目に浮かぶハートマークで全部わかるから」

「ハートなんて……」

言い終えられなかったのは、満面の笑顔になってしまったからだ。どのみち否定はできない。嘘をつくなと言ったのはナタリーなのだし。

「彼とはうまくいっているよ」

「でしょうね！」

ナタリーはそう言って、僕らの会話はすぐ仕事のことに戻った。

ブライスは早朝から夜半まで忙しくしていたが、水曜の夜にはやってきた。僕らは夕食を食べ、彼はその日のことやスタッフの研修について、覆いが取れた窓から入る陽光で店内がすっかり見違えたことや、店のウェブサイトへのアクセス数がもうかなりの数に達していることを話した。店の制服も届き、いよいよだと実感が迫る。

ブライスの興奮に、僕まですっかり巻きこまれていた。

木曜の仕事上がり、僕は店に顔を出した。準備の仕上げをしている彼の顔を見に。

僕を見るとブライスはニッコリして、中に入れてドアをロックし、店の奥へ僕を引っ張っていった。手を引いて、カウンターの奥にいる女性のところへ向かう。

「タリニ、こいつはマイケルだ。マイケル、彼女はタリニ」

タリニはブライスが雇った店長で、上機嫌のブライスが彼女こそぴったりの人材だと、なんとシンガポール生まれで八歳までマレーシア住まい、三か国語をほぼ流暢に話せるのだと話していた。

「ハァイ」彼女は温かくて大きな笑顔になった。僕の話を聞かされているようだ。「ついに会えたね、うれしい」

「こちらこそ」僕は彼女と握手を交わした。「明日に迫ったオープニングの準備?」

「そうなの！　でも大体すんだと思う。今は通しで最終確認を」

ブライスが満面の笑みになった。

「うまくいきそうだよ」

「オープニングの時間は？」と僕は聞いた。

「七時」ブライスが顔をしかめる。「そろそろ緊張してきたな」

彼の背をさすってやる。

「きみならできるさ。開店準備は万端なんだし」

彼が一つうなずいた。「オープニングには取材も来るから、しゃんとしないとな」

「お父さんはまだ帰ってきてないのか？」

彼の父親がどこかに出張中なのは聞いている——いつもそうだが。父親が来てくれることがブライスにとってどれほど大事なのかも知っていた。

「朝の十時くらいの便で戻るって」彼が答えた。「昼時には来てくれるだろ」

「よかった」

ブライスが深々と息を吸って、ゆっくり吐いた。

「そうだよな、準備はできてる。開店が待ちきれないよ」

彼らは仕事を切り上げて、僕はオープン前の写真を撮ろうとブライスにモデルをやらせた。お決まりの、カウンターの向こう側や看板の下に立っている写真と、心を打ち抜かれるような笑顔と破壊力の高いイケメンぶりを写した何気ないスナップ数枚。

誰にも見られてないと思っている時のブライスは本当にハンサムなのだ。

タリニが「じゃ」と言って出口からブライスにニヤついた。

「なるべくちゃんと睡眠とってね。朝一番に会いましょう！」

ブライスがドアをロックする間、僕はテーブルの一つに腰をのせて待っていた。振り向いた彼は笑顔で僕の脚の間に収まりにくる。

「きみを眠らせる奥の手があるよ」と僕はシャツをつかんで、キスに引き寄せた。

「へえ？　どんな？」

「炭水化物たっぷりの食事山盛り、その後セックス。死んだように眠れる」

彼の笑い声。

「よく俺をわかってる」

膝を引き寄せられ、お互いの体の前をぴったり合わせると、ブライスが身をかがめて「帰ろう」とキスをした。腰に脚を巻きつけたままの僕をテーブルから持ち上げ、少し抱きしめてから、足が床につくまでゆっくりと下ろした。

店の戸締まりを終えると、すぐに彼が僕の手をつかんで、一緒に僕のマンションまで歩いた。

「そうだ、明日は休暇届を出してきたよ」と僕は教えた。

ブライスが驚いた顔で僕を見る。

「休みか？　どうして？」

「きみのためさ。僕の手が要る時があるかもしれないから。明日は大事な日だろ」

手が離れ、かわりに彼に片腕で肩を引き寄せられて、そのまま歩いた。こめかみにキス。

「とても信じられないよ、俺のためにそこまで」

「めちゃくちゃ忙しくて雑用を誰かに投げたいとか、運ぶものがあるとか、何でも言ってくれ。僕を使ってくれていいよ」

「今夜も夕食の後でたっぷり使わせてもらうさ」と彼は囁いた。「そういう予定だろ？」

「そのとおり。まずはパスタ、それからデザート。それにこの頃とても忙しそうだったから、今夜は一回だけのオーガズムで勘弁してあげてもいいよ」

ハハッと笑って、彼は僕の肩を抱く腕に力をこめた。

「心が広いことで」

「だろう」

彼の温かくて喉にかかる色っぽい笑い声が、僕の背すじをぞくぞくと滑り下りていく。今夜への予感をこめて。


丸一日手伝う、と僕は言ったが、まさに丸一日だった。店にほぼ六時半に着き、ブライスは店内に入った瞬間から慌ただしく働き出していた。タリニもすぐやってきたし、続いてほかのスタッフも来た。その中には、はじめどこかのおじいちゃんが迷いこんできたんじゃないかと思った老人までいたが、なんとこのケンが、コピの達人なのだ。五十歳までシンガポールで生まれ育った彼は、ブライとはなじみの相手らしく、僕にはわからない言語でしゃべりあっていた。それから笑い声と笑顔を交わし、二人で肩を並べ、ケンは巨大な中華鍋でコーヒー豆をせっせと焙煎しにかかった。

天国みたいな香りだ。

二人の邪魔をしないよう、僕は波止場へ向かうと色々なホットサンドを作る店を見つけた。スタッフ全員分を山盛り買いこんで戻る。皆がはしゃいでありがたがり、全員で淹れたてのコピにそそくさとありついてから、ついにブライスが正面のドアを初めて開くという大いなる儀式を行った。

ブライスがどんな宣伝を打ったにせよ、効果抜群で、どんどん入店する客の流れが途切れることはなかった。

列また列、飲み物、軽食、トーストと半熟卵、テイクアウト、紅茶、スイーツ。幸福な空気が満ち、スタッフも客たちも楽しそうで、のびのびと手腕を発揮して働くブライスの姿は最高の眺めだった。

やがてマスコミの取材が到着し、そこで疑いなくはっきりと、ブライス・シュローダーはまさしくあの父の息子だとわかる。魅力的で軽妙な受け答えをしつつ、自分の使命感について、持続可能な商品や問題意識を提供する意義を、まばゆいほどの笑顔で雄弁に語った。

知らぬ者のないその姓については一切聞かれなかった。この店が父親の巨大企業の系列なのかとか、関係があるのかとも聞かれなかった。彼があえてそうさせたのかもしれない、すべて自力で築き上げたくて。

そして、築き上げたのだ。

僕は誇らしさに満たされていた。

彼の父が来店することはすっかり忘れていた。むしろ時間が経つのを忘れていた、というほうが正確かもしれないが、とにかく店に入ってきた父親を見て僕ははっとした。

父親は驚いているように見えた。店の繁盛ぶりにか、息子の素晴らしい雄姿にか——どれほど充実した顔をしているか——僕にはわからない。そのすべてに驚いていたのかもしれない。

だが彼の目の中には、何か別のものもよぎっていた。がっかりしている？

息子の失敗を予想していた？

挫折を期待していた？

ブライスがその表情を見なくてよかった。

ミスター・シュローダーの表情は僕を見た瞬間に塗り潰されて、まるで自由に仮面を付け替えられるかのようだった。微笑んで僕のところへやってきた。

「マイケル。きみに今日ここで会うとは思ってなかったよ」

「今日は会社を休んだので」と僕は説明した。「傷病休暇と長期休暇が五年分たまっていて」

「どこに勤めているのかまだ聞いてなかったな」

「CREA不動産です」答えながら、向こうが察するだろうと身がまえた。「商用物件の部門で」

やはり、すぐに伝わった。

彼の眉がほんのわずかに上がる。

「ブライソンの店舗契約を担当したのはきみか？」

僕は微笑みを返す。

「いいえ。上司の担当です」

何の反応もなかったが、あれこれ考え合わせているのは伝わってくる。それに、彼を目の前にして緊張していたせいで、僕はしゃべりつづけていた。

「上司は、ブライスが誰なのか僕よりも先に知っていたんです。ただこの店舗が空くことを知っていた僕はここが最適だと考え、紹介しました。契約はすべて上司が担当しています」

一つも嘘はない。

まっさらの真実とは言えないかもしれないが、虚偽ではない。

ミスター・シュローダーは何の返事もせず、カウンターで忙しく立ち働くブライスを、まだ途切れることのない客の流れを、じっと見つめていた。

「……初日は成功しているようだな」

「朝から大忙しですよ」答えて、僕は自分の恋人へ笑顔を向けた。「これを成し遂げるために彼は身を粉にして働いてきたんです。あなたも鼻が高いのでは」

ミスター・シュローダーの目つきが険しくなったので、どうやら僕にそんなことを言われたくはないらしい。それか、僕個人が気に入らないか——。

「そうだな。あいつは一度決心すると……」

少しの間沈黙が落ち、客やスタッフの相手からブライスが解放された一瞬の隙をとらえて、僕は注意を引ける程度の声をかけた。

「ブライ！」

顔を上げ、自分の父親と僕が一緒にいるのを見て、ブライスは笑顔になった。タリニに声をかけてさっとカウンターを替わってもらうと、一目散にこちらへやってくる。

「やあ父さん、来られたんだ、よかった」

その表情は父親の到着を素直に喜んでいた。

「もう行かなくてはならないが、盛況な開店のお祝いを言っておくべきだろうな」

「そう、それはありがとう」

ブライスが誇らしげに顔を輝かせる。

彼らを見るのは妙な感じだった。ぎこちないやり取りだが、二人ともが努力しているのもわかる。僕は、ブライスの話ごしにしかミスター・シュローダーを知らないので一方的な判断をするべきではないと思うし、国内外での成功に伴うストレスやプレッシャーは僕の理解など及びもつかないものだろう。自分だけでブライスを育てた点からしてもいい人だろう、欠点はあるにしても。その上、歩みよろうともしている――ことに最近は。ブライスからは、近頃父親が一緒にすごす時間を増やそうとしているようだとも聞いている。努力しているし、息子を愛している。その点は疑いようがない。

それでも、今のはぎこちないやり取りだった。

「何か手伝おうか？」と僕はたずねた。

「どうかな」ブライスがスタッフをちらっと振り返る。「みんなを休憩させないとな。忙しくなるだろうとは思ってたけど、て言うか、そうなるといいと思ってたけど。そのつもりで計画はしてたけど、開店からずっとフル回転だ」

「皿洗いやろうか？」と僕は申し出る。

「いいよ、そんなことたのめない」ブライスがすぐ断った。

「たのむ必要なんかないって。僕がここにいるのはそのためだ」

「いいんだ。チームを組んだんだから、俺たちで回すさ」

ブライスは僕の肩を叩くとカウンターの中に戻り、スタッフたちの流れにすっと入りこむ。食洗機から食器を出し、タリニが追加でカヤトーストの注文を大声でかけると、ブライスがさっと取り掛かった。

一日中でも彼を見ていられそうだった。

「さて……」ミスター・シュローダーが神経質に言った。出入り口のほうへうなずく。「少しいいかな、マイケル？　話がしたいんだ。よければ」

心臓が一気に落下したようで、驚く余裕すらなかった。

「ええ、じゃあ……」

彼について店を出る。美しい日だった。太陽は輝き、雲もほとんどない晴天。歩き、話し、笑っている人々。水上にはボート、頭上には海鳥。完璧なシドニーの一日。

なのにどうして、自分の処刑場へ歩いていくような気がするのだろう？

色々な意味で、そこに向かっているとわかるからだ。

ミスター・シュローダーは足を止め、髪に手をやった。息子とよく似た褐色の髪で、ほんの幾筋かの白髪がある。目は、息子と同じように金色混じりの褐色だった。だがブライスのようなぬくもりはない。その目にひそむ鋭さは、取締役会を威圧し、そこらの相手なら尻込みするくらいの迫力だろう。

だが僕はこの何年も、己をたのみにし、格下と見た相手にプレッシャーをかけて我意を通そうとする人々の相手をしてきた。ミスター・シュローダーのこともネオンサインなみにくっきりと読み取れる。彼の目をまっすぐ見つめ、視線を受け止めて、緊張を抑えた。

先に目をそらしたのは彼で、波の向こうを見つめた。

「息子は幸せそうだった」彼は口を開いた。「たった今、店の中で見たあいつは……」

こう来るとは予想外だ。

「そうであってほしいです」と僕はなるべく無難に言った。

「私は息子をシンガポールへ送った」彼はまだボートを眺めていた。「自分ひとりで世界を体験し、羽ばたく必要があると思ったからだ。家業を己の力で思い通りの形にできることに気付いてくれると思った」

ブライスの父親とこんな会話になっている状況が信じられない。どうして僕にこんな話を？

「だが、そうはならなかった」ミスター・シュローダーが続けた。「それどころか逆効果になった。息子はシンガポールを気に入ったのだ。滞在中に学んだことを織りこんだ起業のアイデアを持ち帰るほどに」

危険地帯だ、と感じた。しのび足で避けるべき。ミスター・シュローダーは僕に腹を割った話をしていて、それ自体が扱いに困るが、この話の先には奈落が待っている。ひしひしと感じる。

そこに落ちるのは僕だということも。間違いなく。

「息子には、それを選ぶ権利がある」ミスター・シュローダーがつけ加えた。「自分の人生を生きていかねばならないのだから。私はそれを尊重する」

「ブライスはありがたく思っているでしょう」

ほかにどんな言葉が求められているのかわからないまま、そう言った。

「だが、心配はしている」そこで視線が僕へ向けられた。貫くようなまなざし。「手に余ることをしているのではないかとな。今、息子を見て、どれほど充実しているのかわかった。ホテル業界には元々向いていなかったのかもしれない。私もずっと、それはわかっていたのかもしれないな。己のビジネスに心血を注いでいる息子を見ると……この選択は、息子にとって正しかったのだと思う」

「ええ、そのとおりです」

そこで、この男は僕の目をまっすぐのぞきこんできたのだ。

「だからこそ、たのむ。息子と別れてくれ」

14

ブライス

オープニングの日は大成功だった。すべてが噛み合っていて、ちょっとの掛け違いなどものともしない。マイケルが皿やカップを下げる手伝いやテーブルの片付け、ゴミ出しをしてくれた。支柱のような存在だった。

その上、父さんが顔を出してくれたのは、ケーキを仕上げるイチゴのようなボーナスだった。店に来てくれたことに俺は感激していた。

その後また忙しくなり、スタッフに休憩を取らせたりで、はじめのうちマイケルの姿がないことに気付いても俺は特に何とも思わなかった。何か食べに行ったとか、どこかで一息ついているのかと。誰かに電話をかけに行ったのかもしれないし。トイレに行っているのかも。

だが、マイケルはそのまま戻ってこなかった。

二時をすぎて、やっと俺は十分間の休憩にありついた。マイケルにメッセージを打つ。

〈大丈夫か？〉

返信中を示すバブルが出現し、消え、それからまた表示された。

〈今は、あまり〉

俺は眉を寄せて携帯電話を見下ろし、発信を押したが、マイケルはすぐには出なかった。何回か鳴ってから出る。

「マイケル？」

答えた声は小さく、遠かった。

『うん』

「具合が悪いのか？　誰か迎えに呼ぶか？」

沈黙。

『……いいよ、大丈夫だから。まだ忙しいだろ。話なら後でしよう』

その言葉を、俺は何回か頭の中で再生しないとならなかった。とても不吉な響きに聞こえたからだ。

「何かあったのか？」

息を深く吸う音が聞こえた。

『いや。まあ。今日はオープニングの日だし。僕はただ……とても落ちこんでるんだ。きみの大事な日を台無しにはできない。もう行くよ、仕事に戻ってくれ。閉店までいられなくてごめん。いたかったんだけど……』

その声はあまりにもか細くて、とても……悲しげだった。

「マイケル？」

『何でもないよ、ブライス』そう答えた彼の声には前より力がこもっていた。『今は店に集中するんだ。オープニングの日なんだから。また後で話そう』

「終わったら会いに行こうか」

『いいや、いいんだ。今の僕じゃ来てくれてもろくな相手ができないし』

「そうか、横になって足を上げてゆっくりしてくれ。気分がマシになる。後で電話するからな」

『わかった』

囁き声の返事。

そして、俺の耳元で電話は切れた。

変な会話だった。何かがおかしい。

具合が悪いだけなのか？　思えば、調子が悪い時のマイケルを見たことはないから、体調を崩した時はひとりで静かにしたいタイプなのかもしれないが。

後で様子見の電話をかけようと心に決め、俺は携帯電話をしまうと仕事に戻った。それから二時間ぐらいはすぎただろうか、やっと一段落ついてきてアニーとナイランのシフトを終了させることができた。

二人に、素晴らしいオープニングについて感謝する。二人ともニコニコしていたが、大変な一日だっただろう。

そこで、ナイランがおかしな話を口にした。

「そうだ、マイケルに手伝ってくれてありがとうって伝えておいてください。マイケルの休憩の時に言おうと思ったんですけど、あの金持ちの人と話してて何か怒ってるみたいだったから、声をかけられなくて」

金持ちの人と話してて何か怒ってるみたい……。

「金持ちの男？」

俺はたしかめたが、本当はそんな必要もなかった。もうわかっていた。

「そう。高そうなグレーのコートの。二人は店の中で話してて、それから外に行って話してたんですよ」

突然すべてが腑に落ちて、俺はうなずいた。

マイケルは、父さんの来店の直後にいなくなったし、父さんはフランスで買ってきたあのグレーのろくでもないコートを着ていた。

「礼を伝えておくよ」とナイランに言った。「二人とも、明日もよろしく」

ステンレスのジャグがすり減るのではないかという勢いでごしごし磨く俺を、タリニは何分間か放っておいてくれた。それからたずねる。

「大丈夫？」

「うちの親父は」俺は答えた。「余計な口出しをせずにはすまないんだ。オープニングの日にもだ。よりによって、今日だ」

「それはサイテーだねえ、お気の毒」

タリニが顔を引きつらせる。

俺はため息をついた。

「後でカタをつけないと。とにかく今日の仕事を無事終わらせよう。オープニングの日としちゃ、とてもいい一日だった」

いい一日だったのだ、途中までは……。

タリニがきっぱりとうなずいた。

「いい一日だったよ。最後までやりきろう」

彼女の言うとおりだ。最後までプロ根性で。父親とは後で話し合ってやる。この瞬間は、俺にはこの店があるのだ。


日は沈み、ついに店は閉まり、俺は明日のための準備を終えた。

タリニはもう帰宅して、俺は一人きりで、くたびれていた。父親のことで頭に来ているのは言うまでもない。父親に電話するのにいい時間ではないと思うが、かまいやしない。

三度目の呼び出し音で父親が出た。俺は挨拶もせずに始めた。

「俺の店の前でマイケルに何を言ったのか教えてもらおうか？」

『電話向きの話ではないだろうな』

「対面でもしたくない話だけど、こうなったら仕方ないだろ」

『その様子だと彼から聞いたのでは？』

「何も聞かされてないよ。まだ。マイケルはいなくなって、どうしたのかと思って電話をかけたら、調子がひどく悪そうだった。でも俺には何も言わなかったよ、一言も。うちのスタッフから聞いたんだよ。二人で店の前で言い合ってるのを見たって」

俺はついに怒鳴っていた。

「オープニングの日に、俺の店の前で！　開・店・日だ、父さん！　何様のつもりだ？」

『親にそんな口の利き方をするな、ブライソン』

「今さら偉そうにするな。ふざけんな」

父親相手に許されない態度だったが、もうそんなことはどうでもいい。鼓動は早鐘のようで血はドクドクと荒れ狂い、俺はキレる寸前だ。

「マイケルに何を言ったんだ？」

父親が、聞き分けのない子供相手のようなため息をついた。

『彼に説明したのだ、お前にとって新しい店がどれほど大切かを理解しているなら、お前の重荷になるべきではないと』

血が凍りつき、同時に沸き立って、俺の目の前がぼやけた。何かをボコボコにしたい。

「電話ごしでよかったな、今あんたの目の前に俺が立ってなくて」

俺の声は低く、殺気立っていた。

『ブライス――』

「俺のことを勝手に決めるな！　あんたにそんな権利はない！」テーブルをドンと叩いてから、声をもっと抑えようとした。「マイケルと話すどんな権利があんたにある。俺は今から彼に会いに行くけどな、神に誓って、もし会ってもらえなかったら、その時は……」

本気の脅し文句を吐いてしまう前に、電話を切った。

店の戸締まりをすると、マイケルのマンションまで走る。それほど遠くないのでほんの数分だったが、着いた時には喘ぎ喘ぎだった。

インターホンを押す。

「マイケル、俺だ」

反応がない。

「マイケル、たのむよ」

返事はなかったが、ロビーのドアが開いた。それにエレベーターから俺が出た時、マイケルが部屋のドアをほんの少し開けて押さえていた。

「大丈夫か？　追われてるみたいな声だったけど」と俺に言う。

彼は黒い細身のルームパンツを穿き、白黒ボーダーの長袖Tシャツを着ていた。だが顔はやつれて青白い。傷心に見えた。

「走ってきたんだ」と俺は答えた。彼の胸元に、首すじに、顎へと手でふれる。「親父に何て言われた？　あいつは何を言ったんだ？」

部屋のドアが閉まると、マイケルの顔がくしゃくしゃに歪んだ。両目に涙があふれて頬をつたう。俺の胸に、これまで知らなかった痛みを残して。彼の涙を、傷ついて震える姿を見るのが耐えがたい。引き寄せて、両腕で包みこんだ。

「親父をぶっ殺してやる」と息で囁く。

マイケルが首を振り、体を引いた。袖で涙を拭って、息を吸いこむ。

「オープニングの日を台無しにしたくなかったのに」と呟く。それからまた泣きはじめた。

「特別な日のはずだったのに」

その手を取って、ソファまでつれていった。並んで座っても、俺は手を離さなかった。

「親父に何を言われたか教えてくれ」

マイケルはまた首を振ったが、言いたくないからというふうでもない。むしろ思い出したくもないのか。わからない。あまりにも打ちひしがれて見えた。

「きみのことを少しでも大事に思うなら、今は、きみが店だけに集中する必要があることを理解しろと言われたよ」

「でもそんなのは違う」と俺は言い返した。

「違うかな?」マイケルが肩を揺らす。「父親としてきみのことをどれほど誇りに思っているかの話から始まって、シンガポールへきみを送ったのは自分の下で働く気になってほしかったからだけど、違う夢を抱いて帰ってきたと言っていた。自分のとは違う夢、とはっきり言った

わけじゃないけど、言わなくてもわかる。今ではきみの熱意も伝わったし、自分の店のために一心に働く姿がとても幸せそうだと言っていた」

　新たな涙を、マイケルが拭った。

「そして、きみの成功への情熱を尊重して、僕は邪魔者になるべきではないと言われた。きみは忙しいし僕に目がくらんで今はその必要性をわかっていないから、僕から別れるべきだとね」

　俺はゆっくりと、抑えた息を吐き出した。

「親父をぶっ殺す」

「それは間違っている、と彼に言ったんだ」マイケルがまた涙をこぼした。「そんなふうに見ているなら、きみという人間を完全に誤解してるって。僕のことを何もわかってないって、あの人に言った」

　その顎がわなないた。

「僕は……店の中にはとても戻れなかった。帰るしかなかった。きみにあんな顔を見せられなかった」

「どうしてだ？　ベイビー……」

　首を振ったマイケルの目元から涙が落ちた。

「そんなことをすれば、きみの父さんが正しいと証明してしまう。いや、結局は彼の言うとおりだったんだ。僕は、彼に言われたとおりの存在でしかないんだ」

「邪魔者？」

マイケルがまたうなずいた。

「彼は、僕にきみの邪魔をさせることで、自分の正しさを証明した」片手を顔に当ててすすり上げる。「ごめん」

俺は彼の腕に、顔に、髪にふれた。

「違う、マイケル。あやまらないでくれ。あやまるようなことは何もない。俺こそ、親父がそんなことを言って本当にごめん。あいつがあんたを傷つけるなんて、ごめん」

やっと彼が俺を見た。鼻は赤く、目はうるんで腫れぼったい。

「ブライ、もしあの人が正しかったら？」

俺は首を振る。

「いいや。そんなわけない。正しいわけがない」

マイケルは俺が握っていた手を引き、膝から脚を折りたたんで、うまいこと俺との間に少し距離を取った。これまで幾度となくこんなふうに並んで座ったが、今日はそれとは違って感じられた。

彼は顔を拭って、揺れる息を吐き出した。

「きみの父さんから両腕を広げて歓迎されるなんて思ってたわけじゃない。でもあんなに忌み

「きみにとっての僕という存在を、忌み嫌っているんだよ。きみの人生から追い出したいんだ」

「忌み嫌ってなんか――」

「嫌われるとも思ってはいなかった」

あまりにも打ちのめされた声で、言われた言葉を受け入れてしまったように聞こえた。

「マイケル、たのむ――」

「僕はただ……ごめん。でも、あんなことを言われたら、凄く苦しくて」

「ベイビー、親父と俺は違う。親父の言ったことは、俺の気持ちとはまったく関係ないんだ。俺はあんたを愛してるんだよ。それは変わらない」

「わかってる、僕もきみを愛してる」

「でも？」

でも、と来るはずだ。来るとわかっていた。

「でも、少し時間をくれないか」

俺の心臓が胸の中で、罠にかかった小鳥のようにバタついていた。

「まさか……別れたいのか？」

彼は首を振る。また涙が頬をつたった。

「そうじゃないよ。そんなことしたくもない」

下唇をぎゅっと噛んだ。

「でも時間が必要なんだ」そこで半笑いのような、半泣きのような声をこぼす。「何が一番嫌って、結局はきみの父さんの言葉をこんな形で実現しちゃって、思いどおりになってしまってることだよ……」

「なら思い通りにさせなきゃいい。正反対のものをくれてやれ。俺たちを別れさせたいのなら、そんなもんには負けないところを見せてやろう。俺たちはふたり一緒だ、あんたと俺と。親父がどう思おうが。もし親父が、俺たちに口出しできるとか操れるとかちょっとでも思ってるなら、無駄だと証明してやれ」

マイケルがまた袖で顔を拭って、ため息をついた。俺の視線を受け止めて、もう少しで微笑みになりそうな表情を浮かべる。

「もうとっくに僕は嫌われてるんだ、ブライ。これ以上刺激するのがいい考えかはわからないよ」

「親父について、これだけは言える」俺は彼の太腿に手をのせた。「あんたが立ち向かってくれば、親父はあんたにもっと敬意を払うようになる。あいつの狙いどおりに捨てられたくないから適当言ってるわけじゃないぞ」

マイケルが鼻を鳴らす。

「ああそうさ、まずは親父も腹を立てるだろうけどさ。でもしまいには、あんたが折れないと理解する。親父は世界中の大物とやりあってきてて、俺が知ってるのは、親父は挑んでくる相手こそ尊敬するってことだ」

しばらくの間マイケルは何も言わなかったが、やがて俺の手に自分の手を重ねた。

「きみを失いたくない」

「なら、失わなきゃいい。あいつから何か言われたりされたりしたからって、俺を罰しないでくれ」

眉根を寄せて、マイケルがまた目に涙を溜める。

「そんなつもりはなかったんだ。ごめんよ。僕は自分も罰してるね。どうして、よりにもよって今日でなきゃならなかったんだ？　どうして今日あんなことを僕に言ったんだろう？」

「自分の目的しか見えてないからだよ」俺は肩をすくめた。「ここ何週も、ほかのことに気を取られるなって、起業だけに集中しろって俺に言ってきたんだ。それが親父のやり方だったからさ。説明するのが難しいけど」

俺は手で顔をさすった。

「親父と俺の関係は、入り組んでいて、とにかく普通と違うから。愛されてるのはわかってる。二人きりの家族だったし、色々してもらった。その一方で欠けてるところもたくさんあったよ、別にあの人は悪くないけどな。ただ自分の帝国を築き上げるのに夢中で、人に金を払って俺の世話をさせることを〝子育て〟だと思ってきたのさ」

「大変だったね、ブライ」とマイケルが呟いた。

「でもあれが今の俺の根っこになってるんだよ。おかげで自立心が育った。いつもひとりでいたから強くなれた。緊急事態とか大事な時には親父も来てくれたしな。いざって時には支えてもらえる、そうわかってた。でも大体は、俺ひとりだった」

俺はため息をついた。

「だからさ、息子から必要とされなかったとか息子とは考え方が違うとついに思い知ったからって、ひどい態度に出る権利なんかないっての。俺は親父の子育ての結実なのに。……マイケル、親父があんなことを言ってごめん。許しがたいことだ。いくらでも怒っていいし、傷ついていい。あんたは何も悪くない。悪いのは親父だ。約束するよ、親父にはそれをはっきり思い知らせてやる。もう電話ごしに怒鳴ってやった」

「そんなことしたのか？」

俺はうなずいた。

「したさ。うちのスタッフが、あんたと親父が店の前でしゃべってるのを見たって言うから、親父が何か失礼なことを言ったんだってわかった。電話したら、否定しようとすらしやがらなかったよ」

「どう言ってた？」

「電話ごしにするような話じゃないだろってさ。対面で話してなくてよかったなって言ってやったよ。今はあんたと話せて少しは落ちついてきたけど、マジな話、あの時は親父をぶっとばしてやろうかと思った」

マイケルが小さく笑って、口を手で押さえた。

「殴っちゃ駄目だろ」

俺は首を振り、ふうと息をついた。彼と目を合わせる。

「俺たちの間は大丈夫だよな、マイケル？」

「うん」と彼がうなずく。

「助かった……」その手を取って唇に寄せ、指の背にキスをした。「本当に愛してるんだ。話し合えてよかったよ」

「僕もだ」

彼がやっと心からの笑顔を見せた。

その指を少しの間、いじくりまわす。

「でもやっぱり親父にはガツンと言ってやらないとな。はっきりわからせなきゃ、俺は一歩も引かないってことと、あんたの存在の大事さを。今日は許しがたいところまで踏みこんできたし、そのことは思い知らせる」

マイケルが深々と息を吸って、ソファの背もたれに頭を預けた。

「開店初日、どうだった？」

「凄くよかったよ。滅茶苦茶忙しかった。大成功。大々々々成功だ」

マイケルからぎゅっと手を握られる。

「とても誇らしいよ」

その言葉に俺の胸がほんのり温まった。

「ありがとう。その言葉が何よりさ。あのくらい客が来るといいなとは思ってたけど、正直、期待以上だったね。そりゃ勢いが落ちつけばいつまでもこうは行かないのもわかってるけど、でも凄かった。ああ、ナイランから『手伝いありがとう』って」

マイケルが微笑む。

「彼はいい子だよ」

「みんないいチームだ。この先も今日のやる気を出してくれるよう、俺もがんばらなきゃな」

「きみならできるさ。明日も早いんだろ？」

俺はうなずいた。

「ん。しばらく毎朝早い」

「疲れてるだろ」

「ああ。でも絶対今日中に会いたかったから」

するとマイケルが俺の手を唇に引きよせ、俺の手のひらを頬に押し当てた。

「きみ、父親相手にはなんて言うつもりなんだ？」

「後で考えるさ。会うにしても明日の夜だし、運がよければ、殴りたい気分もその頃にはおさまってるだろうさ」

マイケルが微笑した。

「ベッドに行こうか」

「たのむ」俺は即座にうなずいた。「その前にシャワーだな」

「何か食べたか？」

首を振る。

「いや、まっすぐここに来たから」

「シャワー浴びてこいよ。何か食べるものを出しておく」

俺は身をのり出して彼にキスをした。優しく、甘く。

「愛してるよ、マイケル・〝eつきの〟・ピアソン」

彼は微笑した。

「僕も愛してるよ」


早朝、マイケルは俺と一緒に店まで来た。土曜なので八時までに会社に行かないとならないが、それでも手伝おうとしてくれる彼を見て、俺はやはり自分の判断は正しかったと噛みしめていた。

マイケルとの関係は、本物だ。

昨日までの俺たちの関係は、軽やかで楽しくて、同時に官能的で情のこもったものだった。きっかけはあんなだったし、この数ヵ月足らずで俺たちは足を踏み外すように恋に落ちたが、だからって軽い気持ちなんかじゃない。

そんな俺たちの最初のピンチは、どでかいものだった。親父がドカンとぶちかましてくれたが、話し合いで乗り越えた。マイケルが心の痛みを語り、俺がそれに耳を傾け、二人でそこから抜け出す道を見つけたのだ。

これまで以上にマイケルを近くに感じていた。

俺たちの関係も、前より強くなった。

開店と同時に客が入りはじめて、俺が何を考える間もなく、マイケルがさっと注文カウンターの後ろにしゃがんで俺の腕に手を置いた。

「もう行くよ。午後また来る」

「ありがとう」と俺はマイケルの目を見つめた。

彼がニコッとして、それで俺たちは大丈夫だとわかった。

彼は会社へ向かい、俺は客の相手をしながらストックの補充を注文したり売り上げの統計を確認したりと、忙しくしていた。三時頃にマイケルがサンドイッチを持って現れ、俺にくれた。

「どうせ何も食べてないんだろ」

俺は満面の笑みになった。

「当たりだ。タリニ、五分休憩に入る」

「オーケー、ボス」

タリニはその一言で流れを切らずに俺とカウンターを替わった。

マイケルと俺は波止場の見えるベンチに座った。太陽と、街のにぎわいが心地いい。

「今日は順調？」と俺はサンドイッチにかぶりつきながら聞いた。

「うん。充実した日だ。店は今日も忙しい？」

「ずっと」

俺はもぐもぐしながらうなずく。

「よかった」

「親父にメールしたんだよ」と彼に教えた。

「そうなのか」

「ん。会って話したいと伝えた。今日の午後は空いてるってさ。無理だ、と言っといた。こっちは忙しいんだ。明日の夜ならって返してある」

マイケルの口元がゆるんだ。

「それで返事は？」

「何も。少しは色々考えりゃいいのさ。是非とも考えてほしいね」

彼の微笑みが少しこわばった。

「きみに、どちらかを選ぶような真似はさせたくないんだ」

「俺が選んでるんじゃないよ、マイケル」俺は答えた。「あの言葉を選んだのは親父のほうだ。その責任は取るべきだ」

「本当に僕も一緒に行かなくていいのか？」

俺は「まかせてくれ」と首を振った。ウインクすると、彼が俺の手を取ってぐっと握りしめた。

「すんだら僕の部屋に帰ってくるよね？」

「ベイビー、ほかのどこにも行くわけないだろ」


六時半少し前、俺は家に帰った——父と一緒に（シドニーに父がいる間は）住んでいる部屋に。店は大忙しの三日目を終え、父親には六時半ぐらいに会えると伝えてあった。いないかもしれない、と思う部分もあった。クアラルンプールで緊急の仕事が入った、という書き置きがキッチンのカウンターに残してあっても驚きはしない。

だが父は家にいた。話し声が聞こえる。電話中らしい。

俺はフルーツボウルからリンゴを取ってかじってみたが、シャリ感がないと途中でやめた。ゴミ箱へ放りこみ、父さんのオフィスへ続く廊下を歩き出す。ドアが開いていたのでそのまま中へ入って、デスクにいた父さんの向かいに座りこんだ。

挨拶の笑顔を向け、電話が終わるのを待つ。

胸を張ってやり抜くつもりだったし、ほとんど芝居をする必要すらなかった。ここまで父親になんて言ってやるか、この会話をどう進めるか、散々考え抜いてきた。

父さんが俺を見つめていた。

「よし、アマー」と電話に言う。「そろそろ予定がある。だがまた連絡するよ。じゃあ」

電話を下ろして、まだ俺を凝視していた。

「ブライス」

「父さん」

先に目をそらしたのは向こうだった。

「そうだな。お前が何を言うつもりなのかはわかっている」

「俺が今から何を言うのか、父さんには予想もできないだろうよ」

父さんから目を細められて、マイケルのこともこんなふうに見たのだろうかと思った。この会話を成し遂げようという決意が奮い立つ。

「父さんはマイケルに、俺を捨てろと言っただろう」

「いや、私は――」

「俺を愛しているなら別れるべきだと、マイケルに言った」

口をいったん閉じて、父さんは言い方を変えにかかった。

「私が言ったのは、親の立場ではあんな状況を見過ごせない、ということだ。父親としての義務が――」

俺は椅子からのり出した。

「今になって父親面しないでくれ。父さん、俺は父さんを愛しているし、その成功ぶりには尊敬しかない。それに、たしかにいつも食い物や住む場所は与えてもらった。でも、父さんが俺の〝育ての親〟だったことは一度もない。俺に靴紐の結び方を教えたのは誰だと思う？　ジュリアだよ、アイルランド出身の乳母の。俺が五歳の時だ。小学校の宿題を手伝ってくれたのは？　シャーラインだ、イギリス出身の乳母の。その後で俺は寄宿学校に行った。そうだ、運転は誰から教わったかって？　ロジャーだよ」

ロジャーは何年も父の専属運転手をしている。

「だから、俺に対して偉そうな父親面をするのはやめてくれ」

父さんが冷たいまなざしで俺を見据えた。

「どうやらまだ私に怒っているらしいな」

「怒りなんて言葉じゃとても足りないね。金曜の夜の俺を見せたいよ。電話ごしでよかったたって言ったのは本気だ」

少しの間、父さんは何も言わなかった。

「……お前の怒りは理解できる。お前のためにやったことだった。お前と彼の関係が終わったのは残念なことだが、お前が成功したいなら——」

「残念だなんて思ってないくせに」止める前に言葉があふれていた。「父さんのしたことは冷酷な上に不必要で、あんたの得にしかならないことだ」

「そんなことはない。お前がどれだけ忙しいか、店がどれだけうまくいったか、お前の努力や充実感をこの目で見た。この先もそれを守りたいのなら、常に最優先にしていかなければならないんだ。お前には耳が痛いかもしれないが、起業してすぐのこの時点では、余計な気晴らしはビジネスに悪影響を与えかねないんだ」

「ビジネスに悪影響なのは、あんたがマイケルに俺と別れろって言ったことだよ。オープニングの日に。オープニングの日にだ！」

髪をかきむしりたい気分だった。まだわかってくれていない。理解できる日なんか来ないのかもしれない。

「それと、マイケルのことを気晴らしと呼ぶのはやめてくれ。成功するには何のしがらみもなく孤独であることだけが唯一の道だと、父さんは思ってるんだろうけど。前にも言ったが、マイケルは気晴らしなんかじゃないんだ。血の通った人間で、感情もあるし、俺なんかにはもったいないくらい広い心の持ち主だよ」

「お前にはもったいない？」

「そうだよ！　俺はマイケルを愛しているんだ。それに、幸せでいるのが悪いことだなんて思わないね。そう、幸せだったんだよ、父さんがぶち壊すまで。父さんはただずっと待って、待って、俺が失敗する時を手ぐすね引いて待っていた。まるで、ビジネスの成功と恋の成就は共存できないかのように。でも俺は両方を手に入れられるんだ。ああ、死んでも両方手に入れてやるよ。でも今、マイケルはあんたにあんなことを言われたせいで俺と話もしてくれない」

　それは嘘だったが、言わなきゃバレやしない。肝心なのは父さんに、自分が与えた害のでかさをわからせることだ。

「ブライソン、その道は失敗するぞ」

　俺は立ち上がった。

「失敗なんて言うな。マイケルに恋をしたのは失敗なんかじゃない。これは、俺の失敗じゃない。失敗したのは父さんだろ。父さんが引っかき回したんだ。自分でぶち壊したんだから、俺のために、ちゃんとカタをつけてくれ」

「カタ？」

　俺は机に拳を叩きつけた。

「責任を取ってくれ。マイケルに会いに行って、必要なら頭を下げて。まともに謝罪するんだ。

父さんのおかげで俺は会ってももらえないんだからな。それに俺は父さんじゃないから、店を本気で成功はさせたいけど、いざとなればマイケルを選ぶ。いつだろうと！」

「ブライス」

「そんなふうに呼んでも無駄だ。俺とあんたは違うんだよ、だから取り戻してもらう。俺は自分の百パーセントを店にも注ぎこめるし、同時にマイケルにも百パーセントを注げるんだ。それは、マイケルが俺に彼の百パーセントを返してくれるからだ。わかるか、父さん、それが愛なんだ。注ぎこんだ分だけ与えられる。母さんが出てって、父さんも大変だっただろうとは思う。でも母さんに捨てられたのは俺もだった」

　言うのもきついし、聞かされた父さんにもきつい話だっただろう。

「父さんのことから俺が学んだ教訓が、もし何かあるとすれば、マイケルを失わないよう戦わなきゃいけないということだ」

「それは……何と言えばいいか……」と父さんが呟く。

「ごめんなさいという言葉から始めればいいんじゃないか。俺に、それとマイケルに。俺の人生最高の出来事を叩き壊しといて、知らん顔ですまそうなんて許さない。父さんはマイケルを傷つけたし、結果的に俺のことも傷つけた。俺はマイケルを愛しているし、だから父さんにはどうにか解決してもらう」

　父さんが大きく唾を呑んだ。

「私はだな、今週は忙しいし、出張も多く――」

「これはお願いじゃないんだ。マイケルに謝罪する時間を作ってくれ。どうにかして。したことは正すべきだろ、父さん」

父さんはそこに、黙って動かず座っており、俺はその前に立っていた。引き下がるつもりはないし、言い訳する気もない。

「父さんが引き起こしたこの惨事のタイミングについては、この際問題にはしない」俺は低く、淡々と言った。「二つが両立できないことを証明しようとしてオープニングの日と俺たちの仲を台無しにしようとしたことには、目をつむる。大体、正直、父さんが俺を傷つけたことはどうでもいい。マイケルを傷つけたことのほうが大問題だ。だから、壊したものを直そうとする気を見せてくれなければ、今夜の話は父さんにとって無意味だったと受け取らせてもらう」

俺の幸せは何の意味もないと――俺はその程度の扱いなんだと、そこまでは言わずに止めた。言う必要もなかった。その言葉はそこに存在していた。俺の隣に立つ第三の人物のように。

これで二対一だ。

それでも、父さんは何も言おうとしなかった。だが俺は言うべきことはすべて言った。これだけは言ってくると、マイケルに告げてきたことは。

どうしてマイケルと別れたような印象を、父さんに与えたか？

自分の裏切りを父さんに理解させ、本気で謝罪に取り組んでほしかったからだ。マイケルと俺の仲が順調だと聞けば、あやまる必要など感じないだろう。何のダメージもなかったし誰も傷つけてないと開き直られるだけだ。

最初は、マイケルと俺の二人で団結して立ち向かおうかとも思ったのだ。だがこっちのほうが効果的だ。

それに今夜言ったことは、すべてが本音だった。

「……それじゃ」

俺は、あきらめの息をこぼした。

「これで全部言ったと思う。もう行くよ」ドアのほうへ向かう。「夕食、忘れないで食べてくれよ」

「ブライス」父さんが呼びながら立ち上がった。「どこに泊まってるんだ？」

俺はその視線を受け止めた。

「ここ以外のところだよ。この先ずっとってわけじゃない。何日か離れてたいんだ。理由はわかるだろ」

顎をしっかり上げたままそこを去った。父親に立ち向かい、言うべきことはすべて言った。だが、マイケルのマンションへ近づくにつれ、心は重く沈んでいった。部屋のドアを開けたマイケルは、俺の顔を一目見るなり腕の中へ抱きよせた。

「ブライ……」と囁かれる。「大丈夫か？」

俺はうなずいた。

「ああ。聞いてもらいたいことは全部言ってきた」ため息をつく。「あとは待つだけ」

マイケルは体を引いて、俺の顔を手で包んだ。

「愛してるよ。今夜はきみを甘やかそう。何をしてほしい？」

俺は彼に優しく、そっとキスをした。

「今は一緒にソファでのんびりくっつきたい。寝そべって、あんたを抱きしめて、何も考えずにいたい」

そこで思いついて、付け足した。

「それと、ＢＴＳのＴシャツを返してほしい」

マイケルがニコッとした。

「五つのリクエストのうち、四つはかなえてあげられるね」

15

マイケル

ブライスが父親のことで苦しんでいるのが、僕は嫌でたまらなかった。彼の父親が彼をこんな板挟みの立場にしたことも許せないし、父親がブライスの幸せより自分の主義を優先したのも嫌だ。開店したばかりの時にこんなことが起きたのも嫌だった。ただでさえブライスが手一杯の時に。

そして何より、父親のせいでブライスがすっかりしおれているのが本当に許せない。仕事で疲れ果てた彼をソファに引きよせ、体勢が落ちつくと、彼は僕の胸元に頭を預けた。髪を僕にいじられながら、彼はあっという間に眠ってしまった。

起こしてベッドへつれていったが、彼は一晩中落ちつきがなかった。朝六時にトーストとジュースの朝食を取らせて仕事に送り出すと、僕は七時半にわずかに遅れて会社に着いた。今日は忙しくなる――そもそも月曜だ。皆が出勤して会議が始まり、電話が鳴り出すまでのこの一時間で、今日の残りよりも仕事をたくさん片付けられるのだ。

キャロラインがオフィスのドアを軽くノックして入ってきた時も、僕はほとんど顔を上げなかった。パソコン画面の時刻表示を見る。八時三十二分。

「あなたに会いたいという人が来ています。約束はないと。予約が必要だと言ったのですが、あなたに自分のことを知らせてくれと。自分の名前はシュローダーだとおっしゃって」

「ブライスが？」

僕は眉をひそめた。店のほうでとんでもなく忙しいはずなのに……あの駄目な父親が押しかけて事態を悪化させたなら別だが――。

キャロラインが首を振った。

「いいえ、ブライスさんではなく、ジェイムズだと。ジェイムズという名前だとおっしゃってました」

それはそれは。

その時まるでタイミングを計ったかのように、ナタリーが僕のオフィスへ入ってきた。目が大きくなっているし、少し青ざめていた。

「ジェイムズ・シュローダーがあなたに会いに来てる。あい、あのジェイムズ・シュローダーが、うちの会社のラウンジに座ってるんだけど」

「それは……ああ、キャロラインから今報告を受けました」

キャロラインが僕とナタリーとをきょろきょろ見比べた。

「えっ。まさか……シュローダー・ホテルのシュローダー氏……なんてこと」目を見開いて僕を見た。「いい靴を履いてると思ったんです。コートも上等。それどころか髪型までお高そうだなって……」

ナタリーもまだ僕を見ていた。

「そうよ。そのシュローダー氏。オーストラリアでも最高クラスの大富豪よ、本当に。資産家中の資産家が、うちのラウンジに座ってるの。待ってるのよ、マイケル。ジェイムズ・シュローダーは待たせちゃいけない」

「この際待たせるべきだと思いますが。何分我慢するか賭けませんか？　僕は五分に二十ドル……いや、四分かな。四分で出ていくほうに二十ドル賭けますよ」

キャロラインはわけがわからないという顔だった。身をのり出して僕に耳打ちする。

「どうして待たせるべきなんです？」

「冷血漢だから」僕は答えた。「そういう人は待たされて当然だ」

「あー……そういうこと」ナタリーが額を押さえた。「マイケル、私的な問題で会社の評判に傷をつけたりするつもりはないわよね？　前に同意したじゃない。さあ、あの人が何をしたかは知らないけれど、お願いだからこれ以上――」

キャロラインはまだきょとんとしている。

「全然わからないんですけど……」

ナタリーが唇をすぼめた。

「どうやら義理のお父さんとの顔合わせがうまくいかなかったみたいなのよ」

「あら！」

キャロラインの目と口がまん丸に開いた。僕はため息をつく。

「まだ全然、そんな関係じゃないから」

彼女が扉をビシッと指差した。

「マイケル、とっとと行ってください。クライアントを待たせてはなりません」

「彼はクライアントじゃないしアポイントも取ってない」

口ごたえはしたが、幼稚に聞こえるのは僕もわかっていた。腕時計をのぞく。

「そろそろ四分経ったかな？」

「マイケル……」

ひそめた、囁くようなナタリーの声がちょっと怖い。

僕は立ち上がった。

「いいだろう。会ってきますよ。少し焦らしてやりたかっただけですし」

それに本音を言えば、心がまえも必要だったし、ブライスに言われたことを自分に言い聞かせねばならなかった。

自分のオフィスから出ると、上着のボタンを留めながらラウンジへ足を踏み入れた。ブライスの父親が座っていて、全身がとんでもなく高価そうだった。コートや靴についてキャロラインが言っていたのは大げさではない。

「ミスター・シュローダー」

そう呼びかけながら、かなう限りプロフェッショナルな口調を心がけた。

彼は立ち上がった。

「マイケル。会ってくれて礼を言う。きみは忙しいだろうとは思ったのだが、どうか少しだけ時間をもらえないかと」

「九時から予定が入ってます」

嘘というわけではない。ただの社内会議ではあるが、そこはどうでもいい。ほかにも今日は四つの約束が入っているが、きっと彼のほうでは十個の約束が、それも三つの別々の街であったりするのだろう。

僕は自分のオフィスのほうを手で示した。

「こちらへどうぞ」

オフィスへミスター・シュローダーを案内すると、彼が入るのを待ってからドアを閉めた。僕が自分の椅子に座り、彼は居心地が悪そうにその向かいに座った。

「いい眺めだ」と街の眺望にうなずく。「どうやらきみはかなり成功しているようだな」

僕は彼に固い、ほぼ儀礼的な微笑を返した。

「仕事ぶりには自信があるので」

「ブライソンはきみをとても高く評価していた」彼は大きく唾を呑んだ。「あいつには人を見る目がある」

「ミスター・シュローダー……」

僕は口を開く。彼が片手を上げた。

「たのむ、話を聞いてくれ。この間私がきみに言ったことは間違いだった。あんなことを言うべきではなかった。息子のために何が最善かわかっているような顔をするべきでもなかった——私にはわかっていなかったと、昨夜明らかにされたのだし」

耳を疑った。

「ブライスは私にとても強い不快感を抱いていた」彼は続けた。「いや、不快どころではないな。怒りを抱いていた。それも当然だ。私は余計な口出しをした。それを謝罪しに来たんだ」

僕はゆっくりうなずいた。

「たしかに、余計な口出しでした。でもあなたの謝罪を受け入れます。会いに来てくださってありがとうございます」

彼の顔がやわらいだ。その顔はあまりにもブライスそっくりで、残っていた僕の怒りも散り散りに消えてしまった。

「息子を守りたかったんだ」と言った。「だがその道を誤った。きみに、息子のそばにいてくれとたのむべきだった。息子を支えてほしいと。息子は新しい店に全力で集中するべきだが、きみの支えは、あの子の役に立つ」

ミスター・シュローダーは顔をしかめた。

「また言い方を間違えてしまったようだな。わからないが。努力はしているつもりなんだ」

僕は笑いをこらえようと口の中を噛まねばならなかった。

「彼の幸せを願うのは僕も同じです。彼の成功も願っている。その両方とも実現してほしいと思うのは、僕もですよ。力の限り役に立ちたいと思ってます」

彼はまた窓の外を眺め、それから僕と視線を合わせた。

「息子からは、言葉を濁さず言われたよ、私は自分が台無しにしたことの責任をきちんと取らないとならないとね。だが、きみに今こうして話しているのは、息子に許してほしいからだけではない。その幸せを望むからだ。そして見るからに、きみは息子を幸せにしてくれている。どうか、私のせいで息子を悪く思わないでほしい」

そこで顔を歪ませた。

「なので、もしきみからあいつに、私が己の過ちを正そうとしていることを伝えてくれたなら、大変にありがたい。いざとなると息子がどれほど強情なのかは知っているし、一度こうと決めると……」

ミスター・シュローダーは見るからに十分苦しんでいたので、僕は彼を窮地から救うことにした。

「あなたが会いに来てくれたと、彼に伝えますよ。あなたが謝罪していたと言っておきます。きっと安心するでしょう」

あからさまにほっとして、ミスター・シュローダーの顔には微笑すら浮かんでいた。

「ありがとう。恩に着るよ」

「ミスター・シュローダー。ブライスはあなたを心から愛しています。それに彼は大した男だ。夢を持ち、その実現を目指していて、一緒にいてもとても楽しい。ブライスはあなたに認められたがっているし、自慢に思ってもらいたいだけなんです」僕は肩を揺らした。「この間あなたにディナーにつれていかれた後だって、ずっとその話ばかりしてましたよ」

「そんなことを?」

僕はうなずく。

「そう。僕はあなたの子育てに口出しするつもりなど毛頭ありませんが、ただ、シドニーに戻ってきてしばらくぶりに会うような時は、また息子さんをディナーへつれ出すといいかもしれません。きっと喜びます」

彼は微笑んでうなずくと、立ち上がって、この顔合わせはもう終わりだと示した。

「ありがとう」デスクに伏せられていた僕の携帯電話を目で指す。「忙しいのだろう。その携帯電話は私のものより忙しくうなっていたようだし、もうきみを解放しなくてはな」

彼はドアのほうへと向かった。

「そうだ、マイケル、私とブライスがディナーに行く時には、よければきみにも来てほしい」

僕はニコッとして立ち上がった。

「楽しみにしています。ありがとうございました」

一つうなずきを残して、彼は扉を開き、姿を消した。僕は椅子にへなへなと崩れ、荒れ狂う心臓に手を置く。キャロラインとナタリーがそろって入り口から顔を出した。

「で？　何があったの？」

ナタリーが聞きながら入ってくる。

「空から豚が降ってくるだろうから頭上注意です」と僕は言った。「地獄の炎も今頃凍りついてますよ」

「え？」と彼女が小首をかしげる。

僕はほっとして笑い出した。

「彼は頭を下げに来たんですよ」

時計を見て、もう九時になると気付く。携帯電話を手にしてＳＡＦの番号を出した。メッセージを送信しながら立って社内会議へ向かう。

〈お父さんが今、僕の会社から出ていったよ。謝罪に来たので受け入れた〉

しばらく返事はないとわかっていたので、携帯をポケットに入れて会議に向かった。

新規顧客、古い契約、特約、役所、不動産譲渡手続……ひたすら仕事に忙殺されていると、キャロラインがオフィスのドアをノックした。

「昼休みです」と告げる。「昼食を買ってきましょうか?」

ニコッとして、僕はこわばった肩の筋肉をのばした。

「いや、大丈夫。少し出てくるよ。すぐに戻る」

時間を節約しにタクシーで波止場へ向かい、店に並ぶ客の行列を見てうれしくなる。カウンターの奥には新しいスタッフの姿と、もうなじみになった顔が一つあった。そのタリニが輝くような笑顔を僕に向ける。

「裏にいるよ。まったく、無理にでも昼休みを取らせないとならないったら」どこかで聞いたような話に僕も笑う。「そのまま向かっちゃって。あなたが来たって防犯カメラでわかるはずだから」

「ありがとう」礼を言ってカウンターの裏へ回った。言われたとおり、僕を待っていたようにオフィスのドアが開く。ブライスの手には食べかけのサンドイッチ、顔には満面の笑みがあった。

「今メールを読んだとこだ。やっと今日初めて座れてね。どうやら父さんはやってくれたんだな?　へえ?」

僕は彼を椅子に座らせて、自分はデスクに尻をのせた。

「とても礼儀正しくて、後ろめたそうだったよ。反省してた。なんと僕までディナーに招待してくれたくらいだ」

ブライスは笑いながら、サンドイッチでいっぱいの口元を手で隠した。

「けっ、やった」ごくりと飲みこんでうなずく。「よかった。あやまりに行くだろうって自信はあったけど、でも父さんがちゃんと考えてくれてやっぱりうれしいよ」

「僕もだ」と認める。「いや、はじめはまだ怒りが残ってたけれど、彼にとってあれがどれだけ思い切ったことか、どれだけ本音で言ってくれているのかわかって。あの人の中に、きみにそっくりのところが見えてさ。とても怒ったままではいられなかった」

ブライスはサンドイッチの残りを口に押しこみ、包みをゴミ箱へ放りこんで、立ち上がった。僕をぐいと抱きしめ、僕の足をまたいで立って、よりそいながらサンドイッチをもぐもぐ食べていた。

「ありがとう」と言う。

彼の胸に押し付けられた僕の耳にもその声が響いていた。

続いて、片腕を僕に回したまま、ブライスは父親に電話した。「出るかな」と呟いていたが、僕の耳に携帯電話からの小さな応答が聞こえた。

「あ、やあ父さん。ありがとうって言いに電話を……そう、今一緒にいるよ。全部解決した。

……うん、そう思う」

その声があまりに優しくてやわらかだったので、僕は体を引いてその顔を見た。ブライスは微笑んでいて、目を合わせると、少し顔を赤らめさえした。

「じゃ。また後で。無事な旅を」

電話を切ると机にそれを置き、僕の顔を包んでキスをした。

「父さんはあんたを気に入ってる」とブライスが言う。

「僕は好かれやすいんだ」と僕は応じた。

「ああ、たしかに」

「どうせならそこは〝愛され系〟とか言ってくれ」

彼が「たしかにそう言ってもいい」と笑う。

僕はため息をついた。

「きみのお父さんに嘘をついた形になったの、申し訳なくないかな?」

「いーや」ブライスが僕の鼻のてっぺんにキスをした。「だましたわけじゃないし。厳密には」

「僕らが別れたって思わせただろ」

「いーや、あんたが帰っちまって、俺と口をききたがらないって匂わせただけさ。それは本当のことだし」

「僕がきみと会おうとしなかったのは、何があったか話そうとしたらその瞬間に泣き出してしまいそうだったからだよ、きみのオープニングの日に。きみは店にいるべきだったし」

ブライスは僕の顔を手ではさみ、真剣な目をした。

「たのむから、二度と俺から逃げないでくれ。俺から何ひとつ隠す必要なんてない」

少しだけ、とろけるように彼にもたれかかっていた。

「わかってるよ。きみの大事な日を台無しにしたくなかっただけだ」

「あんたは台無しになんかしてない。父さんがしたんだ。まあもうすぎたことだけどな。父さんはちゃんと思い知ったし、謝罪もした。おまけに、多分俺が何年も前に言うべきだったあれこれも父さんに言えた」

ブライスから優しくキスをされる。

「きっと、これで親子の仲ももっとマシになる。父さんは午後にシンガポールへ向かうんだ。戻る時に買ってきてほしいものがあればメールしてくれだってさ——店用のものをね。それに、帰ってきたらディナーに出かけようって」

僕は彼の胸板に手をのせ、その笑顔に見とれた。

「うまくいってよかったよ、ブライ。僕もきみのお父さんともっと仲良くなれそうで楽しみだ」

「俺も」笑いがこぼれていた。「俺を一人前として見てくれた今、色々な話ができそうだし。多分これまでも……父さんなりにがんばってたんだろ。きっとね。でも今は、いい予感がするよ」

「よかった。じゃ、いい予感を三つほど追加で」と僕はほのめかす。「今日は何時上がり？」

即座に伝わった。ブライスがあくどくニヤついて、僕にキスをする。

「あんたの部屋に七時半に行ける」

「素晴らしい。この頃オーガズムのノルマが未遂だから、ここらで踏ん張ってもらわないと。じゃあ僕は夕食を提供しよう。残りはきみの役目だ」

彼が笑い声を立てる。

「あんたはほんとに王様野郎《ボシー》だよ」

「そこを愛してるんだろ？」

「ああ、そのとおり」微笑む唇で僕にキスをする。「心からね」

エピローグ

マイケル

十二ヵ月後

さて、これで話はおしまいだ。どういう成り行きになるかって僕がはじめに説明したのを覚えてるかな?

そう、結局こうなったわけだ。

ただ最後まで語る前に、ざっと言っておきたいことがある。

カラダ目的のセックスはアリだ。割り切った、私情抜きの、お互い肉体的欲求を満たすだけのセックス。合意で安全で関係者全員が満足なら、誰もが幸せ。そうじゃないか?

ただし、今の僕にはそれはもう過去の話だ。

何しろ今じゃ僕にとってセックスはとてつもなく重く、濃密な感情が絡み合った、秘められた交情だからだ。もちろんウサギみたいにヤリまくることだって時々はあるけれど。でも今ではそれをはるかに超えたものになっている。

わかってる、僕自身が言ったのだ、愛情抜きでセックスを楽しめる人間もいるって。感情が絡むと複雑になりやすいし、人生を複雑にしたい奴なんかいるだろうか、って。

こうも言ったな。僕には面倒ごとにわずらわされる暇はないし、そんな気もないと。

とんだ勘違い。

ブライソン・ジェイムズ・シュローダーという男の不意打ちでそれは粉砕されたのだが、その経験も、途方もない悪夢や惨劇なんかにはならなかった。列車の衝突というたとえはちょっと言いすぎかもしれないが、ドラマティックに言いたい時もある。

とは言え、この出来事で、僕の人生がレールから脱線したかと言えば――。

間違いなく脱線した。

ブライスとの出会いは、掛け値なしに、僕の人生で最高の出来事だった。

僕を別人に変えてしまうほどに。ブライスに愛されて、僕は別人になったのだ。ほらまた……こんなベタベタな甘い決まり文句を言うような人間になってしまった。去年の僕が今の僕を見たって自分だとは認識できないだろうと言ったが、そう、とてもいい意味でのことだ。

そして今、僕らはこうしている。十二ヵ月経った今。

注文カウンターの後ろに立った僕は、スタッフの制服を着てエプロンまでつけ、顔がゆるみっぱなしだった。肘まで泡だらけで、ケンの話を聞きながら笑っている。

僕はまだ不動産会社に勤めて商用物件を扱っているし、多分この先もそうだろう。ブライスにはチームに誘われているけれど、毎回断っていた。たしかに余裕があればいつも手伝っているが、仕事と私生活を線引きしておくのは利口だと思う。

仕事は仕事、家は家。その二つを交錯させない。そりゃ、もうブライスと一緒に住んでいるし、それも何ヵ月かになるけれど。そもそも彼はほとんど僕の部屋に住み着いているようなものだったから、正式に引っ越してくるのは自然な流れだった。だから仕事と私生活の境界線があるほうがずっと楽だ。

同居の別の利点は、ワードローブの共有だった。僕は彼のバンドTシャツをどれでも着放題だし、彼は僕のきつめのワイシャツをいつでも着られる。これぞウィン・ウィンってやつだ。

とにかく仕事の話に戻ると……僕が手伝いに来ているのは、今日が特別な日だからだ。

どう特別かって？

ブライスが二軒目の店をオープンさせたのだ。

ボンダイに見つけた最高の立地で、オープニングは大盛況だった。僕らは働き詰めだったた——なだれこむ客の流れがとにかく途切れない。そんなわけで僕は今、やっと閉店した店内で、今日五十回目かという皿洗いをしていたのだが、ふと視線を感じた。顔を上げるとブライスとジェイムズがカウンターの端にいて、二人して僕を見ていた。

二人とも笑顔だった。ブライスの微笑は愛でとろけ気味、ジェイムズの微笑はちょっと愉快そう。僕は尻ポケットから布巾を引っ張り出すとそれをジェイムズ――ブライスの父親に投げつけた。彼はそれを受け止めて鋭く僕を見た。

「そこに突っ立ってるだけなら仕事をしてもらえませんか」と僕は言い渡した。「ぼーっと立ってる暇はないので」

「ほら、彼は強引《ボシー》なんだよ」とブライスが笑う。

だが、誰もが仰天したことに、ジェイムズは布巾を手に皿を拭きはじめた。ブライスは目を見張って笑い出している。僕は背を反らして疲れた背骨をのばしながら、彼に言ってやった。

「代わるか？　笑ってる余裕があるなら皿洗いの暇もあるよな、シュローダー？」

ブライスはただもっと笑って、販売管理端末《POS》の前へ戻って今日の売り上げの集計にかかり、ジェイムズは一枚目のトレイを拭きながら僕に賛同のうなずきを向けた。

「相変わらずあいつの手綱をしっかり握っていて、さすがだな」

「できる限りは」と僕は鼻を鳴らした。上腕を額で拭い、容器をごしごしとこすり洗いする。

「こうやって働いてるといつものデスクワークのありがたみを実感しますね、本当のところ」

ジェイムズはクスッと笑い、冷蔵庫に補充するケーキの箱を運んできたスタッフに道を空けた。

「たしかに」まだ笑顔だ。「あいつはメルボルンに支店を出す気はあるんだろうか？」

「いずれは出すんじゃないですか。まずはこの新店を落ちつかせてからですけど。資金繰りに関してはとても慎重なので」

ジェイムズは自慢げに微笑んでいた　親子仲は随分と進展し、ジェイムズは僕がブライスの人生に必要不可欠な存在だと受け入れてくれていた。僕らはホームドラマのように仲良しこよしの仲ではないが、きわめていい距離感だ。

「あいつがしばらくメルボルンへ行くことになったらきみはどうする？」

ジェイムズの口調には他意はなく、ただ心配しているだけだった。

「大丈夫ですよ」僕は自信を持って答える。「彼が、あるいは僕がどこに行こうとも、僕らは平気です。それにブライスを手伝ったり会うのに何日か休暇を取らないとならないなら、そうします。僕らはただ対応するだけですよ」

ジェイムズはうなずき、むしろ自分に対して、また微笑んだ。

「きみがいてくれてよかったよ」

僕はシンクの栓を抜き、全体を拭き上げた。

「僕も、彼がいてくれてよかったですよ」

「よーし、完了だ！」ブライスが勝どきとともに両手を突き上げた。「オープニングの日、無事終了！」

スタッフ全員が歓声を上げ、ジェイムズまでもが拍手をして笑っていた。ブライスは片腕で僕の肩を抱いてこめかみにキスをする。

「お前がいなきゃ不可能だったよ」

僕はすっかりしわしわの両手をつきつけてやった。

「マニキュア分の貸しだからな」

「マニキュアなんかしないくせに」

「ならディナー一回分の貸し」

「まかせろ」

ブライスはお祝いにと全員分のピザを注文し、僕らは店内で座って食べながら棒のようになった足をスツールにのせ、誰もが笑顔だった。素晴らしい一日だったのだ。全員が全力で難局を乗りこえた。疲れ果て、自分のチェーン店が始まるというプレッシャーを背負っていたブライスも誇らしげだった。胸を張っていい。

ブライスはスタッフたちに感謝を述べ、その素晴らしさをたたえ、皆を帰してドアをロックすると、髪をぐしゃっとかき混ぜて店内を見回した。

「凄い一日だった」と呟く。「とんでもなかった」

「売上予想を上回ったのか？」とジェイムズ。

ブライスがにんまりとした。

「大いに上回った。はるかに」

「お前を誇りに思うよ」と僕は言った。

「私も誇らしいよ」とジェイムズが加わる。めったにない手放しの賞賛だ。

「ありがとう」ブライスが応じた。「二人とも。二人とも愛してるよ。二人の応援は俺にとってかけがえのないものだ」

ハグしてやると、彼はぐったりと僕にもたれかかってきた。

「もう帰ろうか？　立ったまま眠ってしまいそうだよ」

「そうしよう」背をしゃんとのばして、ブライスは父親を見る。「手伝いありがとう、父さん」

「楽しかったよ。それと、チェーン店の開店おめでとう。じき私より有名になるだろうな」

ブライスが冗談ばっかり、という顔をする。「ムリムリ。でもいいさ」

この何週間か相当に無理を重ねてきたので、すっかり疲労困憊の様子だった。

「キーをくれ」と僕は要求した。「僕が運転する。お前はくたくただ」

「本当に偉《ボシー》そうだ」とブライスが口をとがらせる。

だが車のキーを僕に渡すとそこにたたずみ、自分の新しい店の中に最後の一瞥をくれていた。

「やっぱ、まだ現実みがないな」

「明日の朝、まだ五時に目覚ましが鳴り出せば嫌でも現実だとわかるよ」

僕の返事にジェイムズが笑い、ブライスが呻く。

ブライスの腕が僕の体に回された。「家につれ帰ってくれ」

ジェイムズにさよならを言うと、僕は運転席に乗りこんだ。別に口実などなくともブライスの車くらいいつでも運転できるが、やっぱりいい車だ。助手席のブライスは半分こちらへ顔を向け、笑顔だったが疲れ果てていた。

「今日は本当にいい日だったよ」

「おめでとう、僕もうれしいよ」

彼は僕と手を重ねて、帰り道はろくにしゃべらなかった。僕を見ては微笑んでいる。夢見るように。マンションに帰りついてからもその目つきが戻らない。とろんとした笑顔で僕を見ているだけだ。

「大丈夫か、ブライ?」

彼はうなずき、クスッと笑いさえした。頬が赤く染まっている。どうしたんだ。

「何か食べるか? それともシャワーを浴びてもう寝ようか?」

彼は首を振った。

「どっちもいい。なあ、ちょっと聞いてくれるか?」

「いいよ、もちろん」

手をさしのべてきたので僕はそれを取る。このおかしな態度の理由は何だろう。

「今日という日を迎えられたのは、お前がいたからだ」とブライスが言った。

「いや、自力でやってのけたさ。僕がいなくても必ずね」

「無理だ」頑固に言い張る。「お前にずっと押してもらってきた。もっとできる、もっと上を目指せるって。それもちゃんとした理由あってのことだ。俺に幸せでいてほしいから」

「当然だろ。それこそ僕の一番の願いだ」

ブライスの微笑は澄みきっていた。

「なあ、初めて会った時、俺は……いつの日か、こうして一緒にいられるなんて夢にも思わなかった。こんなふうに。もうお前なしでの人生なんて考えられない」

僕は彼の頰に片手を添えて、美しい顔をじっと見つめた。疲れてはいるが、彼はとても心穏やかに見えた。

「そんなこと考えなくてもいいよ。僕はどこにも行きやしない」

目をとじて、彼はまだ微笑んでいた。

「俺がどれだけ忙しくなっても、イカれたようなビジネスのアイデアを出してきても、お前は絶対に俺を疑わなかった。お前に愛されて、俺は本当に幸せ者だ」

なんだか話がおかしくなってきたぞ。

「疲れすぎてあらぬことを口走ってるよ。ベッドに行こう、な、ベイビー?」

だがブライスは動かない。その笑みが少し揺らいだ。

「マイケル」と呟き、シャツをつかんで僕をつかまえようとする。「この先永遠に俺を愛してくれとたのんだら、うなずいてくれるか?」

永遠に……。

「とっくに永遠の恋に落ちてるよ」

まだ何を言いたいのかよくつかめないまま、僕はそう答える。

「そうじゃなくて。もしずっと一緒にいてくれと言ったら……」疲れた茶色い目が僕を見た。「この先永遠に、そばにいてくれるか？ 俺が、申し込んだら。今、してるけど。永遠の愛を。イエスと言ってくれ。だって俺には死ぬまでお前だけだから。ほかには誰もいらない。俺にはお前しかいない。この先ずっとだ。マイケル」

うわ、これって……。

「つまりどういうことだ、ブライ？」

彼は僕の手を——左手を取って、手の甲にキスをしてから、視線をまっすぐ合わせた。

「いきなり思いついたから。ちゃんと申し込む準備もしてないけど。別に公式のものにしなくてもいいんだ。ただ俺の目を、今すぐ見て、言ってくれ。永遠に俺のものだって」

「僕は、永遠にお前を愛するよ」囁く僕の胸では心臓が忙しい。「誓う」

ブライスが安堵と喜びに全身を脱力させた。目がうるんでいる。

「俺も誓うよ。お前を永遠に愛する。今の俺は汗まみれでベタベタしてるし、疲れきってるし、コーヒー挽き器みたいな匂いがしてるけど。でも今しかなくて……今夜見ていて、言わずにはいられなかった。正式に結婚するかどうかなんてどうでもいい。指輪がほしいなら好きなやつをどれでも買うから。この誓いがリアルになるように、何だろうとするよ。マイケル・〝eつきの〟・ピアソン、お前を愛してるし、この先も永遠に愛するよ」

僕はうなずく。少し目がうるんでいた。こんなこと、思いもしていなかったのだ。心が二倍の大きさにふくれ上がったようでとても息ができない。

またもや、彼に不意打ちされてしまった。ブライソン・シュローダーによってあらゆる方向からなぎ倒されてしまい、僕は前よりも彼が好きになる。

彼の顔を包んで、キスをした。「指輪の話は、お前がちゃんと起きてる時にまた話そうな」

ブライスは眠そうに笑って、僕を引き寄せてずっしりもたれかかってきた。それを支えてベッドまで歩かせる。主に僕ひとりで彼の服を剝ぎ、それから自分の服も脱ぐ。腕をのばして横たわった彼が、僕がそこに落ちつくのを待っていた。

よりそうと、彼は息を吐き出した。

「お前のおかげで、こんなに幸せな気分だ……」ともそもそ呟いている。

「なら、携帯に登録している僕の名前を〈王様野郎《ボシー》〉から〈マイケル〉に直してもらえないかな?」

「んー……それは断る」

僕はクスッと笑う。深々と息を吐き出して、ブライスはもう眠りこんでいた。

そう、これで本当におしまいだ。割り切った私情抜きでカラダだけのセックスの約束が、どういうわけか永遠の愛に化けた真実のお話。

ああ、僕は完全に不意打ちを食らったし、ブライス相手の〝面倒ごと〟が下らないものだと考えるような馬鹿者だった。面倒が、時に人生最高のものをもたらすこともある。時にそれは列車事故のようなもので、ぶつかられた人間側は痛い目にも遭うかもしれないけれど。そして時にその列車はビンテージもののバンドTシャツを着ていて、美しい笑顔でこちらの人生を脱線させに来るかもしれないけれど。

くり返しになるが、ブライスとの出会いと恋は、僕の心をバラバラにしたし、人生を変えた。最高の奇跡の一滴とともに。

そして僕は、これ以外の未来を選ぶ気はない。

BOSSY 〈ボシー〉

初版発行　2023年5月25日

著者　N・R・ウォーカー［N.R.Walker］

訳者　冬斗亜紀

発行　株式会社新書館
〒113-0024 東京都文京区西片2-19-18
電話：03-3811-2631
［営業］
〒174-0043 東京都板橋区坂下1-22-14
電話：03-5970-3840
FAX：03-5970-3847
https://www.shinshokan.com/comic

印刷・製本　株式会社光邦

Printed in Japan　ISBN 978-4-403-56055-2

NOW ON SALE

「ロイヤル・シークレット」

ライラ・ペース

〈翻訳〉一瀬麻利　〈イラスト〉yoco

英国の次期国王ジェームス皇太子を取材するためケニアにやってきたニュース配信社の記者、ベンジャミン。滞在先のホテルの中庭で出会ったのは、あろうことかジェームスその人だった。雨が上がるまでの時間つぶしに、チェスを始めた二人だが……!?　世界で一番秘密の恋が、始まる。

「ロイヤル・フェイバリット」

ライラ・ペース

〈翻訳〉一瀬麻利　〈イラスト〉yoco

ケニアのホテルで恋に落ちた英国皇太子ジェイムスとニュース記者のベン。一族の前ではじめて本当の自分を明かしたジェイムスは、国民に向けてカミングアウトする。連日のメディアの熾烈な報道に戸惑いながらもベンはジェイムスとの信頼を深めてゆく。世界一秘密の恋、「ロイヤル・シークレット」続篇。